KB004018

스즈미야 하루히의 한숨

스즈미야 하루히 시리즈

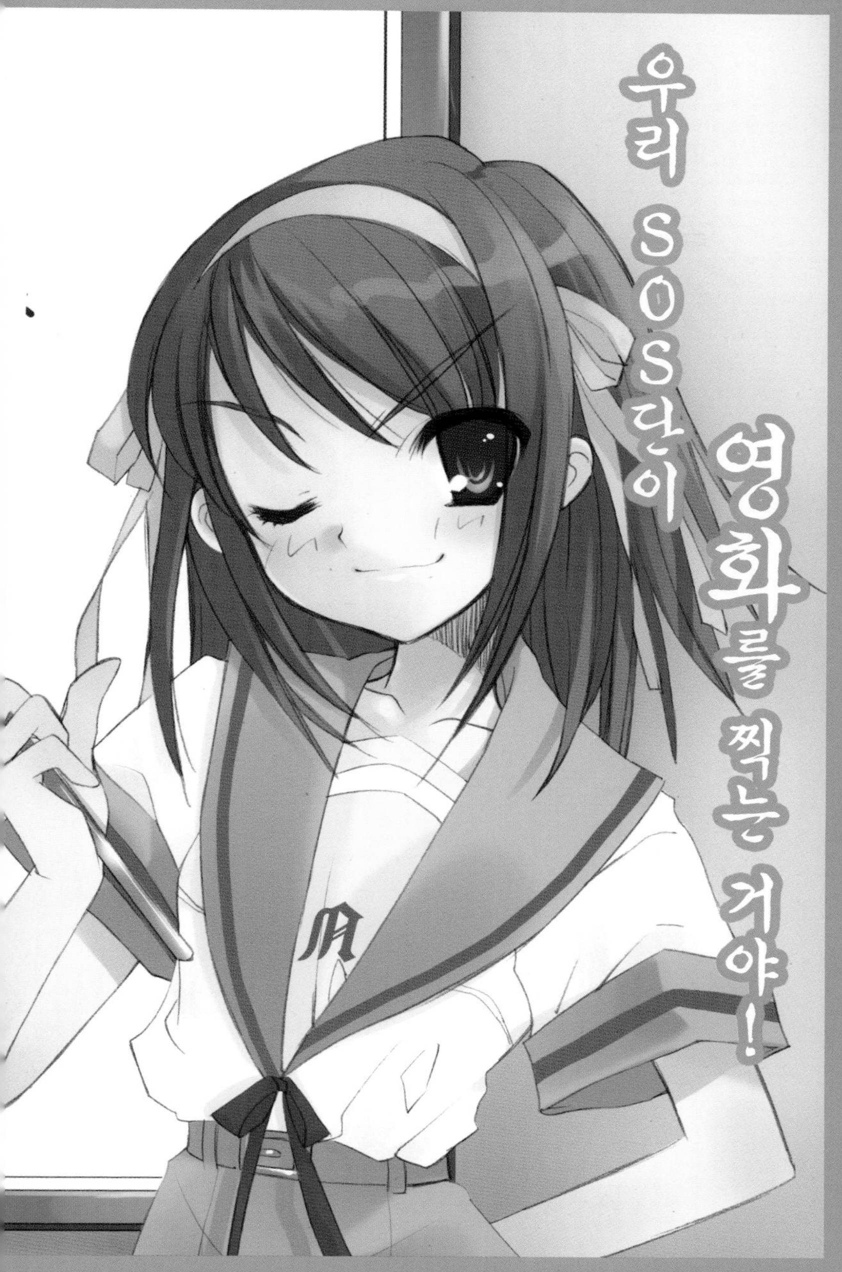
우리 SOS단이 영화를 찍는 거야!

朝比奈ミクルの冒険

*아사히나 미쿠루의 모험

Episode

● 감독 / 연출 / 각본 : 스즈미야 하루히
● 주연 : 아사히나 미쿠루, 코이즈미 이츠키,
● 기타 잡무 담당 : 콘

스즈미야 하루히의 한숨

타니가와 나가루 | 지음

이덕주 | 옮김

CONTENTS

프롤로그

고민이라곤 하나도 없어 보이는 하루히의 유일한 고민이란 한마디로 말하자면 '세계는 너무나도 평범하다' 라는 것이다.

그럼 이 녀석이 생각하는 '평범하지 않은 것'이란 무엇인가 하면, 이 또한 한마디로 말하자면 '내 눈앞에 유령이 하나도 나타나지 않다니 어떻게 이럴 수가' 라는 등의 생각을 하고 있는 것이다.

참고로 '유령' 부분은 '우주인'이나 '초능력자' 등으로 대체가 가능한데, 말할 필요도 없이 그런 것들이 눈앞에 어슬렁대는 세계는 픽션의 세계로 현실의 세계에선 존재하지 않았고, 따라서 하루히의 고민은 이 세계에서 사는 한, 영원히 계속될 것이라고 정의해야 했는데, 사실 그렇다고 단정할 수 없기 때문에 나 또한 매우 곤란하기 그지없는 상황이다.

왜냐하면 내겐 우주인과 미래에서 온 사람과 초능력자 친구가 있기 때문이다.

"중요한 얘기가 있는데 좀 들어줘."

"뭔데?"

"넌 우주인이나 미래에서 온 사람이나 초능력을 쓰는 녀석이 있길 바라는 거지?"

"그런데, 그게 왜?"

"그러니까 이 SOS단이라는 모임의 목적은 그런 녀석들을 찾는 데에 있는 거지?"

"찾는 것만으로는 안 돼. 내가 되고 싶은 건 방관자가 아니라 당사자니까."

"난 영원히 방관자로 머무르고 싶다만…. 아니, 아무튼 그건 그렇고 사실은 그 우주인도, 미래에서 온 사람도, 초능력자도 생각지도 못할 아주 가까운 곳에 있어."

"헤에. 그게 누군데? 설마 유키나 미쿠루나 코이즈미를 말하는 건 아니겠지? 걔들은 전혀 '생각지도 못할' 대상이 아니잖아."

"아…, 저기…, 사실은 걔들이라고 말하려고 그랬는데."

"너 바보지. 그렇게 뻔할 뻔 자인 일이 있을 리가 있겠니?"

"뭐, 일반적으로 생각하면 그렇겠지."

"그래서 누가 우주인인데?"

"들으면 좋아할 거야. 나가토 유키는 우주인이야. 정확하게 말하면…, 으음, 뭐라더라. 통합 어쩌고 사념체…, 정보 어쩌고 사념체였던가? 뭐, 아무튼 그런 우주인 같은 의식이 어쩌고저쩌고 하는 존재의 부하지. 아, 휴머노이드 인터페이스였다. 그래, 그거야."

"흐음, 그럼 미쿠루는?"

"아사히나 선배는 의외로 간단해. 그 사람은 미래에서 온 사람이야. 미래에서 왔으니까 미래에서 온 사람이 맞겠지."

"몇 년 뒤의 미래에서 왔는데?"

"그건 몰라. 안 가르쳐주더라고."

"아하, 알았다."

"알아주는 거냐?"

"그렇다면 코이즈미는 초능력자지? 그렇게 말하려고 그랬지?"

"그래, 바로 그거야."

"그렇군."

그렇게 말하고선 하루히는 눈썹을 부들부들 떨며 천천히 숨을 들이마셨다. 그런 뒤 다음과 같이 소리쳤다.

"장난하냐, 지금!"

이렇게 하루히는 모처럼 털어놓은 나의 충격고백을 조금도 믿지 않았다. 사실 나도 세 명이 우주인 비스므리한 존재에 미래에서 온 사람에 초능력자라는 증거를 눈앞에 들이댔을 때조차 믿을 수 없었을 정도였으니, 이런저런 일들을 목격하지 않은 하루히한테 믿으라고 말하는 건 무리일지도 모르지.

하지만 말이다. 달리 어떻게 말을 하면 좋냐 이거야. 내가 하는 말은 조금의 과장도 거짓도 없는 사실이라고. 이래봬도 나는 거짓말을 한다고 해도 해결이 안 된다 싶을 때엔 정직하게 얘기를 하는 습성이 있다.

분명히 나도 어느 친절한 녀석이 "네가 잘 아는 누구누구 씨가 사실은…"이라는 말을 한다면 "웃기시고 있네"라고 했을 것이다. 만약 그 녀석이 진지하게 말을 하는 거라면 그 녀석의 뇌에 아주 안 좋은 벌레가 있거나, 아니면 독전파를 수신하고 있는 게 아닐까 하는 생각에 오히려 잘 돌봐줄지도 모른다. 가능한 한 마주치지 않도록 조심을 하긴 하겠지만.

으음? 그러니까 바로 그 '그 녀석'이란 게 지금의 날 말하는 건가?

"쿈, 너 잘 들어."

하루히는 안구 가득히 빨갛게 불타는 불꽃을 잔뜩 이글거리며 날 노려보았다.

"우주인이나 미래에서 온 사람이나 초능력자란 건 말이지, 그렇게 가까운 곳에 굴러다니는 존재가 아니야! 찾으면 잡아서 목덜미를 채서 도망치지 못하게 꽁꽁 묶어둬야 할 만큼 희소가치가 있는 존재거든! 대충 고른 단원이 모두 그런 존재라니, 그게 말이 되는 소리니!"

그 고견은 정말 지당하신 말씀이옵니다.

하지만 그중에 한 명은 빼다오. 다른 세 명은 확실히 초자연현상의 선물이지만 나는 지상에서 제대로 된 진화를 거쳐 완성된, 보편적이며 중용적인 인류에 속하니까. 그리고 역시 단원을 대충 골랐던 거였구나, 이 녀석.

하지만 이 바보 여인네는 어째서 이런 묘한 부분에서 상식적인 거지? 순순히 믿으면 지금보다 일이 훨씬 간단하게 돌아갈 텐데 말이야. 적어도 SOS단인가 하는 변태조직은 해산될 수 있을 것이다. 이건 하루히가 우주인인지 어쩌고(이하 생략) 등의 신비한 존재를 찾아내기 위해 만든 비밀단체니까. 찾아내고 나면 더 이상 볼일은 없는 거지. 그 다음엔 하루히 혼자 걔네들하고 놀면 되는 거다. 난 가끔씩만 끼워주는 것으로 충분하다. 퀴즈 프로에서 사회자 옆에 쓸데없이 히죽거리면서 서 있기만 하는 보조 출연진으로 나는 만족하거든. 나도 대충 맞장구만 쳐주고선 개런티를 받는 위치에 서고 싶다. 현재의 나는 아무래도 동물 버라이어티에 나와서 장기를 부려보라고 강요당하는 잡종 개와 같은 위치니까 말이다.

다만 하루히가 모든 현상을 자각해버리면 이 세계 전체가 어떻게 될지 알 수는 없는 일이지만 말이다.

참고로 앞에서 한 대화는 참가인원 두 명으로 이루어진 제2회 'SOS단 시내 이리저리 돌아다니기 편(가칭)' 날 역 앞 커피숍에서 나와 하루히가 나눈 대화이다. 나는 거리낌 없이 하루히가 낼 것이라 확신하고선 진한 커피를 마시며 여유만만하게 해설을 해주었고 하루히는 전혀 믿지 않고⋯, 그래, 그야 그렇겠지. 역시 아무리 생각해도 그런 얘길 믿는 쪽이 이상한 일이다.

나는 나대로 자세하게 설명을 할 수도 없는 노릇이었다. 사실 이런 건 자잘한 세부요소들을 설명하면 할수록 머리가 이상한 게 아닌가 의심을 받을 게 뻔한 상황이니까 말이다. 처음에 유키의 맨션에 끌려가 장시간에 걸쳐 의미를 알 수 없는 은하규모의 전파 얘기를 들어야 했던 내가 하는 말이니까 확실하다.

"그런 재미도 없는 썰렁한 농담은 그만해."

하루히는 녹황색 야채 주스를 빨대로 들이마신 다음 그렇게 말하고선,

"그럼 가자. 오늘은 두 팀으로 나눌 수도 없으니까 둘이서 구석구석 살펴야 해. 그리고 나 지갑을 놓고 왔거든. 자, 계산서."

내가 총액 830엔이라고 표시되어 있는 종잇조각을 바라보며 뭐라고 항의할까 내용을 고민하고 있는 틈을 타 하루히는 테이블에 놓아둔 내 커피를 단숨에 마시고선 어떤 불평불만도 받아들이지 않겠다는 듯 매섭게 날 한 번 쳐다보더니 성큼성큼 커피숍을 나가 자

동문 옆에 서서 팔짱을 꼈다.

그게 벌써 반년 전에 일어난 일이다.

생각해보면 기이한 일들만 벌어졌던 것처럼 느껴지는 반년이었다. 여전히 SOS단은 '세계를 오지게 들썩이게 만들기 위한 스즈미야 하루히의 단체'라는 오싹한 이름을 정식 명칭으로 유지하고 있는데, 이 단체의 활동으로 대체 세계의 어디가 어떻게 들썩이게 됐는지는 도통 미지수다. 이런 걸로 들썩이며 신나 하는 건 하루히 혼자뿐일 거란 생각도 들고, 그 존재의의와 활동방침도 여전히 수수께끼이며, 우주인과 놀거나 미래에서 온 사람을 납치하거나 초능력자와 함께 싸운다거나 하는 목적을 갖고 있는 것 같기는 한데, 현재로선 하루히는 그 방면에서 성공하지 못하고 있다.

어쨌든 하루히는 우주인도 미래에서 온 사람도 초능력자도 아직 만나지 못했다고 생각하고 있으니 어쩌겠는가. 친절하게도 SOS단에 소속된 나를 제외한 모든 단원들의 정체를 가르쳐주었는데 사실을 믿지 않았으니까 이건 이제 내 책임은 아니겠지.

따라서 SOS단은 목적을 이루어 존재의의를 상실하고선 원만하게 해산되지도 못한 채, 오늘도 학교 측의 비승인 조직으로 부실 건물의 한구석에서 여전히 그 존재를 유지하고 있었던 것이다.

당연히 나를 포함한 단원 5명은 문예부 동아리방에 기생하고 있다. 학생회 집행부는 모든 의미에서 SOS단을 무시하고 있는지, 내가 제출한 동아리 창단 신청서를 기각하는 대신 불법점거에 대해서도 아무런 얘기를 하지 않았다.

원래 유일한 문예부원이었던 나가토 유키가 아무 말도 안 하기 때문인지는 몰라도, 하루히에게 뭐라고 말을 하느니 차라리 못 본 척 넘기는 게 훨씬 낫다고 판단했기 때문이라고 나는 추리하고 있다.

어느 누구도 '이건 밟으면 폭발합니다'라는 만국공통문자로 네온 사인을 훤히 밝히고 있는 폭발물을 밟고 싶지는 않을 것이다. 나도 절대 사양이다. 그런 줄 알았다면 입학 초기 교실에서 뒷자리에 무뚝뚝한 표정으로 앉아 있는 여자애한테 말을 거는 행동을 하지는 않았을 것이다.

실수로 그만 시한폭탄의 작동 스위치를 누르는 바람에 폭탄을 안고 우왕좌왕하는 역할을 떠맡고 만 평범한 고등학생, 그것이 지금의 내가 처한 입장이다. 게다가 '스즈미야 하루히'라고 씌어 있는 이 폭탄에는 폭발 예정시각까지의 카운트다운이 표시되어 있지 않다. 언제 어느 때에 터지게 될지, 얼마나 피해를 줄지, 안에 뭐가 들어 있는지, 그 이전에 이건 정말로 폭탄이 맞는지, 사람들이 폭탄이라고 말을 하지만 사실 안에는 장난감이 들어있는지 그것조차 알지 못한다.

주위를 둘러보아도 위험물 전용 더스트슈트(주1)는 보이지 않았고, 그렇다는 건 결국 이 인적 위험물이 시멘트라도 발라놓은 양, 내 손을 떠나지 않았다는 소리기도 했다.

정말 이걸 대체 어디에 버려야 좋을까.

주1) 더스트슈트: 고층 건물에서 쓰레기를 아래로 내려 보내기 위해 설치한 굴뚝 모양의 큰 구멍.

제1장

일반론으로 봐도 학교에는 이벤트가 필수 불가결한 요소로 붙는다. 그러고 보니 내가 다니는 고등학교에서도 지난달에 체육대회가 열렸다.

경기 사이에 열린 동아리 대항 릴레이라는 시범경기에 SOS단도 참가하겠다고 하루히가 말을 꺼냈을 때엔 설마 싶었지만, 그 설마가 정말로 우리 SOS단의 멤버로 계주를 해서 육상부를 제치고 럭비부를 물리치고, 마지막 주자 하루히가 2등과 약 13마신(주2) 차이로 골 테이프를 끊어버리게 될 줄은 생각도 못했다. 덕분에 이전부터 암암리에 소문이 돌고 있던 우리들(나를 제외한)의 변태성이 마치 누군가가 수업 중에 장난으로 누른 비상 벨 수준으로 온 학교에 울려 퍼지게 되었다는 사실에는 머리가 아프다.

말을 꺼낸 하루히에게 최대의 책임을 물려야 할 것은 두말할 나위도 없는 일이지만 제2주자인 나가토에게도 문제가 있었지. 거의 순간이동으로밖에 안 보이는 속도를 낼 줄은 나조차 예측하지 못했던 사실이다. 미리 좀 말을 해다오, 나가토.

대체 어떤 마법을 썼냐고 물은 내게, 이 웃지 않는 우주산 유기 안드로이드는 '에너지 준위'니 '양자비약'이니 하는 단어를 써서 설

주2) 13마신: 마신은 말의 머리에서 궁둥이까지의 길이를 이르는 말로, 1마신은 약 2.4미터.

명을 해주려고 했지만 이미 오래 전에 이과의 길을 포기하고 문과로 진로를 정해놓았던 나와는 도통 상관없는 일이라 이해도 못했고, 하고 싶지도 않았다.

그런 광란의 체육대회를 마치고 겨우 달이 바뀌었다 싶었더니, 이번엔 문화제라는 녀석이 진을 치고 기다리고 있었다. 현재, 이 시시한 고등학교는 그 준비에 여념이 없는 상황이다. 여념이 없는 것은 교사진과 실행위원회와 고작 이런 때밖에는 활개를 칠 자리가 없는 문화부 정도가 전부일 수도 있겠지만 말이다.

물론 활동 이전에 동아리로서 인정을 받지 못하고 있는 SOS단은 어떠한 창조적인 작업에 쫓길 일도 없었다. 뭐 하면 근처에 돌아다니는 도둑고양이라도 잡아 우리에 넣고선 '우주괴물'이라는 간판을 달고 서커스를 벌인다 해도 나는 전혀 신경 안 쓰겠지만, 멋을 이해 못 하는 관객들은 신경을 쓸 것이고, 이해를 한다 하더라도 비웃을 것이 뻔하다. 그리고 가만히 생각해보고 자시고 할 것도 없이 뭔가를 벌일 생각을 한다는 것 자체가 불필요한 일이다. 의욕도 없다. 현실적인 고등학교의 문화제란 것은 정말 현실적인 것이다. 거짓말이라 생각한다면 학교 축제가 열리는 곳 중 어디든 좋으니까 가서 살펴보시라. 그것이 무수히 많은 학교 행사 가운데 하나에 불과하다는 것을 여실히 알 수 있을 테니까.

그런데 나와 하루히가 소속된 1학년 5반이 무엇을 하느냐 하면, 앙케트 발표인가 하는 대충 적당하게 만든 계획으로 어물쩍 넘어가기로 했다. 초봄에 아사쿠라 료코가 어디론가 가버린 뒤로 이 반에서 리더십을 발휘하려 드는 맛이 간 고등학생이 존재하지 않았다. 이 기획도 답답한 침묵이 끊임없이 이어졌던 회의시간에 담임인 오카베가 억지로 쥐어짜낸 아이디어로, 반대고 찬성이고 아무런 의견도 제시되지 않은 채 그냥 채택되고 말았다. 무엇을 앙케트해서 발표할 것인지, 그런 짓을 한다고 누가 좋아할지. 아마 아무도 좋아할 사람은 없겠지만, 뭐, 그런 거겠지. 열심히 해보라고.

아무튼, 그런 연유로 난 애퍼시 신드롬(주3) 수준의 무기력함으로 오늘도 동아리방을 향하고 있다. 왜 향하고 있는가. 그 답은 내 옆에서 위세 좋게 걷고 있는 여자가 바로 이런 소릴 떠들어댔기 때문이다.

"앙케트 발표라니 웃기지도 않아."

그 녀석은 잘못해서 낫토에 소스를 뿌려버렸다는 듯한 표정으로 그렇게 말했다.

"그런 게 대체 뭐가 재미있어? 난 도저히 이해가 안 가!"

그렇다면 의견을 제시했으면 되잖아. 초상집 같은 교실에서 난처해 어쩔 줄 몰라 하던 오카베 선생의 얼굴을 너도 봤을 거 아냐.

"됐어. 어차피 반에서 하는 일에 참가할 생각은 없었으니까. 그런 녀석들하고 뭔가를 한다 해도 틀림없이 재미도 없을 거라고."

그런 것치고는 체육대회에선 반 종합우승에 공헌을 했던 걸로 기억하는데. 단거리, 중거리, 장거리 달리기와 스웨덴 릴레이(주4)의 마지막 주자로 등장해 그 모든 부분에서 우승을 차지한 건 너라고 생각되는데 그건 다른 사람이었냐.

"그거랑 이거랑은 얘기가 달라."

그러니까 대체 어디가 어떻게 다른데.

"문화제라고, 문화제. 다른 말로 바꿔 표현하면 학원축제. 공립학교는 학원이라는 말을 잘 안 쓰는 것 같지만, 그건 그렇다 치고.

주3) 애퍼시 신드롬: apathy syndrome. 무기력 증후군.
주4) 스웨덴 릴레이: 주자 네 명이 각기 100미터, 200미터, 300미터, 400미터의 다른 거리를 달리는 경주.

아무튼 문화제라고 하면 1년 중에 가장 중요한 슈퍼 이벤트잖아!"

그러냐?

"그래!"

하루히는 힘주어 말했다. 그리고 선언했다. 내게. 다음과 같은 말을.

"우리 SOS단은 더 재미있는 일을 할 거야!"

그렇게 말을 한 스즈미야 하루히의 얼굴은, 제2차 포에니 전쟁에서 알프스를 넘겠다는 선언을 막 마친 한니발처럼, 일말의 주저함도 없는 환한 빛을 내뿜고 있었다.

그냥 내버려두고는 있었는데.

하루히가 말한 '재미있는 일'이 나에게 유쾌한 결과를 낳은 적은 요 반년 동안 한 번도 없었다. 대개의 경우 힘만 빼고 끝났다. 적어도 나와 아사히나 선배는 녹초가 되는데, 그건 그런 만큼 제대로 된 인종이라는 소리겠지. 내가 보는 한에 있어서 하루히가 절대로 제대로 된 정신의 소유자가 아니라는 것은 이 세상의 상식이라 치더라도, 코이즈미도 평범한 인간다운 정신세계를 갖고 있다고는 볼 수 없었고, 나가토의 경우에 이르러선 아예 인간의 범주에 속하지도 않는다.

그런 녀석들 무리에 뒤섞이게 되다니, 대체 난 어떻게 이런 이상 현상의 극치와도 같은 고등학교 생활을 헤쳐나가야 좋단 말인가.

반년 전에 내가 해야만 했던 일만큼은 이젠 절대 사양이다. 그런 바보 같은 경거망동은 두 번 다시 하고 싶지 않다. 생각만 해도―누가 내게 총을 빌려다오―내 관자놀이에 바람구멍을 내고 싶어진다. 그때의 기억이 담겨 있는 뇌세포를 추출해 불태워버리고 싶을 정도다. 하루히는 어떻게 생각하고 있는지 모르겠지만.

그렇게 과거의 기억을 날려버릴 방법을 생각하고 있던 탓인지 옆에서 시끄럽게 떠드는 여자가 무슨 말을 하고 있는지를 그만 놓치고 말았다.

"쿈, 듣고 있는 거야?"

"아니, 못 들었는데. 왜?"

"문화제 말이야, 문화제. 너도 조금은 들떠 보라고. 고등학교 1학년의 문화제는 1년에 한 번밖에 없단 말이야."

"그건 그렇지만 그렇게 유난을 떨 만한 것도 아니잖아."

"당연히 떨어야지. 모처럼 열리는 축제인데 맘껏 활개를 치지 않으면 안 되잖아. 내가 알고 있는 학원축제란 건 대개가 그래."

"너희 중학교에선 그렇게 난리를 떨었었냐?"

"아니, 전혀. 하나도 재미없었어. 그러니까 고등학교의 문화제는 더 재미있어야 한다고."

"어떻게 하는 게 정말 네가 재미있다고 생각하는 건데?"

"유령의 집에 진짜 유령이 나온다거나, 순식간에 계단이 늘어난다거나, 학교의 7대 불가사의가 13대 불가사의가 된다거나, 교장 선생님 머리가 아프로 헤어가 된다거나, 학교 건물이 변신해서 바다에서 나타난 괴수와 싸운다거나, 가을인데 계절 언어가 매화(주5)라거나, 그런 거지."

음, 나는 중간부터 듣기를 포기했기 때문에 계단 이후의 설명이 뭐였는지 모르겠는데, 괜찮다면 좀 가르쳐줘다오.

"…그래. 가서 천천히 얘기해줄게."

주5) 매화: 일본의 전통시인 와카를 지을 때 꼭 들어가는 계절을 상징하는 단어. 매화는 봄을 상징하는 단어 중 하나이다.

기분이 상해 뚱하니 토라져서 입을 다문 하루히는, 성큼성큼 걸어가 순식간에 문 앞에 도착했다. 그 문에 붙은 '문예부' 팻말 아래에 'with SOS단'이라는 투박한 글씨로 쓴 종잇조각이 압정으로 고정되어 있었다.

"벌써 반년이나 여기에 있었잖아. 이 방은 우리의 것이라고 해도 아무도 뭐라 못 할 거야" 라는 제멋대로인 점유권을 주장하며 팻말을 바꿔달려던 건 하루히였고 그걸 막은 건 나다. 인간이란 적당히 조신할 줄 알아야 하는 법이다.

하루히는 노크도 하지 않고선 문을 열었고, 나는 방 안에 요정이 서 있는 것을 보았다. 그녀는 나와 눈이 마주치자 백합꽃의 화신으로 착각할 만큼 아름다운 미소를 지었다.

"아…. 안녕하세요."

메이드 복장을 한 채 빗자루를 들고선 청소를 하고 있던 것은 SOS단이 자랑하는 차 담당인 아사히나 미쿠루 선배였다. 그녀는 평소와 같이 동아리방에 사는 요정과 같은 미소로 나를 맞이해주었다. 정말 요정이나 뭐 그런 존재일지도 모른다. 미래에서 온 사람이라는 말보단 그쪽이 훨씬 더 잘 어울린단 말이지.

단이 창설될 때, "마스코트 캐릭터가 필요할 것 같아서" 라는 의미를 알 수 없는 이유를 내건 하루히에게 끌려온 아사히나 선배는, 또다시 하루히에 의해 억지로 메이드복을 입게 되었고, 그 이후로 그대로 SOS단 전속 메이드로 매일 방과 후 여기서 완벽한 메이드가 되어 지내고 있다. 머리에 나사가 하나 풀린 사람이라서가 아니라, 보고 있는 사람이 눈물이 나올 만큼 순수한 사람이라서 그런 것이다.

바니 걸이나 간호사, 치어 걸도 되어주었던 아사히나 선배였지만 역시 메이드복 차림이 제일 좋단 말이야. 솔직히 말해서 이런 복장에 아무런 의미도 없으면 복선이 안 된다고 생각하므로, 여기선 그런 거라고 생각해주기 바란다. 참고로 말해두겠는데, 하루히가 하는 일에는 의미가 있었던 적이 거의 없다.

하지만 무슨 일의 원인이 되는 경우는 제법 된다. 그로 인해 우리들은 매우 곤란한 상황에 빠지게 되곤 하지. 이왕이면 모두 다 아예 무의미하다면 그나마 좀 낫겠는데 말이야.

그런 하루히가 일으킨 몇 안 되는 좀 나은 일들—이라기보다는 이것밖에 없는 거지만—중 하나가 아사히나 선배 메이드 버전이었다. 너무나도 잘 어울려서 현기증이 날 정도다. 이것만큼은 하루히의 아이디어를 높게 사야만 할 것 같다. 어디에서 얼마에 사들였는지는 모르겠지만, 하루히의 의상 센스는 제법이었다. 뭐, 아사히나 선배라면 뭘 입어도 최고의 모델이 되겠지만. 그중에서도 메이드는 내 마음에 무척 드는 모습으로, 요컨대 내 눈을 기쁘게 해준다는 의미에서 뜻 깊은 일이다.

"금방 차를 내올게요."

귀엽게 말을 한 아사히나 선배는 빗자루를 청소도구함에 넣고선 잰걸음으로 찬장으로 달려가 각 단원의 전용 찻잔을 꺼내기 시작했다.

딱딱한 물건이 옆구리를 찌른다 싶었더니 하루히가 팔꿈치로 날 가격하고 있었다.

"눈이 아주 실처럼 가늘어졌다."

아사히나 선배의 사랑스러운 모습에 너무 감격해 자연스레 눈이 웃음을 짓느라 가늘어졌었나보다. 누구나 그럴 것이다. 가련하면서 우아하게 부끄러워하는 아사히나 선배를 본다면 말이다.

하루히는 '단장'이라 적힌 원뿔이 놓인 책상 위에서 '단장'이라 적힌 완장을 꺼내 차고선 철제 의자에 털썩 주저앉더니, 방 안을 한번 쭉 훑어보았다.

또 한 명의 단원이 테이블 구석에서 두툼한 책을 읽고 있었다.

"……."

그저 묵묵히 고개도 들지 않고 뚫어져라 책을 들여다보고 있는 것은, 하루히의 표현을 빌린다면 '동아리방을 탈취했더니 부록으로 따라왔다'는 문예부 1학년, 나가토 유키였다.

대기 중의 질소처럼 존재감은 희박한 주제에 멤버들 중에서는 가장 기기묘묘 이상야릇한 프로필을 가진 동급생이다. 설정상 이상야릇 레벨에선 하루히 이상인 수준이라고 할 수 있다. 하루히는 처음부터 끝까지 이해가 안 가지만, 나가토는 어중간하게 이해를 하는 만큼 더 혼란스럽다. 나가토가 하는 말을 믿는다면 말없고, 무표정, 무감정에 무감동인 없어없어 4박자를 고루 갖춘 짧은 머리 작은 몸집의 이 여학생은 인간이 아니라 우주인에 의해 만들어진 대인간용 의사소통 기계인 것이다. 그게 대체 뭔데? 라고 내게 묻는다 해도 곤란하다. 본인이 그렇게 주장하고 있으니 뭐라 반박할 여지도 없고 아무리 봐도 그게 정말인 것 같다. 단, 하루히에겐 비밀이다. 현재 하루히는 나가토를 '조금 별난 독서광'이라고만 생각하고 있으니까.

객관적으로 봐도 '조금'은 아니라고 생각하지만 말이다.

"코이즈미는?"

하루히는 아사히나 선배에게 날카로운 시선을 보냈다. 아사히나 선배는 몸을 움찔 떤 뒤에,

"그, 글쎄요. 아직 안 왔는데요. 좀 늦는군요⋯."

차 통에서 신중한 손놀림으로 찻잎을 꺼내더니 주전자에 넣는다. 나는 구석에 있는 이동식 옷장을 아무 생각 없이 바라보고 있었다. 다양한 의상이 연극부 대기실처럼 걸려 있다. 왼쪽부터 차례대로 간호사복, 바니 걸, 여름용 메이드복, 치어리더, 유카타, 표범 무늬 가죽옷, 개구리 인형 옷, 뭔지 잘 알 수 없는 팔랑팔랑거리고 속이 훤히 들여다보이는 옷 등등.

이것들 모두가 이 반년 동안 아사히나 선배의 온기를 맛보았던 의상들이다. 미리 확실하게 해두겠는데, 그 옷을 아사히나 선배가 입는다는 것에는 아무런 의미도 없다. 그저 하루히 자신의 만족도를 높여주었을 뿐이다. 어릴 적에 생긴 마음의 상처 때문일까. 부모님이 인형을 사주지 않았다든가 하는 뭐 그런 거 말이다. 그래서 이 나이가 되어 아사히나 선배를 가지고 노는 거지. 덕분에 아사히나 선배의 트라우마는 현재진행형으로 커져가고 있고, 나는 눈이 호강을 해서 행복해진다는 구조이다. 뭐, 전체적으로 보면 행복해진 인간이 많은 것 같으니 나도 군말 안 하기로 했다.

"미쿠루, 차."

"아, 예. 곧 가져갈게요."

아사히나 선배는 당황하며 '하루히'라고 매직으로 쓴 찻잔에 녹차를 따라서는 쟁반에 담아 조심스럽게 가져왔다.

잔을 받아든 하루히는 후루룩거리며 뜨거운 차를 마신 뒤 부족한 제자를 꾸짖는 꼿꼿이 선생처럼 말했다.

"미쿠루, 전에도 말한 것 같은데 기억 못 하는 거야?"

"네?"

아사히나 선배는 딱 보기에도 불안한 듯 쟁반을 껴안고선,

"무슨 얘기인가요?"

어제 먹은 열매 맛을 떠올리려 애쓰는 색문조처럼 고개를 갸웃거렸다.

하루히는 찻잔을 책상에 올려놓고선,

"차를 나를 때엔 세 번에 한 번 정도의 비율로 넘어질 것! 멍청이 메이드답지가 않잖아!"

"아, 음···. 죄송합니다."

가녀린 어깨를 움츠리는 아사히나 선배. 그런 약정이 있었다니 나는 처음 듣는 소리다. 이 녀석은 메이드란 실수를 해야 된다고 생각하고 있는 걸까?

"마침 잘됐어, 미쿠루. 콘한테 연습을 해. 찻잔이 머리 위에서 뒤집어지도록."

"네에?!"

그렇게 말하며 아사히나 선배는 나를 보았다. 나는 하루히의 머리에 구멍을 뚫고 그 내용물을 바꿔치려고 전동 드릴을 찾아보았지만, 안타깝게도 보이지 않아 대신 한숨을 쉬었다.

"아사히나 선배, 하루히의 농담을 듣고 웃는 건 머리가 이상한 애들밖에 없어요."

이제 그만 익숙해지실 때도 되지 않았나요, 이렇게 덧붙이고 싶었지만 참기로 하지.

하루히는 눈을 매섭게 치켜뜨며 말했다.

"거기, 바보, 난 농담하지 않았어! 난 언제나 진지하다고."

그렇다면 그건 더 문제지. 한 번 CT 스캔이라도 받아보는 게 좋겠다. 그리고 네가 바보라고 하면 무척이나 화가 나는 건 나의 유머 센스가 부족해서 그런 걸까.

"됐어. 내가 견본을 보여줄 테니까 다음엔 미쿠루가 하는 거다."

철제 의자에서 뛰어내린 하루히는 입만 뻐끔거리고 있는 아사히나 선배의 손에서 쟁반을 빼앗아선 주전자를 기울여 내 이름이 쓰인 찻잔에 콸콸콸 차를 따르기 시작했다.

기가 막혀 지켜보고 있는 사이, 하루히가 성대하게 차를 흘려대며 찻잔을 쟁반에 올렸다. 그러고선 내가 서 있는 위치를 재고 고개를 끄덕이고는 걸음을 옮기려는 순간 나는 옆에서 찻잔을 빼앗았다.

"야! 방해하지 마!"

방해고 자시고, 뜨거운 물을 머리 꼭대기에서부터 뒤집어쓰게 생겼는데 가만히 서 있을 녀석이 있다면, 그 녀석은 무지막지하게 성격이 좋거나 보험사기꾼이다.

난 선 채로 하루히가 타온 녹차를 마시고선, 어째서 같은 찻잎인데 아사히나 선배가 타주는 것과 이렇게나 맛이 다를까 하는 생각을 했다. 생각할 것도 없다. 애정이라는 이름의 조미료의 차이일 거야. 아사히나 선배가 들판에 핀 하얀 장미라면 이 녀석은 꽃도 피우지 않고 가시만 세워대는 특수한 장미다. 당연히 열매를 맺을 일도 없을 것이다.

하루히는 말없이 찻잔을 기울이는 나를 책망하는 눈빛으로 쳐다보았지만,

"흥."

머리카락을 바람에 날리며 단장 책상으로 돌아갔다. 후루룩. 팔팔 끓인 쓴 약을 마시는 듯한 표정이군.

아사히나 선배는 안도한 듯 일을 다시 시작하더니, 나가토의 찻잔에 차를 따라 독서 소녀의 앞에 놓아주었다.

나가토는 꿈쩍도 안 하고 묵묵히 양장본 책에 빠져 있었다. 조금은 감사하라고. 타니구치라면 다 마시는 데 3일은 걸렸을 거다.

"……."

팔락거리며 페이지를 넘길 뿐 나가토는 고개도 들지 않았다. 그 모습도 평소와 별반 다를 바 없었기 때문에 아사히나 선배도 기분 상해하는 기색 없이 메이드 활동을 전개, 자신의 찻잔을 준비했다.

그때 다섯 번째 단원이 오지 않는다 해도 아무도 신경도 안 썼을 텐데, 오고야 말았다.

"늦어서 죄송합니다. 종례가 길어져서요."

너무나도 해맑아 보이는 미소 광선을 발사하며 문을 연 것은, 하루히의 표현을 빌리자면 수수께끼의 전학생 코이즈미 이츠키였다. 내게 여자친구가 있다면 차마 친구로 소개할 마음이 들지 않을 것 같은 얼굴에 미소를 지으며,

"제가 마지막인 것 같군요. 저 때문에 회의가 시작되지 않았다면 죄송합니다. 아니면 뭐라도 사올까요?"

회의? 그게 무슨 소리야? 그런 걸 한다는 얘기는 못 들었는데.

"말하는 걸 잊고 있었어."

책상에 턱을 괴고 있던 하루히가 말했다.

"점심시간에 다른 애들한테는 말해두었는데 너하고는 언제든지

얘기할 수 있을 거라고 생각했거든."

다른 교실로 찾아갈 여유는 있으면서 같은 교실의 앞자리에 있는 내게 전하는 수고는 왜 아낀 거냐.

"뭐 어때. 어차피 마찬가지잖아. 문제는 언제 뭘 들었냐가 아니라 지금 뭘 하는가라고."

말만 그럴싸하게 들리는 것 같았지만, 하루히가 뭘 하든 내 기분이 좋아지지 않는다는 것은 이미 다 알고 있는 사실이라 할 수 있을 것이다.

"그보다 앞으로 뭘 할지를 생각해야 해!"

현재형인지 미래형인지 확실하게 구분을 해주면 좋을 텐데. 그리고 덧붙여서 주어가 1인칭 단수인지 복수형인지도 말이다.

"물론 우리 전원이지. 이건 SOS단의 행사니까."

행사라니?

"아까도 말했잖아. 이 시기에서 행사라면 문화제 말고 뭐가 더 있겠어!"

그건 SOS단이 아니라 학교 전체의 행사지. 그리고 문화제를 기획하고 싶다면 실행위원에 입후보하면 될 거 아냐. 시시한 잡일이 산더미일 테니까 말이야.

"그런 건 의미가 없어. 역시 우리는 SOS단다운 활동을 해야지. 애써 여기까지 키운 단이라고! 학교 안에 모르는 사람이 없을 만큼 주목을 받고 있는 단체란 말이야. 알겠어?"

SOS단다운 활동이라니 그게 뭔데?

난 요 반년 동안에 일어난 SOS단다운 활동을 떠올리며 살짝 우울해졌다.

넌 단순히 충동적으로 떠오른 일들을 떠들면 되니까 편하겠지만 나나 아사히나 선배가 고생하는 건 어떻게 되는데. 코이즈미는 붙임성 있는 웃음만 짓는 게 다고, 나가토는 전혀 도움이 안 되는데 조금은 일반인인 내 생각도 해줬으면 한다. 아아, 아사히나 선배도 그다지 일반적이라고는 할 수 없을지 모르지만 귀여우니까 만사 오케이다. 그곳에 존재하는 것만으로도 눈에 보양이 되고 내 황폐해진 정신을 달래주니까.

"기대에 부응할 만한 일은 해야지."

하루히는 심각한 얼굴로 그렇게 중얼거렸지만 대체 어디의 누가 SOS단이 하는 일에 기대를 갖고 있다는 건지, 그것이야말로 앙케트로 조사해봐야 할 것이다. 애써 키웠다고 보기엔 SOS단은 아직까지 동아리보다 못한 존재에서 승격도 안 했고 부원들도 안 늘었다. 는다고 해도 일만 성가셔질 게 뻔하니까 없어도 그만이지만, 이래서야 탈선한 하루히 특급은 언제까지나 선로 옆을 한없이 미끄러져갈 게 틀림없다. 그리고 승객은 우리들 다섯 명밖에 없는 것이다. 적어도 날 대신해줄 희생양이 필요하다. 뭐 하면 시급을 줄 수도 있다고. 한 100엔 정도.

첫 잔을 30초 만에 비운 하루히는, 아사히나 선배에게 잔을 채우라고 요구하면서 물었다.

"미쿠루네는? 뭐 한대?"

"으음…. 반에서요? 볶음국수 카페를…."

"미쿠루는 분명히 웨이트리스겠지?"

아사히나 선배는 눈을 동그랗게 떴다.

"어떻게 아셨어요? 전 요리를 맡고 싶었는데 다들 그렇게 말해서

…."

하루히는 다시 생각에 잠기는 눈빛을 보였다. 바로 변변치 못한 생각을 하고 있을 때의 그 눈빛이다. 그 눈이 옷장으로 향했다. 그러고 보니 아사히나 선배에게 아직 웨이트리스 의상을 입히지 않았다는 것을 떠올린 듯한 눈빛이었다.

하루히는 생각에 잠긴 표정을 지으며 다시 물었다.

"코이즈미네 반은?"

코이즈미는 가볍게 어깨를 으쓱거리더니.

"연극을 한다고까지는 정해졌는데 창작작품을 할지 고전극을 할지로 반의 의견이 갈렸어요. 문화제까지 시간도 얼마 안 남았는데 아직까지 합의를 못 하고 있죠. 격론을 벌이고는 있는데 결정이 나려면 아직 더 걸릴 것 같아요."

그거 참 활기 넘치는 반일세. 귀찮을 것 같긴 하다만.

"흐음."

공중을 떠돌던 하루히의 시선이 아직 한 마디의 발언도 하지 않은 나머지 단원에게로 향했다.

"유키는?"

독서광 우주인 비스므리는 비가 내릴 것이라는 기운을 감지한 프레리도그처럼 고개를 들고선,

"점."

여전히 평탄한 목소리로 대답했다.

"점?"

되묻고 만 것은 바로 나였다.

"응."

나가토는 피부 호흡조차 안 하는 듯한 무표정한 얼굴로 고개를 끄덕였다.

"네가 점치는 거야?"

"응."

나가토가 점을 본다고? 예언을 잘못 말한 게 아니고? 난 검은 뾰족모자와 망토 차림을 한 나가토가 수정구슬을 손에 들고 있는 모습을 상상했고, 커플 손님을 앞에 두고 "너희들은 580일 3시간 5분 후에 헤어진다"고 정직하게 말하는 광경을 환상 속에서 보았다.

조금은 상냥한 거짓말도 섞어서 말해줘라. 뭐, 나가토가 미래를 예지할 수 있을지 어떨지는 확실하지 않지만 말이다.

아사히나 선배가 미니 점포, 코이즈미가 연극, 나가토네가 점집이라. 어디든지 우리 반의 무기력 앙케트보다는 훨씬 재미있어 보이네. 그래, 이런 건 어떨까. 전부 다 모아서 연극 점 앙케트 찻집을 하는 건 말이야.

"바보 같은 소리 그만하고 어서 회의를 시작하자."

하루히는 내 귀중한 의견을 일축하고선 화이트보드로 걸어갔다. 라디오의 안테나 같은 지시봉을 뻗어 소리를 내며 보드를 두드렸다.

아무것도 씌어 있지 않은데 어딜 보란 소리야.

"이제부터 쓸 거야. 미쿠루, 넌 서기니까 말하는 대로 잘 받아써야 돼."

언제부터 아사히나 선배가 서기가 되었는지 나는 몰랐다. 아는 사람은 아무도 없을 것이다. 방금 전에 하루히가 정한 것 같으니까.

차 담당 겸 비서가 된 아사히나 선배는 수성 펠트 펜을 들고 화이트보드 옆에 조심스럽게 자리를 잡고선 하루히의 옆얼굴을 쳐다보았다.

그리고 하루히는 갑자기 의기양양한 목소리로 말했다.

"우리 SOS단은 영화 상영회를 하겠습니다!"

대체 하루히의 머릿속에 어떠한 변환이 일어났는지 이해가 안 간다. 그건 됐다고 치자. 항상 있는 일이니까. 하지만 이래선 회의가 아니라 너 혼자만의 소신 표명 연설이잖아.

"항상 그렇잖아요."

코이즈미가 내게 속삭였다. 낙서를 하고 싶어질 만큼 깔끔한 미소였다. 단정한 입술에 부드러운 곡선을 그린 채 코이즈미는 말했다.

"스즈미야 씨는 처음부터 뭘 할지 결정해놓았던 것 같은데요. 얘기를 나눌 여지는 없어 보여요. 당신이 무슨 괜한 소리라도 했던 거아닙니까?"

영화에 관련된 대화와 오늘은 관계가 없을 텐데. 어제 심야에 저예산 C급 영화라도 보다가 너무나도 한심의 극치를 견딜 수 없는 심정이 되었던 거 아냐?

하지만 하루히는 자신의 연설이 청중들을 모조리 감동시켰다고 믿고 있음을 전혀 의심하지 않는 기분 좋은 표정으로 말을 이었다.

"항상 의문을 갖고 있던 게 있단 말이야."

난 네 머릿속에 든 내용물이 의문이다.

"TV 드라마를 보면 마지막 회에 사람이 죽는 경우가 많은데 그건 정말 부자연스럽지 않아? 왜 그렇게 타이밍 좋게 죽는 거지? 이

상해. 그래서 난 마지막에 누군가가 죽으면서 끝나는 게 정말 싫어. 나라면 그런 영화는 찍지 않을 거야!"

영화냐 드라마냐, 하나만 정해라.

"영화를 만들 거라고 했잖아. 고분 시대의 토우도 귓구멍을 갖고 있는데. 내 말은 단어 하나 빠뜨리지 말고 기억할 것."

네 녀석의 시시껄렁 얼빠진 대사집을 암기하느니 동네를 달리는 전철 노선의 역 이름을 처음부터 끝까지 외우는 게 훨씬 더 유용할 거다.

아사히나 선배가 전직 서예부라는 것이 도저히 믿어지지 않을 동그란 글씨로 '영화 상영'이라고 쓰는 것을 보며 만족스럽게 고개를 끄덕이던 하루히는,

"그렇게 된 거야. 알았지?"

장마가 끝났다는 것을 확신한 기상 캐스터 같은 상쾌한 목소리로 말했다.

"뭐가 그렇게 됐다는 거냐?"

나는 물었다. 당연한 의문 아닌가. 영화를 상영한다는 것밖에 모르는데. 배급처는 어디로 잡을 생각이지? 부에나비스타 인터내셔널에 아는 사람이라도 있냐?

하지만 하루히는 지나치게 까만 눈동자를 밝게 빛내며 말했다.

"쿈, 너도 참 머리가 딸리는구나. 우리들이 영화를 찍는 거야. 그리고 문화제에서 상영하는 거지. 프레젠티드 바이 SOS단이라는 크레디트를 넣어서 말이야!"

"언제부터 여기가 영화 연구부가 됐냐?"

"무슨 소릴 하는 거야? 여긴 영원히 SOS단이야. 영화 연구부 따

위가 된 적은 없는데."

영화 연구부 녀석이 들으면 기분 나빠할 소리를 했다.

"이건 이미 결정된 거야. 일사부재리라고! 사법거래에는 응하지 않을 거야!"

SOS단의 배심원 단장님이 그렇게 말씀하신다면야 두 번 다시 의견을 뒤집지는 않으시겠지요. 대체 어떤 녀석이냐, 하루히를 단장직에 추천한 게…. 아, 그러고 보니 이 녀석 자기가 멋대로 된 거였지. 어느 세상에나 목소리가 큰 녀석과 힘센 녀석이 성공한다는 건 사실이니까. 덕분에 나나 아사히나 선배처럼 남에게 잘 맞춰주는 착한 사람이 피해를 보게 되는 것이 냉혹하고 비정한 인류사회의 모순점이자 진리이기도 하다.

내가 이상적인 사회제도란 무엇인가 하는 심오한 명제에 대해 생각하고 있는데,

"그렇군요."

코이즈미가 모든 것을 알았다는 목소리로 말했다. 나와 하루히에게 공평하게 미소를 지어 보이고선.

"잘 알았습니다."

어이, 코이즈미. 하루히가 입에서 나오는 대로 내뱉는 폭탄을 그대로 받아들이지 마. 너에겐 자신의 의견이란 것도 없냐?

코이즈미는 앞머리를 살짝 손가락으로 튕기고선,

"그러니까 우리들이 직접 영화를 촬영해 손님을 모아 상영하자는 거로군요."

"바로 그거야!"

하루히가 보드에 대고 안테나를 두드리자 아사히나 선배가 움찔

몸을 떨었다. 그래도 아사히나 선배는 용기를 쥐어짜듯 입을 열었다.

"하지만…, 어째서 영화인가요?"

"어제 밤중에 잠자리가 조금 불편했거든."

하루히는 안테나를 얼굴 앞에다 대고 와이퍼처럼 움직이며 말을 이었다.

"그래서 TV를 켰더니 이상한 영화를 하더라. 보고 싶은 생각은 없었지만 달리 할 일도 없어서 봤어."

역시.

"그런데 그게 정말 너무 심하다 싶을 정도로 한심한 영화더라고. 감독네 집에 국제전화로 장난전화라도 해버릴까 싶을 정도로 말이야. 그래서 이렇게 생각했지."

지시봉 끝이 아사히나 선배의 자그마한 얼굴을 찔렀다.

"그렇다면 내가 훨씬 더 나은 작품을 찍어주마!"

자신만만하게 가슴을 쫙 펴는 하루히였다.

"그래서 '한번 해보자' 싶은 거야. 뭐 할 말 있어?"

아사히나 선배는 겁먹은 듯 고개를 설레설레 저었다. 할 말이 있다 하더라도 아사히나 선배는 입 밖으로 내지 않을 것이고, 코이즈미는 예스맨이고, 나가토는 그렇지 않아도 아무 말도 안 하는 녀석이라 이런 때에 뭔가 얘기를 해야 한다면 그건 필연적으로 언제나 내가 된다.

"네가 혼자서 영화감독을 목표로 삼든 프로듀서를 지향하든 그건 아무래도 좋아. 네 진로니까 네 마음대로 하면 그만이지. 그런데 우리의 희망이나 의사도 마음대로 해도 되는 걸까?"

"무슨 소리야?"

하루히는 입을 삐죽 내밀었다. 나는 인내심을 발휘해 다시 말했다.

"넌 영화를 만들고 싶다고 했지. 우리는 아직 아무 말도 안 했다. 만약 우리가 그런 건 싫다고 하면 어쩔 건데? 감독만으로는 영화를 못 찍어."

"걱정 마. 각본이라면 대강 생각해놨으니까."

"아니, 내가 말하고 싶은 건 그게 아니라…."

"아무것도 신경 쓸 거 없어. 넌 평소대로 날 따라오면 돼. 걱정할 필요 없다니까."

걱정되는데.

"준비는 나한테 맡겨둬. 전부 다 내가 할게."

더더욱 걱정이다.

"거 참 되게 시끄럽네. 한다면 하는 거야. 목표는 문화제 이벤트 베스트 투표 1위! 그러면 머리 나쁜 학생회도 SOS단을 인정하지 않을 수 없겠지—아니! 반드시 인정하게 만들겠어. 그러려면 먼저 여론을 우리 편으로 만들어야 해!"

여론과 투표결과가 항상 정비례한다고는 볼 수 없는데.

난 저항을 시도했다.

"제작비는 어쩌고?"

"예산이라면 있어."

어디에? 비합법 조직인 주제에 대놓고 이름을 떠들어대는 이 단체에 학생회가 예산을 분배해줄 거라고는 도저히 보이지 않는데.

"문예부에 준 게 있잖아."

"그건 문예부 예산이잖아. 네가 써도 되는 게 아니야."

"그치만 유키는 괜찮다고 그랬는걸."

이런이런. 난 나가토의 얼굴을 보았다. 나가토는 느린 동작으로 날 올려다보고선 아무 말도 않은 채 다시 독서를 재개했다.

정말 문예부 입부 희망자는 너밖에 없었던 거겠지. 물어볼 생각은 없지만, 미리 나가토가 손을 써서 폐부 직전으로 몰고 간 거라 해도 전혀 이상하지 않을 일이다. 이 녀석은 하루히가 찾아올 것을 처음부터 알고 있었던 것 같다. 만약 문예부에 들어오려고 마음을 먹었던 신입생이 있었다면 참 가엾은 일이다. 꼭 하루히의 손에서 원래의 문예부를 되찾도록 노력해주길 바라는 심정이다.

그런 내 마음도 모른 채 하루히는 안테나를 휘두르며,

"다들 알았지! 반에서 하는 것보다 이 일이 먼저야! 반대 의견이 있다면 문화제가 끝난 다음에 듣도록 하겠어. 알겠지? 감독의 명령은 절대적이라고!"

그렇게 소리치는 하루히는 한여름에 얼음덩어리를 선물받은 북극곰처럼 다른 것은 눈에 들어오지도 않는 것 같았다.

단장 다음엔 감독이라. 마지막엔 대체 뭐가 될 작정이지. …신이라는 말은 부디 하지 말아다오.

"그럼 오늘은 이걸로 끝! 난 캐스팅이랑 스폰서 문제를 생각해야하거든. 프로듀서에겐 할 일이 아주 많단 말이지."

프로듀서란 게 뭘 하는 직업인지는 잘 모르겠다만, 그건 둘째 치고 이 녀석은 대체 뭘 할 생각인 거야? 스폰서?

타악.

건조한 소리에 뒤를 돌아보니 나가토가 책을 덮고 있었다. 이제 그 소리는 SOS단의 금일 영업 종료를 알리는 신호가 되어 있었다.

자세한 얘기는 내일 하자는 말을 남기고 하루히는 통조림 따는 소리를 들은 고양이처럼 달려 사라졌다. 딱히 자세히 듣고 싶은 얘기가 될 것 같지도 않은데.

"잘됐네요."

이런 말을 꺼내는 건 항상 코이즈미다.

"우주괴수를 잡아서 구경거리를 삼는다거나 UFO를 격추시켜 내부구조를 전시한다는 게 아니라 전 안심하고 있어요."

어디서 들었던 것 같은 말인데.

이 미소 초능력자는 입도 안 벌리고 조용히 웃은 뒤,

"그리고 전 스즈미야 씨가 어떤 영화를 만들 생각인지에도 관심이 있습니다. 대충 상상이 갈 것 같기도 합니다만."

찻잔을 정리하는 아사히나 선배를 곁눈으로 바라보며 코이즈미가 말했다.

"재미있는 문화제가 될 것 같군요. 참 흥미진진해요."

덩달아 나도 아사히나 선배를 쳐다보았다. 달랑달랑 흔들리는 헤어밴드를 바라보고 있자,

"아, 저, 왜, 왜요?"

사내 녀석 둘의 시선이 자신에게 집중되어 있음을 깨달은 아사히나 선배는 손길을 멈추고 얼굴을 붉혔다.

난 가슴속으로 속삭였다.

아니, 아무것도 아닙니다. 다음에 하루히가 어떤 의상을 가져올지를 생각하고 있었을 뿐입니다.

집에 갈 준비를 마친—그래봤자 책을 가방에 넣는 게 전부였지

만—나가토가 소리도 없이 자리에서 일어나 활짝 열린 문을 통해 소리도 없이 빠져나갔다. 어쩌면 조금 전까지 나가토가 읽고 있던 책은 점술 관련 책 아니었을까. 외국 서적이라 나로서는 알 길이 없었지만.

"그런데 참."

나는 중얼거렸다.

영화…. 영화라.

솔직히 말하면 나도 조금은 관심이 있었다. 코이즈미만큼 깊이 있게는 아니고 기껏해야 대륙붕 정도의 수심이지만.

적어도 나 정도는 기대를 갖고 있는 게 좋을지도 모르지.

어차피 아무도 기대 따윈 하지도 않을 테니까 말이야.

앞에서 한 말 당장 취소다, 기대 따윈 하는 게 아니었다.

이튿날 방과 후, 나는 쓴 약이라도 먹은 듯 오만상을 찌푸리게 되었다.

- 제작…SOS단
- 총지휘/총감독/연출/각본…스즈미야 하루히
- 주연 여배우…아사히나 미쿠루
- 주연 남자배우…코이즈미 이츠키
- 조연…나가토 유키
- 조감독/촬영/편집/짐꾼/심부름꾼/FD/의견소집/기타 잡무 …쿈

이런 내용이 적힌 노트 조각을 보고 내가 생각한 건 단 하나다.

"그런데 난 몇 가지 역할을 맡아야 하는 거냐?"

"거기 씌어 있는 대로야."

하루히는 지시봉을 지휘자처럼 휘두르며 말했다.

"넌 보조 스태프라고. 캐스팅은 보는 바와 같고. 완벽한 캐스팅이지?"

"제가 주연인가요?"

가녀린 목소리로 묻는 아사히나 선배는 오늘은 메이드복이 아니라 평범한 교복을 입고 있었다. 하루히가 갈아입지 않아도 된다고 했기 때문이다. 이제부터 아사히나 선배를 데리고 어딘가에 갈 꿍꿍이로 보인다.

"저어, 전 가능하다면 눈에 안 띄는 역할이…."

아사히나 선배는 난처하다는 표정으로 하루히에게 호소했다.

"안 돼."

하루히는 대답했다.

"미쿠루는 팍팍 눈에 띄게 나와줘야 해. 넌 우리 SOS단의 트레이드마크 같은 존재니까. 미리 사인 연습도 해놔. 완성 기념 시사회 때 관객들이 해달라고 그럴걸."

완성 기념 시사회? 그런 걸 대체 어디서 할 작정인데?

아사히나 선배는 매우 불안하다는 듯 다시 말했다.

"…전 연기를 못 하는데요."

"괜찮아. 내가 확실하게 지도해줄게."

아사히나 선배는 조심스럽게 날 올려다보다가 슬픈 듯 눈썹을 내리깔았다.

지금 여기에 있는 건 우리 세 명뿐이다. 나가토와 코이즈미는 각각 반에서 하는 행사 회의인지 때문에 늦고 있었다. 방과 후에 남아서까지 고민할 만한 일은 아니라고 보는데. 적당하게 하면 될 걸 진지하게 매진하는 반이 의외로 많나봐.

"그런데 유키와 코이즈미는 진지하지 못하군."

하루히는 너무 화가 난다는 듯 내게 화살을 돌렸다.

"여기 일이 우선이라고 말했는데 자기 반 일 때문에 늦다니 엄중하게 주의를 줄 필요가 있겠어."

나가토와 코이즈미는 나와 하루히보다 교실에 대한 소속의식이 강한 거겠지. 굳이 따지자면 이 시기에 이런 장소에 있는 우리 세 명이 더 이상한 거라고.

나는 문득 떠오른 생각이 있어 아사히나 선배에게 물었다.

"아사히나 선배는 반 회의에 참가 안 해도 되나요?"

"네, 난 서빙 담당이라서 의상 맞출 때만 가면 돼요. 어떤 의상이 될지 조금 기대되네요."

쑥스러워하면서도 미소짓는 아사히나 선배는 아무래도 완전히 코스튬 플레이에 익숙해지고만 듯하다. SOS단 관계로 무의미한 의상을 무의미하게 입는 것보다는 제대로 걸맞은 장소에서 그에 맞는 복장을 하는 게 더 낫겠지. 볶음국수 카페에 웨이트리스가 있다 해도 전혀 이상하지는 않다. 문예부실에 메이드가 있는 것보다는 훨씬 합리적이지.

하지만 하루히는 어떠한 확대해석을 했는지,

"뭐야, 미쿠루. 그렇게 웨이트리스가 되고 싶었어? 그럼 빨리 말하지 그랬어. 그 정도야 간단한데. 내가 코스튬을 갖춰놓을게."

시원스레 내뱉는 건 좋다만, 문예부실에 있는 부원이 교복 이외의 어떤 복장을 한다 해도 그 자리에는 어울리지 않잖아. 요전의 간호사는 좀 아니다 싶었고, 그렇다면 역시 메이드가 제일 좋… 다는 건 단순한 나의 취미인가.

"뭐, 그 얘긴 됐고."

하루히는 나를 돌아보며 말했다.

"쿈, 너 영화 만들 때 가장 필요한 게 뭔지 알아?"

글쎄다. 난 지금까지 살아온 인생에서 감명 깊게 본 영화들을 떠올리며 참고자료로 삼았다. 잠시 생각을 마친 뒤 약간의 자신감을 갖고,

"참신한 발상과 제작에 거는 한결 같은 정열 아닌가."

"그런 추상적인 거 말고."

하루히는 틀렸다고 말했다.

"카메라잖아. 기재도 없는데 어떻게 찍니."

그럴지도 모르겠다만 난 그런 물질적인 걸 말하고 싶은 게…, 그래, 됐다. 굳이 반론을 펴야 할 만큼 난 참신한 발상도, 한결 같은 정열도, 영화이론도 갖추지 못했으니까.

"그렇게 됐으니까."

하루히는 지시봉을 접어 단장 책상에 던져놓았다.

"지금부터 카메라를 조달하러 가자."

덜컹 하고 의자가 흔들리는 소리가 나서 옆을 보니 아사히나 선배가 파랗게 질려 있었다. 파랗게 질릴 만도 하지. 현재 이 방에 있는 컴퓨터 한 대는 하루히의 말도 안 되는 강탈작전에 의해 컴퓨터 연구부에서 가져온 거니까. 그때 희생이 되었던 건 아사히나 선배

였다.

갈색 머리를 떠는 아사히나 선배는 벚꽃 같은 입술을 부들부들 떨었다.

"아, 저, 저기, 스, 스, 스즈미야 씨, 그러고 보니 전 볼일이 있어서 당장 교실로 돌아가봐야…."

"닥쳐."

하루히 무섭다. 허리를 반쯤 들고 있던 아사히나 선배는 "힉" 하고 작은 소리를 내고선 의자에 털썩 주저앉았다. 하루히는 갑자기 씨익 미소를 지었다.

"걱정할 거 없어."

네가 걱정하지 말라고 해서 정말로 걱정 안 해도 됐던 적은 없었던 것 같은데.

"이번엔 미쿠루의 몸을 대금 대신으로 쓰지 않을 거니까. 조금 협력만 해주면 돼."

아사히나 선배는 트럭에 실리기 직전의 송아지와 같은 눈으로 나를 쳐다봤다. 난 도나도나(주6)를 노래하는 대신 하루히에게 말했다.

"그 협력내용을 좀 말해봐라. 안 그러면 나와 아사히나 선배는 여기서 한 발자국도 움직이지 않을 거야."

하루히는 이 녀석들이 대체 뭘 신경 쓰는 거냐는 표정으로 대답했다.

"스폰서 순례를 할 거야. 주연 여배우를 데리고 가는 편이 더 확실하잖아. 너도 따라와. 짐을 날라야 하니까."

주6) 도나도나: 일본에서 국민가요라고 불릴 정도로 유명한 곡. 팔려가는 송아지에 대한 가사가 매우 슬프다.

제 2 장

　계절은 이미 가을인데도 어찌된 연유인지 전혀 시원하지가 않다. 지구는 마침내 바보가 되어버린 듯 가을이라는 계절을 일본에 보내는 것을 잊어버렸나보다. 여름 더위는 무한 연장전에 들어간 듯 꾸준히 계속되어, 누군가가 굿바이 홈런이라도 치지 않는 한 진정될 기미가 보이지 않았다. 진정될 무렵이면 가을은 저 멀리로 사라지고 겨울이 찾아올 것 같기도 했지만.

　늦게 끝날지도 모르겠다는 하루히의 말에 우리들은 가방을 들고 학교를 뒤로했다. 기나긴 언덕길을 힘차게 내려가는 하루히가 향하는 곳은 대체 어디일까. 고등학교 문화제용 자작 영화에 제작비를 대줄 만한 스폰서가 있을 리가 없다. 영화 연구부라면 몰라도 우리는 무얼 위해 모인 건지 반년이 지난 지금도 아직 아무도 이해를 못하고 있는 영세 미스터리 단체인 것이다. 문전박대나 당하는 게 고작일 것 같은데.

　산을 내려온 우리는 전철 지역선을 타고 세 정거장 정도 이동하게 되었다. 언젠가 나와 아사히나 선배가 단둘이 산책을 맛보았던 벚나무 가로수길 부근이다. 커다란 슈퍼마켓과 상점가가 있어, 제법 유동 인구가 많은 지역이다.

하루히는 나와 아사히나 선배를 이끌고 똑바로 상점가 안으로 들어섰다.

"여기야."

마침내 걸음을 멈춘 하루히가 가리킨 곳에는 전자용품 가게가 있었다.

"그렇군."

내가 말했다.

이 가게에서 영화 촬영에 필요한 기자재들을 뜯어낼 생각인가보다.

어떻게?

"잠깐만 기다려. 내가 얘기를 하고 올게."

가방을 내게 맡기고선 조금도 망설임 없이 통유리문 안으로 들어갔다.

아사히나 선배는 내 뒤에 숨듯이 서서는 전시된 조명기구의 불빛으로 눈부시게 환한 가게 안을 조심스럽게 살피고 있었다. 소심한 초등학생 여자애가 친구네 집을 처음 찾아갔을 때와 같은 분위기다. 난 이번에야말로 아사히나 선배를 지켜야겠다는 의욕에 가득 차서 점장으로 보이는 아저씨에게 손짓 발짓을 섞어가며 말을 걸고 있는 하루히의 등을 관찰했다. 조금이라도 하루히가 수상쩍은 행동을 하려고 들면 이대로 아사히나 선배를 옆구리에 끼고 튀는 거다.

유리창 너머에선 하루히가 뭔가를 얘기하며 전시품을 가리키기도 하고 자기를 가리키기도 하고 아저씨를 가리키기도 하고 있었다. 아저씨도 연신 고개를 끄덕이고 있는데, 그런 녀석이 하는 말에 안이하게 고개를 끄덕이지 않는 편이 좋다고 충고를 하는 게 좋을까.

마침내 하루히는 몸을 돌려 유리문 너머에서 언제든지 도망칠 태세를 갖추고 있는 우리를 검지로 가리키더니, 독버섯이라도 먹은 듯한 미소를 짓고는 다시 손을 파닥거리며 연설을 계속했다.

"대체 뭘 하고 있는 걸까요…?"

아사히나 선배가 내 뒤쪽에서 고개를 내밀었다 움츠렸다 하며 의문스럽다는 목소리를 냈다.

미래에서 온 아사히나 선배가 모르는 걸 내가 알 리가 있나.

"글쎄요. 어차피 이 가게에서 제일 성능 좋은 디지털 카메라를 무상대여하라고 떠드는 거 아닐까요?"

그 정도쯤은 태연하게 저지를 여자다, 저 녀석은. 자칫하면 세계의 중심에 서서 지구를 돌리고 있는 건 자기라고 믿고도 남을 녀석이니까.

"참 난처하군."

얼마 전의 일인데, 비슷한 의문을 나가토에게 던진 적이 있다.

하루히는 자신의 가치기준과 판단을 절대적이라고 믿고 있다. 남의 의견이나 주장이 자신과 다를 때도 있다. 오히려 다를 때가 더 많다는 사실을 이해하지 못하고 있음에 분명하다.

초광속 항법을 실현하고 싶다면 하루히를 우주선에 태우면 될 것이다. 가볍게 상대성 이론을 무시해줄 테니까.

그런 얘기를 나가토에게 했더니 그 말없는 우주인 비스므리는,

"네 의견은 아마 옳을 거다."

라고 나가토 녀석치고는 의미가 있는 대답을 지껄였다. 농담이 먹히지 않는 존재, 그것이 바로 스즈미야 하루히였다.

"아, 얘기가 끝났나봐요."

아사히나 선배의 조심스런 목소리에 나는 현실로 돌아왔다.

보아하니 하루히는 아주 만족스런 표정으로 가게에서 나오고 있었다. 양손에 자그마한 상자를 안고 있었다. 유명 전기 메이커의 로고가 커다랗게 춤을 추고 있는 옆에 프린트되어 있는 상품 사진, 그것은 내가 잘못 본 게 아니라면 비디오 카메라의 형상을 하고 있었다.

대체 뭐라고 협박을 한 거지?

안 내놓으면 방화를 하겠다, 불매 운동을 하겠다, 밤새도록 장난 팩스를 보내겠다, 지금 당장 여기서 난동을 부리겠다, 예고도 없이 자폭을 하겠다―?

"너 바보냐? 그런 협박을 내가 할 리가 없잖아."

하루히는 기분 좋게 상점가 천막 아래를 걷고 있었다.

"이걸로 첫 걸음은 성공이야. 순조롭군."

난 비디오 카메라가 든 상자를 들고 그 뒤를 따르고 있었다. 하루히의 등에서 흔들리는 스트레이트 헤어를 바라보며 말했다.

"그러니까 어떻게 하면 이런 비싸 보이는 물건을 공짜로 주는데? 그 아저씨는 네게 약점이라도 잡혔던 거냐?"

그렇다, 가게를 나온 하루히가 한 첫 마디는, '받았다'는 선언이었다. 준다면 나도 갖고 싶다. 결정적 한 마디를 좀 전수해다오.

돌아본 하루히는 씨이익 미소를 지었다.

"그냥. 영화를 찍고 싶으니까 달라고 했더니 좋다면서 주던데. 아무 문제도 없었어."

지금은 없어도 나중에 문제가 될 것 같은 예감이 드는데, 이건 내가 걱정이 많아서인 거냐.

"쪼잔하게 신경 쓰지 마. 넌 느긋하게 내 하인으로 일만 해주면 되니까."

공교롭게도 난 올봄부터 선체 옆에 타이타닉이라고 쓰인 배에 잘못 승선하고 만 듯한 기분을 맛보고 있는 중이다. 어딘가에 SOS를 타전하고 싶은 마음도 있지만 안타깝게도 모스 부호를 모른다. 그 이전에 하인이라는 말을 듣고 느긋해질 수 있을 만큼의 근성이 내겐 없다고.

"자아, 다음 가게로 가자!"

쇼핑객의 물결 속에서 하루히는 씩씩하게 손발을 움직이며 걸어갔다. 나는 아사히나 선배와 얼굴을 마주 보았다가, 마치 경보라도 하는 듯한 속도로 멀어져가는 하루히의 뒷모습을 쫓았다.

다음으로 하루히가 방문한 곳은 플라모델 가게였다.

또다시 나와 아사히나 선배를 밖에 남겨둔 채 하루히는 혼자서 교섭에 들어갔다. 점점 이해가 가기 시작했다. 유리 너머에 있는 우리들을 가리킬 때 하루히의 집게손가락은 아사히나 선배를 정확하게 가리키고 있었다. 값어치만큼의 일을 어떤 식으로든 아사히나 선배가 하게 될 것만 같은 분위기다. 그것도 눈치채지 못한 채 아사히나 선배는 가게 앞에 전시되어 있는 디오라마 케이스를 신기한 눈으로 들여다보고 있었다. 가르쳐주는 게 좋으려나.

기다리길 몇 분, 안에서 나온 하루히는 또다시 커다란 상자를 안고 있었다. 이번엔 뭐냐.

"무기야."

하루히는 대답을 하고선 내게 짐을 떠넘겼다. 자세히 보니 플라모델이나 뭐 그런 종류의 상자였다. 그것도 권총이나 총기류였다. 이런 걸 대체 뭐에 쓰려고?

"액션 신에 쓸 거야. 총기 액션이지. 화려한 총싸움은 엔터테인먼트의 기본이라고. 가능하다면 건물을 통째로 파괴하고 싶은데 다이너마이트를 어디서 파는지 아니? 잡화점에 있을까?"

내가 아냐. 적어도 편의점이나 인터넷에서는 안 팔 거다. 채석장에 가면 놓여 있지 않을까—라는 말을 하려다 멈추었다. 이 녀석 성격에 밤중에 신관이랑 TNT 화약을 훔치러 가지 않는다는 보장이 없다.

비디오 카메라와 모델 건 상자를 바닥에 내려놓고 나는 하루히를 향해 고개를 저었다.

"그런데 이 큰 짐은 어떻게 할 거야?"

"일단 집에 가져갔다 내일 다시 가지고 와. 지금 학교로 돌아가는 건 귀찮으니까."

"내가?"

"네가."

하루히는 팔짱을 끼고선 정말 기분 좋은 표정을 지었다. 교실에서는 좀처럼 보기 힘든 SOS단 전용 스마일이다. 그리고 이렇게 하루히가 웃으면 재난을 회수하는 임무가 돌고 돌아 내게 돌아오게 되어 있다. 어둠의 블랙홀이냐.

"저어."

아사히나 선배가 조심스럽게 한 손을 들었다.

"전 뭘 해야….."

"미쿠루는 됐어. 이제 그만 가봐도 돼. 오늘은 볼일 다 끝났으니까."

눈을 깜박이며, 아사히나 선배는 마치 여우에게 홀린 아기 너구리 같은 표정을 지었다. 아사히나 선배가 오늘 한 일이라면 나와 함께 하루히의 뒤를 두려움에 떨며 따라다닌 것이 전부니까 무엇 때문에 하루히가 자기에게 동행을 강요했는지 이해가 안 가겠지. 나는 대충 내용파악이 됐지만.

하루히는 당장에라도 라디오 체조 제2장에 돌입할 듯한 기세로 가장 가까운 역으로 우리들을 데리고 갔다. 오늘의 하루히다운 활동은 여기서 끝인 듯했다. 민완 중개자도 친구 하자고 달려올 법한 수완으로 입수한 것은 비디오 카메라 한 대와 모델 건 몇 자루. 사용한 비용은 제로, 즉 공짜다.

옛날 사람들 말은 참 틀린 게 없지. 공짜만큼 무서운 건 없다. 문제는 하루히가 그것을 전혀 두려워하지 않고 있다는 점이었다. 아니, 이 녀석이 두려워할 만한 게 있다면 꼭 내게 연락을 해주었으면 하는 바람이다.

이튿날, 내가 가방 이외의 쓸데없는 짐을 안고 열심히 언덕길을 올라가고 있는데,

"여, 쿈. 뭘 그렇게 짊어지고 있는 거냐? 누구한테 줄 선물이야?"

내 옆으로 다가온 것은 타니구치였다. 나와 하루히와 같은 반이며 단순 단세포 바보의, 추호의 의심할 여지도 없이 사방에 굴러다니고 있는 평범한 1학년 중 한 명이다.

평범. 좋은 말이야. 지금의 내 입장에서 본다면 귀중하기까지 하다. 거기에는 현실적인 힘이 깃들어 있잖아.

난 잠시 고민을 했지만 두 개의 슈퍼마켓 봉투 중 가벼운 쪽을 타니구치에게 떠밀었다.

"이게 뭐야? 모델 건? 너 이런 요상한 취미가 있었냐?"

"내 거 아냐. 하루히의 취미다."

그리고 일단 부연 설명을 해두겠는데, 요상한 취미라고 단정 짓는 건 잘못이라고 본다.

"하루히가 혼자서 글록을 분해청소하는 모습이라니 상상도 안 가는데."

나도 안 가기 때문에 이걸 분해하고 조립하고 하는 건 하루히 이외의 다른 누군가가 맡게 되겠지. 참고로 나는 어릴 때 모 모빌슈트를 조립하려 애쓰다가 왼쪽 어깨의 조인트가 도저히 들어가질 않아 던져버린 과거를 지닌 사나이다.

"너도 참 고생이다."

타니구치는 전혀 그렇게 생각하지 않는다는 목소리로 말했다.

"하루히 유모 역을 맡는 건 동서고금을 통틀어 찾아봐도 너밖에 없을 거야. 내가 보장하마. 그러니까 빨리 확 붙어버려."

무슨 소릴 하는 거냐. 난 어떠한 의미로도 하루히와 접착될 생각은 없다. 내가 달라붙고 싶은 건 오히려 아사히나 선배 쪽이다. 누가 어떻게 봐도 그렇잖아?

타니구치는 낄낄거리며 마치 요괴 같은 웃음소리를 냈다.

"아아, 그건 안 되지. 그 사람은 이 고등학교의 천사님, 남학생들의 마음의 안식처니까. 전교생에게 집단폭행이라도 당하고 싶지 않으면 괜한 짓은 안 하는 게 좋을 거다. 너도 열 받은 나한테 뒤에서 칼침 맞고 싶지는 않겠지?"

그럼 차점자인 나가토로 해두지.

"그것도 힘들걸. 그 녀석도 나름대로 숨은 팬들이 많거든. 왜 안경을 벗은 걸까? 렌즈로 바꿨나?"

"글쎄. 본인한테 직접 물어보지?"

"듣기로는 아직까지 무슨 얘기를 던져도 무시하고 있다더라고. 나가토네 반에선 걔가 한 마디라도 말을 하는 날은 좋은 일이든 나쁜 일이든 뭔가가 일어날 거라고 믿고 있나보던데."

나가토가 무슨 대나무 꽃(주7)이냐. 어느 시대의 미신이야? 그 녀석은 평범하지는 않을지 모르지만, 나름대로 평범한 구석도─뭐, 별로 없긴 하군.

"그러니까 너한텐 하루히가 잘 어울리는 거야. 그 바보랑 제대로 얘기를 나눌 수 있는 건 너뿐이고 피해자는 적은 게 좋잖아. 어떻게 좀 해줘라. 그리고 보니 이제 문화제인데, 이번엔 뭘 보여줄 거냐?"

"그러니까 나한테 묻지 말라니까."

난 SOS단 섭외 담당 요원이 아니라고. 하지만 타니구치는 태연했다.

"하루히한테 물어봤자 이해도 못 할 소리나 늘어놓을 게 뻔하잖아. 타이밍을 잘못 맞추면 난동을 피울지도 모르고 말이야. 나가토 유키는 뭘 물어봐도 아무 말도 안 할 거고. 아사히나 선배는 다가가기 힘들고. 또 다른 남자애랑은 얘기를 하다보면 화가 난단 말이지. 그러니까 너한테 묻는 거야."

묘한 이론을 늘어놓는 녀석이군. 그럼 마치 내가 호인인 것처럼

주7) 대나무꽃: 대나무 꽃이 피면 세상에 이변이 일어난다는 설이 있다.

들리잖아.

"아니었냐? 그리로 가면 벼랑으로 떨어진다는 걸 알면서 같이 걸어가주는 너무 사람 좋은 녀석으로 보이는데, 내 눈엔."

교문이 보인다. 난 분연한 표정으로 타니구치에게서 봉투를 다시 빼앗았다.

하루히다운 짐승의 길의 종착역에는 뭐가 있는지 알 수 없지만, 그래봤자 변변한 것이 기다리고 있을 리는 없다고 나도 생각은 하고 있다. 하지만 같이 걸어가는 건 하루히와 나뿐만 아니라, 내가 아는 한도 내에서만도 최소 세 명은 된다. 그중 두 사람은 그냥 내버려둬도 괜찮겠지만 아사히나 선배는 너무 위태위태하다. 미래에서 온 사람이라고는 믿어지지 않을 정도로 자신의 몸에 일어나는 무언가를 전혀 예측하지 못하고 있는 것이다. 뭐, 그런 점이 좋긴 하지만.

"그러니까."

나는 이렇게 말했다.

"누군가가 지켜줘야만 한다고."

오오, 내가 생각해도 정말 주인공 같은 대사잖아. 지켜준다고 해봤자 하루히의 지나친 성희롱의 마수에서가 전부이긴 하지만.

난 기분 좋게 말했다.

"이렇게 된 거 내가 지켜주겠어. 전 학년의 남자들이 뭐라고 해도 난 모른다. 멋대로 신사동맹이든 뭐든 만들라고 그래."

타니구치는 또 도깨비 할아범 같은 웃음소리를 내며,

"적당히 해둬라. 초하루의 캄캄한 밤은 한 달에 한 번은 반드시 오는 법이니까."

토오리마(주8)를 예고하는 듯 지껄이고선 문을 들어섰다.

짐을 들고 교실 앞 복도를 걸어가고 있노라니 하루히가 자기 짐을 로커에 집어넣고 있는 것이 보였다.

나도 전자용품과 플라모델 상자를 내 출석번호가 붙은 철제 로커에 집어넣었다.

"쿈, 오늘부터 바빠질 거야."

인사도 없이 하루히는 로커 문을 소리 나게 닫고서는 내게 환한 봄날 햇살 같은 미소를 보냈다.

"미쿠루랑 유키랑 코이즈미도. 군소리하지 마라. 영화 시나리오는 내 머릿속에 완벽하게 조리되어 있거든. 부글부글 끓고 있을 정도라니까. 이젠 만들기만 하면 되는 거야."

"아, 그래."

난 적당히 대답을 하고 교실로 들어갔다. 내 책상은 뒤에서 두 번째에 있다. 1학기부터 몇 번이나 자리를 바꾸었지만, 아직까지 맨 뒷자리를 뽑은 역사가 없다. 왜냐하면 내 뒤에는 매번 하루히가 앉아 있었기 때문이다. 이제 우연이라 생각하는 건 부자연스럽다는 생각을 갖게 될 법도 하지만, 그래도 나는 우연을 믿고 있다. 내가 믿어주지 않는다면 우연이 자신감을 상실할 것만 같아서 말이지. 이래봬도 나는 남을 배려할 줄 아는 인간이다. 하루히 따위랑 어울리다 보면 누구라도 그렇게 될 거라고. 경기장 밖으로 나간 공을 체크하러 가는 수비형 MF처럼 말이지. 하루히는 오프사이드 라인 저 멀리에서 그저 공이 오기만 기다리고 있는 초공격형 FW니까 말이다. 거기다 패스를 해도 선심의 깃발이 올라갈 건 확실하지만, 그건

주8) 토오리마: 순식간에 스쳐가면서 곁에 있는 사람을 해치는 마물. 혹은 그런 류의 범죄 사건이나 범죄자.

하루히에겐 그저 오심에 불과할 뿐이다. 그런 규칙이 있는 게 이상하다고 하루히는 진지 그 자체의 자세로 말할 것이다. 그러다 공을 손에 들고 골포스트를 향해 달려간다 해도 그건 1점이라고 주장하지 않으리란 보장이 없는 녀석이란 말이다. 그렇다면 럭비를 하라는 제안은 통하지 않는다.

달리는 안하무인에 대한 대처법은 모든 것을 못 들은 척 무시하고 자연스럽게 그 자리를 벗어나거나, 모든 것을 포기하고 이 녀석이 하는 말대로 따르는 수밖에 없다. 나 이외의 동급생은 이미 그렇게들 하고 있다.

그래서 그날 6교시가 끝나자마자 하루히가 교실에서 모습을 감추어 마지막 종례시간에 내 바로 뒷자리가 공석이었어도 담임인 오카베도, 다른 그 누구도 아무 말도 하지 않았다. 눈치를 못 챘거나 못 챈 척을 하거나, 눈치채봤자 헛일이라 생각하고 있거나, 그냥 내버려두는 게 제일이라고 생각하고 있든가 중의 하나로, 어차피 다 거기서 거기인 얘기다.

난 예감과도 같은 무언가를 느끼며 동아리실로 향했고, 여러 개의 상자가 든 봉투를 양손에 든 채 문예부실 앞에 멈춰 섰다.

무슨 소리가 들린다. 꺄아 라고 비명을 지르는 건 아사히나 선배의 순진한 목소리이고, 끄아 라고 울부짖고 있는 건 하루히가 내는 귀 아픈 소리다. 또 하고 있군.

여기서 문을 열면 그야말로 그림과도 같은 장면을 볼 수 있겠지만, 상식적인 인간인 나는 고지식하게도 망상을 참아가며 가만히 대기 자세를 취하고 있었다.

5분 정도 지나 내부의 작은 투쟁은 진정이 되었다. 어차피 하루히가 의기양양한 얼굴로 양손을 허리에 올리고 있을 게 분명하다. 토끼가 거대 아나콘다에게 이길 수 없다는 것과 같은 원리로, 아사히나 선배가 이길 거라고는 생각조차 할 수 없는 일이니까.

내 노크 소리에,

"들어와!"

하루히의 씩씩한 대답 소리. 난 아침에 봤던 종이봉투 안에 뭐가 들었을까 궁금해하며 문을 열고 안으로 들어섰다. 제일 먼저 눈에 들어온 것은 역시 하루히의 의기양양한 표정이었다. 하지만 그런 얼굴이라면 이미 지긋지긋할 만큼 보아왔다. 난 하루히 앞에 놓인 철제 의자에 앉아 있는 인물로 눈길을 돌려 격려하며 열렬한 시선을 주었다.

웨이트리스가 바로 그 자리에 앉아 날 향해 눈물이 글썽거리는 눈을 보내고 있었다.

"……."

약간 머리가 흐트러진 웨이트리스는 나가토를 흉내라도 내듯이 입을 굳게 다물고선 뚱하니 토라져 있었다. 그 뒤에선 하루히가 그녀의 풍성한 갈색 머리카락을 트윈 테일로 묶고 있었다. 신기하게 나가토의 모습이 보이질 않았다.

"어때?"

하루히는 흐뭇하게 코웃음을 치며 내게 물었다. 어째서 네가 자신이 세운 공인 것 같은 얼굴을 하고 있는 거냐? 아사히나 선배의 귀여움은 아사히나 선배의 것이라고. …그렇다고 치더라도.

뭐어, 난 좋다고 생각하는데 아사히나 선배는 어떨까? 아니, 나한텐 아무런 이의 없어. 하지만 이 치마 길이는 좀 너무 짧은 것 같지 않냐?

완전무결 100퍼센트 과즙 수준의 웨이트리스 분장을 한 아사히나 선배는 딱 붙여 모은 무릎에 양손 주먹을 올리고선 그대로 굳어 있었다.

그 모습이 또한 정말 기이할 정도로 잘 어울렸다. 카에안제(주9)의 의상인가 싶었을 정도다. 덕분에 30초 정도 말없이 아사히나 선배를 바라보고 있던 나는 뒤에서 누군가가 어깨를 두드리는 바람에 깜짝 놀라고 말았다.

"여어, 안녕하세요. 어제는 죄송했습니다. 오늘도 각본 때문에 문제가 좀 있을 뻔했는데 전 일찍 빠져 나왔어요. 쳇바퀴 돌듯 진전이 없는 건 정말 못 견디겠어요."

코이즈미가 싱글거리는 잘생긴 얼굴로 내 어깨 너머로 방을 훔쳐보다가,

"아니."

유쾌한 듯 미소를 짓더니,

"아니, 이거 참."

내 옆을 가로질러 가더니 테이블에 가방을 놓고 철제 의자에 앉아서는,

"잘 어울리네요."

있는 그대로의 감상을 말했다. 그런 건 누가 보면 모르냐. 알 수 없는 건 왜 커피숍도 패밀리 레스토랑도 아닌데 웨이트리스가 이 지저분한 오막살이에 와 있느냐 하는 거다.

"그건 말이야, 콘."

이렇게 말하는 하루히.

주9) 카에안제: 배링턴 J. 베일리의 소설 「카에안의 성의」를 비유적으로 표현. 우주를 초월한 독창적인 디자인으로 전 은하적으로 인기를 얻은 카에안 문명의 의상을 둘러싸고 벌어지는 SF 소설이다.

"미쿠루는 이 복장으로 영화에 나올 거라서."

메이드면 안 되는 거냐?

"메이드란 부잣집 저택 같은 데에서 개인적인 봉사활동을 하는 게 일이잖아. 웨이트리스는 다르지. 길거리의 한 가게에서 시급 730엔 정도를 받고 불특정 다수에게 서비스를 제공하는 게 목적이지."

그게 비싼 건지 싼 건지는 모르겠다만, 어쨌든 아사히나 선배는 저택에서 일하거나 아르바이트를 하기 위해 매번 이런 복장을 하고 있는 게 아니잖아. 하루히의 돈으로 고용하고 있는 거라면 몰라도.

"자잘한 건 신경 쓰지 마! 이런 건 기분 문제라고. 난 기분 좋아."

넌 좋지만 아사히나 선배는 어떤데?

"하, 하, 스즈미야 씨…. 이건 저한테 조금 작은 듯…."

아사히나 선배는 무척이나 신경이 쓰이는지 연신 미니스커트 자락을 잡고만 있었다. 그 미묘한 동작이 애가 타게 만들어 자꾸만 나도 그쪽을 보게 되잖아요.

"이 정도가 딱 좋아. 완벽한 거지."

난 억지로 시선을 떼어내선 하루히의 밀림에 핀 화려한 꽃 같은 미소에 고정시켰다. 하루히는 똑바로 앞만 보고 있는 눈동자를 내게 조준하곤,

"이번 영화 콘셉트는."

아사히나 선배의 동그랗게 만 등을 가리켰다.

"이거야."

이거가 뭔데. 커피숍에서 아르바이트하는 소녀의 일상 다큐멘터리 필름이라도 찍을 작정이냐?

"아니. 미쿠루의 일상을 도촬한다고 뭐가 재미있겠어. 평범한 일상을 기록하는 게 고작인데. 재미있는 얘기가 될 만한 건 아주 독특한 인생을 사는 사람뿐이야. 평범한 고등학생의 일상을 촬영해봤자 그건 자기만족밖에 안 된다고."

아사히나 선배는 만족하지 않을 테고, 제3자의 입장에서 볼 때 그것도 나름대로 수요가 있을 것 같고, 무엇보다 아사히나 선배의 일상은 제법 독특할 것 같다는 느낌이 들지만 여기서는 조용히 입 다물고 있자.

"난 SOS단 대표 감독으로 철저하게 오락을 추구하려고 해. 두고 보라고. 관객들 모두가 기립박수를 치게 만들 테니까!"

자세히 보니 하루히의 완장의 문자는 어느 사이엔가 '단장'에서 '감독'으로 바뀌어 있었다. 용의주도한 녀석이다.

혼자서 들떠 있는 여자 감독과, 축 처져 있는 주연 여배우, 애매한 미소를 띤 채 구경꾼처럼 한 발 물러나 있는 주연 남자배우를 둘러본 뒤, 내가 이걸 어쩌나 생각하고 있는데 문이 소리도 없이 열렸다.

"……."

뭐가 등장하나 싶었다. 내 길지도 않은 인생에 벌써 저승길 사자가 마중을 온 줄 알고 순간 쫄았다. 모차르트에게 레퀴엠을 의뢰하러 온 살리에리가 출연하는 영화의 대기실을 잘못 찾아온 게 아닌가 의심했을 정도다.

"……"라고 장기인 말줄임표를 연발하며 발소리도 없이 들어온 것은 나가토 유키의, 평소보다 훨씬 하얀 얼굴이었다. 얼굴만 드러나 있었고 나머지는 새까맸다.

말을 잃은 것은 나뿐만 아니라 하루히와 아사히나 선배도 매한가지인 듯했고, 코이즈미조차도 미소에 놀란 기색을 소비세만큼 뒤섞고 있었다. 그도 그럴 것이, 나가토는 아사히나 선배도 깜짝 놀랄 만큼 기발한 의상을 걸치고 있었다.

암막 같은 검정 망토로 온몸을 폭 감싸고, 같은 색의, 챙이 넓은 고깔모자를 쓰고 있는 모습이 거의 키 작은 뱀파이어 헌터였다.

우리가 지켜보는 가운데, 사신 같은 복장을 한 나가토는 묵묵히 자신의 위치인 구석 자리에 앉아 망토 자락에서 가방과 양장본 책을 꺼내 테이블 위에 놓았다.

그리고 우리 네 명의 경악을 완전히 무시하고선 담담하게 독서를 시작했다.

문화제 때 반에서 한다는 점집의 의상이라고 했다.

막혔던 말문을 재빨리 회복한 하루히의 빗발치는 질문에 대답하는 나가토의 단어를 조합해가니 그런 대답이 나왔다. 나가토에게 이렇게 유쾌한 옷을 입히다니, 이 녀석 반에 상당히 뛰어난 스타일리스트가 있는 것 같군.

그런데 이 나쁜 테루테루보즈(주10) 같은 의상으로 교실에서 여기까지 걸어오다니, 나가토 녀석은 자기 나름대로 아사히나 선배에게 대항의식을 불태우고 있기라도 했던 걸까? 하루히 이상으로 무슨 생각을 하는지 파악이 안 되는 여자다, 이 녀석은.

"유키, 너도 이제야 이해를 하는구나! 그래, 그거야!"

나가토의 시선이 천천히 하루히에게 향했다가 다시 책 위로 돌아갔다.

주10) 테루테루보즈: 날이 개기를 기원하며 처마 끝에 달아두는 흰색 종이 인형.

"내가 생각하고 있던 배역에 딱 맞는 의상이야! 너한테 그걸 입힌 사람을 나중에 가르쳐줘. 이 감사의 마음을 전보로 쳐서 전하고 싶다."

제발 그만둬라. 너한테서 축전이라도 오는 날에는 뭔가 꿍꿍이가 있는 게 아닐까 의혹에 사로잡힐 게 고작일 테니까. 자신에 대한 주변의 평가를 조금 더 객관적으로 봐달라고.

완전히 기분이 좋아진 하루히는 콧노래로 터키 행진곡을 연주하며 자기 가방을 열고 복사용지를 몇 장 꺼냈다. 재빨리 우리들에게 그걸 나눠주고선, 반달곰을 씨름판에 쓰러뜨린 킨타로 같은 표정을 지었다.

별수 없이 나는 그 종잇조각에 시선을 떨궜다.

다음과 같은 문장이 거칠게 씌어 있었다.

「싸우는 웨이트리스 아사히나 미쿠루의 모험(가칭)」

☆등장인물

· 아사히나 미쿠루…미래에서 온 싸우는 웨이트리스

· 코이즈미 이츠키…초능력 소년

· 나가토 유키…나쁜 우주인

· 엑스트라 사람들…지나가던 인간들

…아이구, 이건. 그거군.

기가 막힌 단계를 초월해 이건 이 녀석이 감이 좋은 건지 어떤 건지, 아니면 소 뒷발질에 쥐를 잡은 건지, 아니면 일부러 모르는 척을 하고 있는 게 아닐까 하는 생각이 들 정도이다. 뭐냐, 묘한 곳에서 발휘되는 이 기묘한 예리함은.

놀라 말을 잃고 있던 나는 옆에서 들리는 낮은 웃음소리에 정신을 차렸다. 이렇게 웃는 것도 역시 코이즈미다.

"아니, 이건….'"

즐거워 보이니 참 부럽구나, 야.

"뭐라고 말을 할까요, 역시 대단하다고 해야겠지요? 정말 스즈미야 씨다운 배역 설정입니다. 정말 훌륭하네요."

내게 미소를 던지지 마라. 기분 나쁘니까.

A4 복사용지를 양손으로 쥐고 읽고 있던 아사히나 선배는 움찔거리며 가녀린 손목을 떨고 있었다.

"나…."

작은 목소리를 내며 내게 도움이라도 요청하는 듯한 표정을 보낸다. 아니, 그런 줄 알았는데 굉장히 슬프고 비난하는 듯한 눈빛이었다. 마치 나이 차가 많이 나는 착한 친척 누나가 장난이 심한 아이를 꾸중하는 듯한….

그제야 나는 깨달았다. 그러고 보니 반년 전의 사건 뒤에 내가 하루히에게 세 사람의 정체를 가르쳐주었단 사실을.

우엑. 큰일났네. 이건 내 탓인가.

황급히 나가토를 보니 검정 망토에 검정 모자를 코디네이트한 대인간용 휴머노이드 인터페이스인가 뭔가는,

"……."

묵묵히 책을 읽고 있었다.

"딱히 문제는 없을 겁니다."

코이즈미가 낙관적으로 주장하고 있다. 나는 이제 하나도 안 웃긴다.

"웃을 일도 아니지만 비관할 일도 아니에요."

"그걸 어떻게 알아?"

"왜냐면 기껏해야 영화의 배역일 뿐이기 때문이죠. 스즈미야 씨는 진심으로 제가 초능력 소년이라고 생각하고 있는 건 아닙니다. 어디까지나 영화라는 픽션 내에서 제가 연기하는 코이즈미 이츠키라는 소년이 초능력자라고 설정하고 있는 것뿐이니까요."

코이즈미는 기억력이 딸리는 학생을 대하는 가정교사처럼 말했다.

"현실에 이렇게 존재하는 이 코이즈미 이츠키와 저 이츠키는 다른 인물이나 마찬가지예요. 아무도 영화 속의 등장인물과 연기하는 배우를 혼동하지는 않잖아요? 만약 혼동하는 사람이 있다 하더라도 그 얘긴 스즈미야 씨에겐 통하지 않습니다."

"어째 영 안심이 안 되는데. 네가 하는 말이 맞다는 보장은 없잖아."

"만약 그녀가 현실과 픽션을 뒤죽박죽으로 만들었다면 이 세상은 벌써 판타지 세계가 되었을 테니까요. 전에도 말했습니다만, 스즈미야 씨는 저래봬도 제법 현실적인 사고를 하는 사람이에요."

그건 나도 알아. 하루히의 현실적인 사고라는 게 어중간하게 컬트적이라 내가 기묘한 사건들에 휘말리고 있으니까 말이다. 게다가 제일 중요한 하루히가 전혀 자각을 못하고 있는 중인데도 말이다.

"증거를 보여드릴 수도 없는 노릇이니."

코이즈미는 자연스레 말을 이었다.

"어쩌면 그런 사태가 될 수밖에 없는 때가 올지도 모릅니다. 하지만 지금은 아니에요. 다행히도 아사히나 씨와 나가토 씨의 세력도 같은 의견인 것 같군요. 전 영원히 이대로 간다 해도 좋을 것 같습니다만."

나도 그렇게 생각한다고. 세계가 뒤죽박죽으로 얽히는 건 보고 싶지 않다. 다음주에 발매되는 게임을 실컷 즐긴 뒤가 아니면 미련이 남을 것 같아.

코이즈미는 여전히 미소를 짓고 있었다.

"세계를 걱정하기보다 당신은 자신을 더 조심해서 지켜야 해요. 저나 나가토 씨를 대신하는 존재는 또 있을지 몰라도 당신에게는 언더스터디(주11)가 없으니까요."

난 복잡하게 바뀐 마음속을 들키지 않도록, 손에 든 총에 가스를 주입하느라 열중한 척했다.

이날의 하루히는 아사히나 선배에게 의상을 대보고, 배역을 발표하는 것으로 끝났다. 사실은 웨이트리스 코스튬을 갖춘 아사히나 선배를 끌고 학교 안을 순례한 다음 대대적으로 제작 발표 기자회견을 하고 싶었던 것 같지만 아사히나 선배가 정말로 울음을 터뜨리려 했기 때문에 내가 뜯어말렸다. 무엇보다 이 고등학교에는 신문부도 보도부도 선전부도 없다. 그렇게 말하는 나를 본 하루히는 입술을 물새처럼 만들면서도 한 발 물러나,

"그것도 그러네."

놀라울 정도로 순순히 받아들였다.

"내용은 마지막 순간까지 비밀로 해두는 게 좋겠지. 콘, 네가 웬

주11) 언더스테디: Understudy. 출연 또는 출연 예정인 배우가 질병이나 사고, 기타 이유로 출연을 못 하게 되었을 때 대신 그 역을 맡아 하는 대역배우.

일로 이렇게 눈치 빠른 소릴 하니? 다른 데서 베끼면 큰일이긴 해."

할리우드나 홍콩 영화의 아이디어도 아니고, 누가 네 머릿속에서 나 끓고 있던 그런 스토리보드를 원한다는 거냐.

"그럼 콘, 그 총은 오늘 안에 쓸 수 있도록 만들어놔. 내일이 크랭크인이니까. 그리고 카메라 사용법도 익혀둬야 된다. 아, 맞다. 영상 데이터는 컴퓨터에 옮겨서 편집할 거니까 필요한 프로그램을 어디서든 알아서 챙겨와. 그리고—."

이런 식으로 실컷 숙제를 떠넘기고선 하루히는 「대탈주」의 주제곡을 흥얼거리며 돌아갔다.

기분이 좋든 나쁘든 귀찮은 일을 만들어내는 녀석이구나, 정말.

그리고 지금, 나와 코이즈미는 사내 녀석 둘이서 얼굴을 맞대고 모델 건에서 BB탄이 나오도록 설명서와 씨름을 하며 고투하고 있었다.

옷을 다 갈아입은 아사히나 선배는 어깨를 떨구고 힘없이 집으로 돌아갔고, 나가토는 안식일에 초대받은 마녀 같은 복장을 한 채 가방도 안 들고 어딘가로 가버렸다. 아무래도 나가토는 오직 자신의 분장을 우리들에게 보여주기 위해서 왔던 모양이다. 그 녀석이 하는 짓이니 무슨 의미가 있는지도 모르고, 단순히 첫선을 보여준 건지도 모른다. 아마 지금쯤은 자기 교실에서 뭔가를 하고 있겠지. 수정구슬점 예행연습이나 뭐 그런 걸 말이다.

날마다 교내의 술렁이는 차원이 미묘하게 높아지고 있었다. 방과 후가 될 때마다 울려 퍼지는 취주악부의 서투른 나팔 소리는 서서히 틀리는 부분이 줄어들고 있었고, 교정 그늘에서 베니어판과 나무릎을 자르는 녀석도 있었고, 나가토처럼 특이한 복장을 한 학생도 조금씩이긴 하지만 늘어나고 있었다.

하지만 어차피 평범한 고등학교의 축제다. 지나치게 오버하지 않는 지극히 얌전한 문화제가 될 것 같다. 즐기기 위한 노력을 포기하지 않는 건 학교 전체에서도 기껏해야 반 정도로 보인다. 참고로 우리 1학년 5반은 즐기는 것 자체를 포기하고 있다. 문화 동아리 쪽에 소속되지 않은 녀석들은 당일엔 무척 시간이 남아돌 게 뻔했다. 그런 녀석들의 대표격이 바로 타니구치와 쿠니키다였다.

"문화제라고 하면."

타니구치가 말을 꺼냈다.

점심시간, 나와 이 엑스트라 두 명은 셋이서 도시락을 먹고 있었다.

"문화제라고 하면?"

쿠니키다가 되물었다. 타니구치는 코이즈미의 우아한 그 웃음과는 비교하는 것이 가엾을 정도로 보기 흉한 능글거리는 미소를 지었다.

"슈퍼 이벤트지."

하루히 같은 소리를 하는군. 타니구치는 급격하게 표정에서 웃음을 거두었다.

"하지만 나하고는 상관없는 이벤트야. 아니, 화가 난다."

"왜?"라고 묻는 쿠니키다.

"나는 하나도 재미없는데 즐거워 보이는 녀석들이 무지하게 눈에 거슬리잖아. 특히 남녀 2인조한테는 살의가 느껴진다. 응, 뭐?"

괜한 화풀이잖아, 그거.

"이 반도 뭐야? 앙케트? 흥! 한심하긴. 어차피 당신이 좋아하는 색은 무엇인가요 뭐 그런 거겠지? 그런 걸 모으는 게 뭐가 재미있냐?"

그럼 네가 좋은 아이디어를 제안하지 그랬어. 그러면 하루히도 영화가 어쩌고저쩌고 하는 소리를 안 꺼냈을지도 모르는데.

타니구치는 도시락에 든 비엔나 소시지를 한 입에 삼켰다.

"난 그런 귀찮은 소리는 안 하는 타입이야. 아니, 말하는 건 좋지만 그랬다가 괜히 일을 떠맡는 건 싫잖냐."

쿠니키다는 그렇다고 말하며 다시마 달걀말이를 자르던 손을 쉬고,

"이런 때에 손들고 말하는 건 장난 아니게 뻔뻔하거나 책임감이 강한 학생밖에 없을 거야. 료코가 있었다면 좀 좋아."

캐나다로 이사를 간 걸로 되어 있는 옛날 반 친구의 이름을 말했다. 그 이름을 들을 때마다 내 마음은 약간의 식은땀을 흘리게 된다. 료코를 없앤 건 나가토였지만 그 원인이 된 건 나였으니까. 내버려뒀으면 사라졌을 것은 나였기 때문에 가슴을 아파한다고 뭐 어떻게 할 게 있는 건 아니지만 말이다.

"아아, 정말 아까워."

타니구치가 말했다.

"하필이면 A 플러스급이 없어지다니 운도 없지. 이 반이 돼서 다행이라고 생각했던 유일한 일이었는데 말이야. 젠장, 지금 반을 바꿀 수 없을까."

"어느 반이 좋은데?"

쿠니키다가 물었다.

"나가토네 반? 아, 그러고 보니 어제 마법사 같은 복장을 하고 걸어 다니는 걸 봤는데 그거 뭐냐?"

글쎄다. 나는 모르겠다.

"나가토라…."

타니구치는 예고도 없이 닥친 수학 쪽지시험을 앞둔 듯한 얼굴로 나를 쳐다보더니 마치 이제야 생각났다는 듯한 말투로 말했다.

"언제였더라, 너랑 걔가 교실에서 붙어 있었던 거 말이야. 그거 어차피 하루히가 짠 시나리오지? 나를 놀라게 만들려고 계획한 거였지? 그렇게는 안 된다."

멋대로 착각해줘서 난 어깨의 짐을 던 기분이다. …잠깐만, 그때 넌 잊어버리고 간 물건을 찾으러 온 거 아니었냐? 어떻게 하면 네가 돌아온다는 걸 우리가 미리 알 수 있는 건데—라는 소리는 당연히 하지 않았다. 타니구치는 바보이고, 바보 녀석을 바보라고 말해봤자 소용 없는 짓일테니. 다행이야, 이 녀석이 바보라서. 감사하고 싶을 정도다.

"그런데 참 재미없다."

타니구치가 개탄하고, 쿠니키다는 도시락에 집중하고, 나는 뒤를 돌아보았다. 하루히의 책상은 공석. 자아, 지금쯤 어디를 헤집고 다니고 있는 건지.

"학교에서 로케를 할 만한 곳을 찾아보고 있었어."

하루히는 말했다.

"그런데 한 군데도 없더라. 역시 근처에서 대충 해결하려는 건 안 될 것 같아. 밖으로 나가자."

학교 안의 분위기가 마음에 안 드는지도 몰랐다. 하지만 영 분위기가 아니라고 해서 굳이 외부로 원정을 나가 분위기를 잡기 위한 장소를 찾을 필요까진 없잖아. 그러나 꼭 뒤엎고 싶은가보군.

"아…, 저, 저도 가는 건가요?"

소심한 목소리로 호소하는 건 아사히나 선배였다.

"당연하지. 주역이 없으면 진행이 안 되잖아."

"이, 이, 이, 이 옷으로 말인가요?"

하루히가 어디선가 가져온 분장─어제에 이어 웨이트리스 제복을 강제로 입고선 떨고 있는 아사히나 선배였다.

"응, 그래."

하루히는 태연히 그렇게 대답했고, 아사히나 선배는 자신의 몸을 껴안듯 웅크리고선 고개를 도리도리 저었다.

"일일이 갈아입는 것도 귀찮잖아. 그리고 현장에 갈아입을 곳이 없을지도 모르는데. 그렇다면 아예 처음부터 입고 가는 게 낫지 않아? 그치? 자, 어서 나가자! 다 같이 가는 거야!"

"최소한 위에 걸칠 거라도…."

애원하는 아사히나 선배.

"안 돼."

"그치만 부끄러운데요."

"부끄럽다고 생각하니까 자꾸 쑥스러워지는 거야! 그래선 골든글로브상을 노릴 수 없다고!"

노리는 건 문화제 이벤트 투표 베스트 1 아니었냐.

오늘은 단원이 모두 총집합해 있었다. 연극의 대본 문제가 해결된 듯한 코이즈미도 하루히와 아사히나 선배의 일방적인 대화를 방글거리며 듣고 있었다. 나가토도 있었다. 그리고 그 나가토가 조금 문제였다.

"······."

말이 없는 거야 평소와 다를 바 없는 일이니 됐다 치더라도 복장이 수상했다. 무슨 연유에선지 나가토는 어제 보여주러 왔던 그 마녀 같은 복장을 오늘도 걸치고 있었던 것이다. 그런 건 문화제 당일에 입으면 될 텐데 뭐 하러 지금부터 대기하고 있는 거냐.

하루히는 완전히 나가토의 검정 망토와 고깔모자가 마음에 들었는지,

"네 배역은 '나쁜 우주인 마법사'로 변경하겠어!"

라며 벌써부터 각본을 고쳤다. 안테나형 지시봉 끝에 크리스마스 트리의 꼭대기에 있을 법한 별 모양을 달아 나가토에게 들게 하고선 기쁨에 젖어 있는 하루히와, 그 봉을 쥐고 가만히 서 있는 나가토를 보고 있자니 왠지 나마저도 이 말없는 독서 마니아가 우주인 마법사라는 데에 이의가 없어질 것만 같은 모습이었다. 정보생명체의 단말이란 것보다 오히려 이쪽이 단적으로 나가토의 특징을 잘 나타내주는지도 모르겠다. 마법 같은 힘을 가지고 있는 건 확실하다. 이 눈으로 봤으니 틀림없다.

나가토는 검정 모자의 챙을 갑자기 치켜올리고선 여전히 무생물 같은 눈으로 나를 보았다.

"······."

다른 반이 준비한 의상을 멋대로 촬영용 코스튬으로 써버려도 좋은지 일말의 의문은 발생하고 있었지만, 하루히의 안중에는 어떤 물음표도 존재하지 않는가보다.

"콘! 카메라 준비는 다 됐지? 코이즈미한테 그 짐을 부탁해. 미쿠루, 왜 책상에 매달려 있는 거야? 야, 어서 일어나서 걸어!"

나약한 아사히나 선배의 저항은 허무하기 짝이 없었다. 하루히는 나약한 웨이트리스 소녀의 목덜미를 움켜잡고, 히이익 소리를 내고 있는 작은 몸집을 질질 끌면서 문으로 향했다. 나가토가 검정 망토 자락을 질질 끌며 그 뒤를 따랐고, 마지막으로 코이즈미가 내게 윙크를 날리며 복도로 사라졌다.

나도 가야 하나 생각하고 있는데.

"야! 촬영담당이 안 오면 영화를 어떻게 찍으라는 거야!"

하루히가 열린 문 뒤에서 상체를 내밀고선 입을 얼굴의 반은 되게 벌리고선 소리쳤고, 나는 하루히의 왼팔에 달린 완장의 문자가 '대감독'이 되어 있는 것을 확인하고선 암담한 심정을 느꼈다.

아무래도 진심인가보네, 이 여자.

아직 한 편의 영화도 찍지 않은 자칭 대감독을 선두로, 미소녀 웨이트리스가 얼굴을 땅바닥으로 향한 채 따랐고 그 뒤를 어두운 마법 소녀가 그림자처럼 걸어가고 있었으며, 코이즈미가 종이봉투를 안고 상쾌한 미소를 지으며…, 라는 기묘한 무리들과 가능한 한 거리를 둔 채 나는 맨 뒤에 서 있었다.

학교 건물을 이동하던 시점에서 이미 주목도는 만점이었지만, 할로윈 파티 같은 일행은 교문 밖에서도 주목을 끌었는데, 그중에서도 시선을 독점하고 있는 아사히나 선배는 2분쯤 걷다가 얼굴을 숙이기 시작했고, 3분쯤에는 빨개졌다가 5분쯤 지난 지금에는 혼이 빠져나간 듯한 멍한 발걸음으로 로봇처럼 걸어가고 있었다.

천재지변의 전조와도 같은 즐거운 얼굴로 「천국과 지옥」의 후렴구를 콧노래로 부르고 있는 것은 선두를 맡고 있는 하루히이다. 어느 틈에 준비했는지 오른손에 노란색 메가폰, 왼손에 감독용 의자를 들고 마치 초원을 전진하는 몽골군 기병과도 같은 의기양양한 기세로 나아가고 있다. 그대로 어디로 돌격할 건가 싶었는데 도착한 곳은 역이었다. 사람 수대로 표를 사온 하루히는 우리에게 다 나눠주고 당연하다는 얼굴로 개찰구로 진군했다.

"잠깐만."

말을 잃고 있는 아사히나 선배를 대신해 내가 이의를 제기하기로 했다. 나는 통행인의 호기심어린 시선을 독점하고 있는 미니스커트 웨이트리스와 그 옆에서 하인처럼 대기하고 있는 조그만 검정 옷의 처녀를 가리키며 말했다.

"이 복장으로 전철에 탈 생각이냐?"

"무슨 문제 있어?"라며 하루히는 모르는 척을 한다.

"알몸이라면 잡힐지 몰라도 옷 다 입고 있잖아. 그보다 뭐야? 바니 걸이 더 좋았니? 그럼 미리 말을 해줬어야지. 「싸우는 바니 양(가칭)」이라도 나는 괜찮은데."

일부러 웨이트리스 의상을 가져온 녀석이 할 말은 아니잖아…. 아니, 그보다 이번 콘셉트는 이거라고 하지 않았냐? 잘은 모르겠다만 콘셉트란 건 그렇게 쉽게 변경해버려도 되는 거였어?

내가 크리에이터의 심정을 잠시 엿보기 위해 두뇌를 굴리고 있는데,

"제일 중요한 건 임기응변에 대응하는 거야. 지구의 생물은 그렇게 진화를 해왔으니까. 환경적응이란 거지. 멍하니 있다간 도태되는 게 고작이라고! 제대로 적응을 해야 해!"

뭐에 적응을 하면 되는 걸까나. 환경이 의사전달을 할 수 있게 되면 제일 먼저 하루히를 대기권 밖으로 던져버릴 것 같은데.

코이즈미는 싱글거리고 웃기만 하는 짐꾼으로 변신했고, 나가토는 여전히 침묵을 유지, 아사히나 선배는 소리를 낼 기력도 없어 보였기에 결국 나 이외의 전원이 침묵을 지키고 있었다.

제발 어떻게 좀 해줘라.

하루히는 그 침묵을 자신의 말이 별 감명을 주지 않았기 때문이라고 해석한 듯,

"자, 전철 왔다. 빨리빨리 걸어, 미쿠루. 이제부터가 진짜 시작이라고."

동정할 만한 동기로 사람을 죽여버린 범인을 연행하는 형사처럼 아사히나 선배의 어깨를 잡고선 개찰구를 향해 걸음을 옮겼다.

그래서 말이다. 내린 곳은 그저께 왔던 것과 같은 역으로, 향한 곳도 똑같은 상점가였다. 혹시나 싶었더니 방문하는 가게도 똑같았다. 하루히가 교섭 끝에 비디오 카메라를 차지한 전자용품 가게.

"약속한 대로 왔습니다—!"

기운차게 가게 안으로 들어간 하루히가 외치자 안에서 아저씨가 천천히 나와서는 아사히나 선배를 쳐다보았다.

"호오, 흐음."

아저씨는 그것만으로도 성희롱이 될 법한 미소를 지으며 우리의 주연 여배우를 보았다. 아사히나 선배는 필살기를 마친 격투 게임 캐릭터처럼 딱딱하게 굳어 있었다. 아저씨는 이 상황에서,

"걔가 그저께 걔냐? 완전히 다른데. 호오, 흐음. 그럼 잘 부탁한

다."

뭘 부탁할 건데. 나는 반사적으로 움찔거리는 아사히나 선배를 뒤로 감싸려고 전진하려다 하루히에게 밀려 제자리로 돌아갔다.

"자, 자, 회의할 게 있으니까 다들 잘 들어."

그리고 하루히는 체육대회 동아리 대항 릴레이에서 우승한 직후 같은 미소를 꽃피우며 선고했다.

"지금부터 CM(광고방송) 촬영을 개시하겠습니다!"

"이, 이 가게는, 으음, 점장님이 아주 친절합니다. 그리고 나이스 가이에요. 현재 주인이신 에이지로 씨의 할아버지 대부터 내려온 가게입니다. 건전지부터 시작해 냉장고까지 뭐든지 다 갖춰져 있어요. 아, 그리고 저기….."

웨이트리스 아사히나 선배가 어색하기 그지없는 미소를 띤 채 필사적으로 낭독하고 있었다. 그 옆에는 '오오모리 전기점'이라 적힌 플래카드를 든 나가토가 직립 부동 자세로 서 있었고, 그 두 사람의 모습은 내가 훔쳐보고 있는 비디오 카메라의 파인더에 비치고 있었다.

아사히나 선배는 완벽하게 어색한 웃음을 지으며 어디에도 이어지지 않은 마이크를 들고 있었다.

내 옆에서는 코이즈미가 살짝 씁쓸한 미소를 지으며 커닝 페이퍼를 들고 서 있었다. 커닝 페이퍼는 방금 전에 하루히가 깊이 생각도 않고 써내려간 스케치북이었다. 코이즈미는 아사히나 선배가 말하는 속도에 따라 그 스케치북을 넘기고 있었다.

전자용품점 앞에서, 상점가의 한가운데에서 말이다.

하루히는 감독용 의자에 걸터앉아 다리를 꼬고선 심각한 얼굴로

아사히나 선배의 연기를 관찰하고 있다가,

"그만, 컷!"

손바닥을 메가폰으로 두드렸다.

"영 느낌이 안 사네. 필이 전해지지 않는 이유가 뭘까? 뭐랄까, 이렇게 팍 오는 게 없어."

그런 소릴 하며 손톱을 깨물었다.

난 못 봐주겠단 심정으로 비디오 카메라를 정지시켰다. 마이크를 두 손으로 움켜쥐고 있는 아사히나 선배도 정지하고 있었다. 나가토는 원래부터 정지하고 있었고, 코이즈미는 연신 미소만 짓고 있다.

상점가를 지나가던 사람들은 무슨 일인가 싶어 웅성거리고 있었다.

"미쿠루의 표정이 딱딱하단 말이지. 좀더 진심으로 자연스럽게 미소를 지어봐. 재미있는 일을 떠올려보라고. 아니, 지금 재밌잖아? 넌 주역에 발탁된 사람이란 말이야. 이보다 더 큰 기쁨은 네 인생에서도 두 번 다시 없을 정도라고!"

적당히 좀 하라고 말해주고 싶구나.

그저께 하루히와 저 점장 사이에 오간 대화를 두 줄로 표현하면 다음과 같을 것이다.

"영화 중간에 이 가게의 CM을 넣어줄 테니까 비디오 카메라를 줘요."

"좋다마다."

그런 하루히의 말재간에 넘어간 점장도 제정신이 아니라 생각되지만, CM이 들어간 영화를 만들어 상영하려는 생각을 한 하루히는 제정신이 아닌 정도가 아니다. 한참 상영되다 중간에 주연 여배우가 CM까지 하는 영화라니 들어본 적도 없다. 최소한 영화의 무대로 자연스럽게 배경에 비추는 거라면 몰라도 이래선 완전히 선전영화다.

"알았어!"

하루히가 혼자서 큰 소리를 내고 있다. 제발 부탁이니까 넌 아무 것도 모른 채로 있어다오.

"전자용품 가게에 웨이트리스가 있는 게 걸리는 거야."

네가 갖고 온 의상이잖아.

"코이즈미, 그 봉투 좀 줘봐. 거기 그 작은 거."

하루히는 코이즈미에게서 종이봉투를 받아들고선 넋이 나가 있는 아사히나 선배의 손을 잡았다. 그리고 가게 안으로 저벅저벅 들어가선.

"점장님, 안에 옷 갈아입을 만한 방이 있나요? 음, 아무 데나 상관없어요. 뭐 화장실이라도 오케인데. 그래요, 그럼 창고 좀 빌릴게요."

그런 소리를 하며 태연히 안으로 들어가 가게 안쪽으로 아사히나 선배를 연행해 사라졌다. 가엾은 아사히나 선배는 이미 저항할 기력도 남아 있지 않은 것 같았다. 하루히의 괴력에 고꾸라지면서도 얌전히 따라갔다. 이 의상을 벗을 수 있다면 뭐든 좋다고 생각하고 있는지도 모르겠군.

남겨진 나와 코이즈미, 나가토는 할 일도 없어 그저 서 있었다. 검정 의상을 입은 나가토는 꿈쩍도 않고 플래카드를 든 채 비디오 카메라를 바라보고 있었다. 손이 피곤하지도 않나.

코이즈미가 내게 미소를 지었다.

"이래서는 제 차례는 없을 것 같네요. 사실은 반의 연극에서도 저는 배우가 되고 말았거든요. 다수결로요. 그래서 대사를 외우느라 고생고생을 하고 있답니다. 여기선 가능한 한 대사가 적은 역할이었으면 좋겠는데…. 어떤가요, 당신이 주연을 맡아보시는 건요?"

캐스팅 결정권을 쥐고 있는 건 어차피 하루히다. 그런 주문은 녀석한테 하라고.

"그런 황송한 일을 제가 할 수 있을 것 같나요? 프로듀서 겸 감독에게 일개 배우가 참견을 하다니 전 절대 못 하죠. 무엇보다 스즈미야 씨의 명령은 절대적인 것 같으니 어긴 다음에 어떤 채찍이 날아올지 상상하고 싶지도 않은걸요."

나도 하고 싶지 않다. 그러니까 이렇게 카메라맨 따위를 하고 있는 거 아냐. 게다가 찍고 있는 건 영화가 아니라 개인영업 점포의 CM이다. 지역 밀착에도 정도란 게 있는 거다.

지금쯤 가게 안쪽에선 언제나처럼 소란이 펼쳐지고 있겠지. 싫어하는 아사히나 선배의 옷을 마음대로 벗기고 있는 하루히의 그림. 이번엔 뭘 입히고 있는지는 모르겠다만 이왕이면 녀석이 입으면 좋을 텐데. 외모 면에 있어서 아사히나 선배와 좋은 승부가 될 텐데 자기가 주연을 한다는 발상은 그 녀석한테는 없는 건가?

"오래 기다렸지!"

안에서 나온 2인조 가운데 당연하다는 듯 하루히는 교복 차림이었다. 다른 한 명의 복장을 보자마자 내 뇌리에 주마등이 스쳤다. 아아, 저것도 벌써 반년 전의 일이었구나. 세월의 흐름이란 정말 빠른 거야. 이 반년 사이에 많은 일들이 있었지. 동네 야구나 외딴 섬이나 이런저런 일들, 이제 와서 돌이켜 보면 참 좋은 추억인지도 몰라. …일 리가 없잖아.

그리운 아사히나 미쿠루 코스튬 플레이 제1탄, 하루히와 함께 교문에 출몰해 전교의 화제가 되었고 아사히나 선배의 정신에 외상을 입힌 노출 과다 코스튬.

흠잡을 구석이 없는 완전하며 무결한 바니 걸이 뺨을 붉히고 눈물을 글썽이며 비틀비틀 하루히의 옆에서 토끼 귀를 흔들고 있었다.

"음, 이제 완벽해. 역시 상품 소개를 하려면 바니지."

도통 이해가 안 가는 소리를 하며 하루히는 아사히나 선배를 위에서 아래까지 훑어보고선 만족스러운 미소를 얼굴 가득 지었고, 아사히나 선배는 애수에 가득 찬 상태로, 반쯤 벌어진 입에서는 영혼이 빠져 나오고 있었다.

"자, 미쿠루. 처음부터 다시 하는 거야. 이제 대사도 외웠겠지? 콘, 처음부터 다시 돌려."

이래선 누구도 대사를 들을 턱이 없을 거다. 상영하는 내내 아사히나 선배의 바니 걸 모습에서 눈을 떼지 못할 게 틀림없어. 스크린에 구멍이 뚫리지 않으면 좋겠는데.

"그럼, 테이크 2!"

하루히가 소리 높이 외치며 메가폰을 탁 하고 두드렸다.

반은 웃고 반은 울고 있는 아사히나 선배를 하루히가 마음대로 조종하던 전자용품점 CM이 겨우 종료되었다. 마치 악덕 매니저에게 놀아나는 외국인 레슬러와 비슷하다.

하지만 여기서 우리가 찾아온 스폰서인지 뭔지가 한 곳이 더 있다는 것을 떠올리지 않을 수 없다. 떠올릴 것까지도 없으려나. 하루히는 처음부터 그럴 생각이었을 거다.

"히잉"이나 "삐이" 같은 귀여운 비명을 지르는 바니 아사히나 선배를 끌고 하루히는 상점가 한가운데를 걷고 있었다. 그 뒤를 달라붙은 귀신처럼 따라가는 나가토는 완벽한 무표정으로 마녀 복장인 채였고 나와 코이즈미는 나란히 어슬렁어슬렁.

그나마 위로가 된다고 해야 할지, 아사히나 선배의 어깨에는 내 교복 재킷이 걸쳐져 있었다. 오히려 더 눈에 띄는지도 모르겠네. 뭐랄까, 특수한 취미의 세계이다. 미리 말해두겠는데 내 취미는 아니라고.

두 번째로 도착한 플라모델 가게에서도 비슷한 일이 반복되었다. 여러 사람들이 지켜보는 가운데 아사히나 선배는 눈물을 글썽이며 나—그러니까 카메라—를 향해,

"이, 이 플라모델 가게는 야마츠치 케이지 씨(28)가 주변의 반대를 무릅쓰고 작년에 회사를 나와 만들었습니다. 취미가 커져서… 저지른 거지요…. 우려했던 바와 같이 뜻하던 대로 매상은 오르지 않고, 올해 전반기는 작년 대비 신장률 80퍼센트, 성장 곡선은 하강을 그리고 있습니다…. 그래서! 여러분께서 많이많이 사러 와주셨으면 해요옥!"

아사히나 선배의 말끝은 완전히 꺾여 있었다. 그래도 이런 내레이션에 야마츠치 사장은 오케이를 내렸던 말인가? 아무래도 자포자기한 걸로밖에 안 보이는데. 이런 생각을 고등학생이 하는 걸 바라지는 않겠지만 말이다.

바니 걸은 억지로 손에 든 어설트 라이플의 총구를 위로 향하며,

"사람들을 향해 쏘면 안 돼요. 빈 캔이라도 쏘며 참도록 합시닷."

그 뒤에선 나가토가 어디를 보고 있는지 알 수 없는 눈으로 '야마츠치 모델숍'이라 쓰인 플래카드를 들고 있었다. 참 독특한 광경이었다. 아사쿠라 료코는 평범하고 감정이 있는 인간으로 보였기 때문에 우주인산 인조인간이 모두 이런 로봇 같은 녀석들만 있는 건 아닌 듯한데, 나가토가 감정이 없는 건 그런 사양이라서일까.

나아가 아사히나 선배는 라이플을 지면에 놓인 빈 캔을 향해 난사하며,

"히이익. 맞으면 굉장히 아플 거예요옷. 흐아악."

매우 두려워하며 알루미늄 캔을 벌집으로 만드는 모범 사격까지 보여주어 구경꾼들의 술렁임을 초래했다. 명중한 건 10퍼센트 정도였지만.

이런 영상을 DVD에 수록하고 있자니 정말 미안한 기분이 드는구나. 아사히나 선배도 이 비디오 카메라의 개발 설계자도. 이런 일을 하기 위해 세상에 나온 건 아닐 텐데 말이다.

이러저러해서 이날은 웃기지도 않는 CM 촬영만으로 모든 것이 끝났다.

우리는 일단 학교 동아리방으로 돌아가 다음 촬영 스케줄을 하루히에게서 듣고 있었다.

"내일은 토요일이라 쉬는 날이니까 아침부터 다들 모여야 해. 키타구치 역 앞에 9시까지는 나올 것. 알았지!"

그런데 선전 장면만으로도 이미 15분 이상을 소비한 상황인데 본

편은 얼마만한 길이지? 3시간이나 되는 대작을 문화제에서 튼다해도 아무도 끝까지 봐주지 않을 텐데. 관객 회전율도 나쁠 것 같고.

그리고 나는 찌그러져 있는 아사히나 선배를 보면서 생각했다. 갈 때는 웨이트리스, 올 때는 바니 걸로 전철까지 탔던 아사히나 선배는 겨우 교복으로 갈아입고선 쓰러지듯이 몸을 웅크렸다. 이 상태로 촬영이 진행된다면 주연 여배우가 도중에 쓰러져버릴 수도 있다.

나는 테이블에 이마를 대고 늘어져 있는 아사히나 선배를 대신해 코이즈미가 타준 현미차를 다 마신 뒤 말했다.

"야, 하루히. 아사히나 선배 복장 말이야, 좀 어떻게 안 되겠냐? 뭐랄까, 싸우는 거라면 싸우기에 적당한 복장이 있잖아. 전투복이나 위장복 같은 거."

하루히는 별 모양이 달린 안테나 봉을 가로저었다.

"그런 걸로 싸워봤자 아무런 의외성이 없지. 웨이트리스가 싸우니까 오오—하고 생각할 수 있는 거야. 포인트가 중요한 거라고. 콘셉트야, 콘셉트."

콘셉트의 의미를 이해하고서 하는 말일까. 나는 탄식하는 수밖에 없었다.

"뭐…. 그건 좋은데. 왜 굳이 미래에서 온 걸로 하는 건데? 미래에서 온 사람이 아니라도 상관없잖아."

엎드려 있는 아사히나 선배의 어깨가 움찔, 하고 흔들렸다. 하루히는 그건 알아차리지 못한 채 전혀 꺾이지 않고 말했다.

"그런 건 말이야, 나중에 생각하면 되는 거야. 따지고 들 때 생각하면 될 일이라고."

그러니까 지금 내가 따지고 드는 거잖아. 대답해.

"생각해도 떠오르지 않으면 무시해버리면 되는 거야! 무슨 상관이니. 재미있으면 그만이지!"

그건 재미있었을 때에나 가능한 얘기지. 네가 찍으려는 영화가 재미있어질 확률은 대체 얼마나 되는 거냐? 재미있어 하는 건 감독 뿐인 걸 찍어봤자 뭐가 좋다고. 골든 래즈베리 상(주12) 신인 부문 후보라도 노리고 있냐?

"무슨 소리야? 노리는 건 하나야. 문화제 이벤트 베스트 투표 1위라고! 그리고 가능하면 골든 글로브도. 그걸 위해 미쿠루는 그런 복장을 하지 않으면 곤란하단 말이야!"

아무도 곤란하지 않을 것 같은데, 아무래도 하루히가 보고 분노한 영화인지 뭔지는 언젠지는 모르겠지만 골든 글로브 수상작이었나보군.

다시 한번 한숨을 쉬고선 문득 옆을 보았다. 검정색 복장을 한 나가토는 방에 들어오자마자 구석으로 물러나 언제나처럼 독서에 빠져 있었다. 이 녀석은 그거냐. 이 방에 있을 때는 책을 읽지 않으면 죽는 거야?

"잠깐만."

책을 좋아하는 우주인을 보고 있으려니 생각이 났다.

"야, 각본도 아직 못 받았는데."

각본은커녕 줄거리조차 알려진 게 없다. 알고 있는 건 아사히나 선배가 미래에서 온 웨이트리스이고 코이즈미가 초능력 소년이고 나가토가 나쁜 우주인 마법사라는 설정뿐이다.

주12) 골든 래즈베리 상: Golden Raspberry Awards. 미국에서 한 해 동안 제작된 영화들 중 최악의 영화와 최악의 배우를 선정하여 수여하는 상. 해마다 아카데미 시상식 하루 전날 '최악의 영화'를 선정. 작품상 및 남녀주연상을 발표하며, 할리우드의 루스벨트 호텔에서 시상식이 개최되지만 대부분 수상자들은 불참한다.

"걱정 마."

하루히는 뭘 어쩔 작정인지 갑자기 눈을 감고선 봉의 별 표식 끝으로 자기의 관자놀이를 콕콕 찔렀다.

"전부 이 안에 있으니까. 각본도 콘티도 완벽 퍼펙트야. 넌 아무 생각 안 해도 돼. 내가 카메라 워크를 가르쳐줄 테니까."

말이 너무 심하군. 너야말로 아무 생각도 없이 멍하니 창 밖이나 바라보고 있어라. 표정만 그럴싸하면 그 모습만으로도 아사히나 선배랑 교대할 수 있을 거다.

"내일이야, 내일! 다들 기합 넣고 가는 거다. 영광을 쟁취하려면 먼저 정신무장부터 시작해야지. 그게 돈을 들이지 않고 승리하는 가장 빠른 방법이야. 오픈 마인드가 되었을 때 자신도 몰랐던 잠재 능력이 각성해서 생각지도 못한 힘을 낳게 된다고. 그래!"

그야 배틀 만화에서 흥분해 싸움을 벌이는 전개에선 그럴지 몰라도 아무리 정신무장과 내셔널리즘을 들이댄다 해도 일본 축구 대표팀이 월드컵에서 우승하려면 아직 시간이 많이 필요할 것 같은데.

"그럼 오늘은 해산! 내일을 기대하시라! 콘, 카메라랑 소도구랑 의상이랑 짐 잊으면 안 돼. 시간 엄수하고!"

그 말을 남기고 하루히는 용감하게 가방을 휘두르며 나갔다. 복도로 멀어져가는 「록키」의 주제곡을 들으며 나는 잔뜩 쌓여 있는 짐과 기타 등등을 원망스럽게 바라보았다. 이 감독의 횡포를 어느 조합에다 호소해야 좋을지.

실제로 이날까지 우리들의 학교생활은 그저 하루히가 이상할 정도의 열정을 영화에 쏟고 또 쏟은 덕분에 점점 탈선을 하고 있을 뿐, 단순하고 평범한 일상이 계속되는 삶에 불과했다. 전국의 학교를 남김없이 조사한다면 비슷한 행동을 하고 있는 무리는 우리말고도 있을 것이다. 간단히 말해 '평범'한 것이다.

난 나가토와 비슷한 부류에게 습격을 당하지도 않았고, 아사히나 선배와 시간을 뛰어넘지도 않았고, 발광성 청색 곰팡이 같은 거인 녀석도 나타나지 않았고, 바보 같은 진상이 기다리고 있는 살인사건도 일어나지 않았다.

무지무지 평범한 학교생활이다.

다가오는 문화제라는 축제 카운트다운에 휘둘려 약간 들뜬 하루히가 아드레날린을 팍팍 분비해 머릿속에 키우고 있는 햄스터를 채찍질해 원통을 마하의 속도로 굴리고 있는 것과 같다.

그러니까 평소와 똑같은 일인 것이다.

—이날까지는 말이지.

생각하건대, 이래봬도 아직 하루히는 자기 나름대로 자제를 하고 있었던 것이리라. 가만히 생각해보면 아직 영화는 한 컷도 찍지 않은 상황이다. 촬영된 내용은 아사히나 선배가 바니 걸 스타일을 하고 지역 상점가 전자용품 가게와 플라모델 가게를 소개하는 스폰서 회유용 광고에 불과하다. 하루히 총감독에 의한 SOS단 제작 영화의 전모는 전혀 밝혀지지 않았고, 단편조차 드러나지 않은 채이며, 줄거리마저 불명확한 상태였다.

불명확한 상태인 게 차라리 다행이었는데.

상영하려면 아사히나 선배의 상점가 소개 영상집이라도 상관없어. 아니, 그쪽이 더 손님을 모으지 않을까? 지역 진흥 대책도 되어 일석이조가 될 텐데. 아니, 정말 차라리 아사히나 미쿠루 프로모션 비디오 클럽으로 만들어버려라. 나는 그게 더 기쁘다고. 촬영담당으로서 이건 나의 진심이다.

하지만 하루히가 그걸로 절대 만족하지 않으리란 것도 잘 알고 있었다. 이 녀석은 한번 말을 꺼낸 일은 반드시 완수한다. 한다면 하는 것이다. 도중에 내팽개치거나 하는 법은 없다. 정말 왕 민폐의 실행주의자인 거지.

그런 연유로, 이 이튿날부터 또다시 어마어마한 사태에 우리는 빠지게 되는데, 아니 정말 뭐라고 말해야 좋을지. 하루히는 뭐라고 말을 했더라?

오픈 마인드가 되었을 때 자신도 몰랐던 잠재능력이 각성해서 생각지도 못한 힘을 낳게 된다―고 그랬던가.

아하, 그렇군.

하지만 말이다, 하루히.

하필이면 네가 각성할 필요는 없었잖아.

어차피 스스로도 자각하지 못하면서 말이다.

제3장

　토요일. 그날.

　우리는 역 앞에 집합했다. 집에 있던 제일 커다란 가방에 모든 것들을 담아 역까지 걸어갔더니 다른 네 명이 모두 모여 기다리고 있었다.

　하루히가 캐주얼, 아사히나 선배가 여자다운 옷차림으로 나란히 서 있는 모습은 멀리서도 시선을 끌었다. 전혀 닮지 않은 자매 같은 느낌이다. 상급생인데도 여동생처럼 보이는 아사히나 선배는 복장만 약간 연상 차림이다.

　괴짜 세 사람에게 둘러싸여 있던 아사히나 선배는 나를 보자 적잖이 안도한 듯 인사를 하며 살짝 손을 흔들었다. 으음.

　"늦었잖아!"

　소리를 치고 있지만 하루히는 오늘도 기분이 좋았다. 이 녀석이 맨손인 건 메가폰과 감독용 접이식 의자가 내 짐에 포함되어 있기 때문이다.

　"아직 9시 안 됐어."

　난 무뚝뚝한 얼굴로 그렇게 말하고선 양 옆을 보았다. 나가토의 도자기 같은 얼굴과 코이즈미의 산뜻한 미소. 그런데 학교도 아닌데 나가토가 교복 차림인 건 평소와 똑같다 치더라도, 코이즈미까지 교복 차림인 건 대체 이유가 뭐냐.

"이게 제 촬영의상이라네요."

라고 코이즈미는 대답했다.

"어제 그렇게 얘기를 들었거든요. 역할상으로는 전 일개 고등학생으로 가장한 초능력자로 되어 있어서요."

있는 그대로잖아.

내가 카메라와 소도구 등등을 담은 가방을 내려놓고 이마의 땀을 닦고 있으려니, 하루히가 소풍을 앞둔 초등학생 같은 미소를 지으며,

"쿈, 제일 늦게 왔으니까 벌금이다. 하지만 아직은 됐어. 이제부터 버스에 탈 거니까. 버스 요금 정도는 내가 내줄게. 필요경비인 거지. 넌 애들한테 점심을 사도록 해."

멋대로 단정을 짓고선 한 손을 흔들며,

"자, 얘들아! 버스 정류장은 이쪽이야! 어서 따라와!"

그 팔의 완장에 적힌 글자가 '초감독'이 되어 있는 것을 나는 놓치지 않았다. 마침내 하루히의 내부에선 대감독조차 초월해버린 듯했다. 꽤나 대단한 영화를 만들 생각인가보다. 거듭 말하지만, 난 아사히나 선배의 프로모션 비디오를 찍는 게 더 즐거운데 말이지.

버스 안에서 흔들리길 30분, 산 속에 있는 정류장에서 내린 뒤에 다시 30분. 우리는 하이킹 코스를 낑낑대며 올라가고 있었다.

어디에나 있을 법한 흔한 삼림 공원이었다. 태어난 곳도 자란 곳도 이 부근인 내겐 옛날부터 친숙한 장소다. 초등학생 때는 해마다

소풍하면 근처 산을 오르는 거였으니까.

공원이라곤 해도 이름만 그럴싸할 뿐, 산 중턱에 억지로 트인 공간을 만들어 적당히 분수를 만들어놓은 듯한, 뭐가 좋아서 이런 곳까지 올라와야 하는지 군소리라도 한번 던지고 싶어질 만큼 아무것도 없는 곳이다. 좋아하는 건 아직 오락이 뭔지 잘 알지도 못하는 어린애들 정도로, 그 어린애들을 데리고 온 걸로 보이는 가족들의 모습을 여럿 볼 수가 있었다.

우리는 분수를 중심으로 한 광장 구석에 자리를 잡고선 거기를 촬영장소로 삼기로 했다. 맨손인 하루히는 기운이 남아돌았지만 난 완전히 뻗은 상태였다. 산길을 올라오는 도중에 코이즈미에게 반쯤 짐을 떠넘기지 않았다면 정말로 쓰러졌을지도 모른다. 내가 반더포겔(주13) 장비 같은 가방에 기대어 헐떡거리고 있자,

"저어, 마실래요?"

눈앞에 작은 페트병이 내밀어졌다. 그 병은 아사히나 선배의 손에 들려 있었다.

"제가 마시던 거라도 괜찮다면….'"

신의 우롱차다. 아마 천상의 맛이 날 게 분명해. 좋고 자시고 할 게 있나. 안 마시면 천벌이 내릴걸. 내가 사양 않고 받아들려 했을 때 사악한 악마의 손길이 천사의 팔을 쳐냈다. 아사히나 선배에게서 우롱차를 빼앗은 하루히가 말했다.

"나중에 해, 나중에. 미쿠루, 지금은 이런 잡일꾼한테 수분 보급을 허용할 때가 아니야. 서두르지 않으면 최고의 날씨가 흐려질지도 모른다고. 어서 촬영을 시작하자."

아사히나 선배는 천천히 눈을 동그랗게 떴다.

주13) 반더포겔: 독일어로 철새란 뜻으로, 1901년 독일에서 일어난 자발적인 청년 운동. 철새처럼 산과 들을 돌아다니며 심신을 다지는 것을 목적으로 하는 도보 여행을 말한다.

"네…? 여기서 찍는 건가요?"

"당연하지. 뭐 하러 온 거라고 생각하는 거야."

"그럼 전 옷을 안 갈아입어도 되겠네요? 여긴 갈아입을 곳도 없고…."

"장소라면 있지. 자, 주위 일대가 다잖아."

하루히가 손가락을 들어 죽 가리킨 곳에는 녹색 나무들에 둘러싸인 산들이 줄지어 있었다.

"조금 안으로 들어가면 아무도 안 올 거야. 천연 탈의실이지. 자, 가자."

"히, 히, 히아악. 도, 도와주…."

도와줄 틈도 없이 하루히는 숲 안쪽으로 아사히나 선배를 끌고 사라졌다.

다시 등장한 아사히나 선배는 촬영 코스튬인 탱탱한 웨이트리스 복을 몸에 입고선, 끝이 사방으로 삐쳐나간 복잡한 머리 모양을 하고 촉촉한 한쪽 눈빛으로 길가에 피어 있는 가을꽃을 바라보고 있었다.

그 한쪽 눈빛은 비유가 아니라 정말 달랐다. 왼쪽 눈만 파랬다. 뭐냐, 저건.

"컬러 콘택트렌즈야."

하루히가 설명했다.

"왼쪽이랑 오른쪽 색이 다르단 것도 아주 중요하거든. 자, 이것만으로도 신비한 느낌이 팍팍 늘어나지 않아? 이것만 하고 있으면 틀림없어. 기호라고, 기호."

뒤에서 아사히나 선배의 턱을 잡고선 작은 얼굴을 기울였다. 시키는 대로 아사히나 선배는 허공을 떠도는 시선을 하고 있다.

"이 푸른 눈에는 신비감이 있는 거지" 라고 말하는 하루히.

"그래, 괜히 색깔이 다르기만 해선 얘기가 안 되니까."

당장에라도 쓰러질 것만 같은 아사히나 선배의 피곤에 지친 얼굴만으로도 충분히 느낌이 팍 전해지는데.

"거기에 어떤 신비가 있는데? 그 컬러 콘택트렌즈에 말이다."

"아직 비밀이야."

하루히는 음흉하게 웃으며 대답했다.

"자, 미쿠루. 언제까지 그렇게 축 처져 있을 거야? 정신 차려. 넌 주연이라고. 프로듀서와 감독 다음으로 위대한 존재란 말이야. 똑바로 굴어, 똑바로!"

"히잉."

슬픈 소리를 내며 아사히나 선배는 하루히가 명령하는 대로 자세를 잡았다. 하루히는 아사히나 선배에게 권총(모델 건이다)을 들게 하고선,

"여자 암살자 같은 느낌을 내봐. 딱 봐도 미래에서 왔다는 느낌으로 말이야."

라는 억지스런 주문을 했다. 아사히나 선배는 조심스럽게 글록을 쥐고선 열심히 곁눈질을 내—카메라겠지—게 던졌다. 너무나도 무리하고 있다는 이 느낌이 참을 수 없이 좋단 말이다. 아니, 정말로.

그런데 참 별 의미도 없이 활력이 넘치는 녀석이다. 본 영화가 재

미없었다는 생각을 하는 거야 나도 자주 있는 일이지만, 그래도 자기가 직접 만드는 게 낫다고 생각하며 영화를 찍으려고는 보통 안할 거고 그 방법도 모르는 게 보통이다. 만약 찍는다 하더라도 정말로 더 나은 작품이 될 거라는 생각도 않는다. 하지만 하루히는 진지하게 자신에게 감독의 재능이 있다고 생각하는 것 같다. 적어도 심야에 방영되는 마이너 영화보다는 훌륭한 것을 만들 작정임은 확실하다. 그 자신감은 뭘 근거로 해서 나오는 걸까.

하루히는 노란색 메가폰을 휘두르며 소리치고 있었다.

"미쿠루! 그만 좀 쑥스러워해! 자신을 버리라고! 역할에 몰입하면 되는 거야! 지금의 너는 아사히나 미쿠루가 아니라 아사히나 미쿠루라고!"

…물론 하루히의 자신감이 아무런 근거도 없다는 건 잘 알려진 사실이다. 근거도 없이 자신만만하게 주위의 질서를 카오스로 만드는 것이 이 녀석 스즈미야 하루히가 타고난 재능이다. 그렇지 않다면 당치도 않은 완장 따윌 달고 뻐겨댈 리가 없다.

감독 하루히의 지시하에 기념할 만한 장면 1의 촬영이 시작되었다.

그렇다곤 해도 광장을 한없이 달리는 아사히나 선배를 옆에서 찍는 게 고작이었지만. 이게 오프닝이라고 한다. 최소한 각본이라도 써오지 않을까 싶었는데 하루히는 그런 건 없다고 단언했다.

"괜히 문서로 만들었다 내용이 새면 큰일이잖아."

라는 게 그 이유이다. 아무래도 이 영화는 홍콩 형식으로 진행되는 것 같다. 뭐랄까, 굉장히 지친 나였지만, 카메라 렌즈 너머에서 두 자루의 권총을 쥐고 종종걸음을 치며 숨을 헐떡이고 있는 아사히나 선배보다는 나을지도 모르겠다.

우리들이 지켜보는 가운데, 아사히나 선배는 오른쪽으로 왼쪽으로 비틀거리며 달려야 했고. 테이크 5에서 겨우 감독의 오케이가 나오자마자 그 자리에 쓰러졌다.

"허억…, 허억…."

양손을 땅바닥에 대고 등을 위아래로 헐떡이는 웨이트리스를 살피지도 않은 채 하루히는 옆에 대기한 나가토에게 지시를 내렸다.

"그럼 이번엔 유키랑 미쿠루의 전투 신이다."

나가토는 자신의 마음에 든 검정 복장을 한 채 스스슥 카메라 앞까지 이동했다. 교복 위에 암막 같은 망토를 걸치고 고깔모자를 머리에 얹은 게 다였기 때문에 아사히나 선배처럼 수풀 속으로 끌려가지 않았던 건 다행이었다. 나가토라면 어디서든 태연히 옷을 갈아입는 것 정도는 할 법하긴 하지만. 배역을 서로 바꿔보는 건 어떨까. 나가토가 웨이트리스고 아사히나 선배가 마법사. 둘 다 의외로 잘 어울릴 것 같은데.

하루히는 아사히나 선배와 나가토를 3미터 정도 떨어져 마주 보게 세웠다.

"미쿠루, 유키를 마음껏 쏴버려."

"네?!"라고 말하는 아사히나 선배. 달린 덕분에 흐트러진 머리카락을 흔들며, "하지만 이건 사람을 쏘면 안 되는 거…."

"걱정 마. 미쿠루의 실력이라면 어차피 맞지도 않을 거고 만약 맞는다 해도 유키라면 피할 수 있을 거야."

나가토는 아무 말도 없이 별이 달린 안테나를 가만히 들고 서 있었다.

그건 뭐, 나도 그렇게 생각하기는 한다. 나가토라면 총구를 이마에 갖다 댄 상태에서 방아쇠를 당겨도 쉽게 피할 수 있을 거다.

"저어….."

무서운 주방장한테 접시를 깨뜨렸단 보고를 하는 신참 메이드 같은 얼굴로 아사히나 선배는 나가토를 조심스럽게 바라보았다.

"좋아"라고 나가토는 대답했다.

그리고 안테나를 빙글 돌리며 "쏴라."

"거봐, 괜찮다니까. 팍팍 쏴버려. 미리 말해두겠는데 동시에 쏘는 게 아니라 교대로 쏘는 거야. 그게 권총 두 자루를 쏠 때의 기본이니까."

코이즈미가 반사판을 머리 위에 들고 있었다. 하루히가 어디선지는 모르겠지만 가져온 것이다. 지금쯤 사진부가 도난신고를 했을지도 모를 일이다. 하지만 코이즈미, 너 주역 아니었냐?

"환경에는 임기응변으로 적응해야죠. 전 촬영당하는 쪽보다 이쪽이 성격에 더 맞는답니다. 이대로 스태프가 될 수 없을까 어제부터 계속 생각을 하고 있는 중인데요…."

"에잇."

아사히나 선배는 무거워 보이는 모델 건을 쥐고 눈을 질끈 감고서는 연사했다. 그 모습을 내가 옆에서 촬영한다. BB탄의 궤도는 잘 보이지 않았지만 나가토가 표정 하나 변하지 않고 서 있는 것을 보니 정말 전혀 명중하지 않은 것 같았다. 마법으로 피하고 있나… 라는 생각을 할 무렵, 나가토가 천천히 지시봉을 들어 얼굴 앞에서 살짝 흔들었다. 툭 하는 소리가 나며 땅바닥에 탄환이 굴러 떨어졌다. 안경이 없는데 엄청난 시력은 여전하구나.

나가토는 눈도 깜박이지 않고 총구를 보고 있었다. 평소에도 그다지 깜박이지 않는 편이지만, 그렇다 치더라도 '가끔은 깜박이지 않으면 부자연스러우니까'라고 말하고 싶은 듯한 깜박임인데, 그게 훨씬 부자연스럽다. 동공을 활짝 연 상태로 걷든 천장을 깨부수든 순간이동을 하든 이제 나는 전혀 놀라지 않을 것이다. 그러니까 지금도 놀라지 않는다.

나가토는 고장 난 와이퍼 같은 움직임으로 가끔 지시봉을 휘둘렀고, 그때마다 BB탄이 툭… 툭… 떨어졌다.

그런데 참 단조로운 전투 신이군. 나가토는 봉만 휘두르는 게 고작이었고, 아사히나 선배는 두 자루의 글록인지 베레타인지를 푸슉푸슉 쏴대고 있는 게 다였고, 맞지도 않는데다 무엇보다 하루히는 "마음껏 쏴"라고만 했을 뿐 대사를 가르쳐주지 않았다. 들리는 대사라고는 아사히나 선배의 "힉, 우왓, 무서워"라는 작은 교성뿐이었다.

어째 싸우기 전에 서로 치명상은 피하도록 하자고 입을 맞춘 뱀과 몽구스처럼 의욕이라곤 느껴지지 않는 배틀 신이었다.

"음, 이 정도면 됐으려나."

아사히나 선배의 권총의 총알이 다 떨어졌을 무렵 하루히가 메가폰으로 어깨를 두드렸다. 난 비디오 카메라를 내려놓고선 감독용 의자 위에 양반다리를 하고 앉아 있는 하루히에게 다가갔다.

"어이, 하루히. 이게 어디가 영화냐? 무슨 얘기인지 도통 이해가 안 가는데."

스즈미야 하루히 초감독님은 날 흘낏 올려다보고선,

"괜찮아. 어차피 편집 단계에서 자르고 붙이고 할 생각이니까."

그 자르고 붙이는 걸 누가 하는데? 내 역할 간판에 '편집'이라고 씌어 있었던 같은 기분도 드는데.

"대사만이라도 좀 넣자."

"여차하면 음성은 지우고 녹음을 할 거야. 효과음이랑 BGM도 넣어야 하니까. 지금은 깊이 생각 안 해도 돼!"

생각을 하려고 해도 스토리가 네 머릿속에밖에 없으니까 우리가 생각할 거라고는 아무것도 없지. 기껏해야 내가 할 수 있는 거라곤 아사히나 선배에 대한 하루히의 성희롱을 최소한으로 막기 위해 주의를 주는 게 고작이었다. 나 이외 남자의 보디 터치 엄금, 그게 내 기준이다. 군말은 없겠지?

"그럼 다음 신이다! 이번엔 유키의 반격이야. 유키, 마법을 써서 미쿠루를 밟아버려!"

나가토는 검정 모자챙 그늘 아래에서 의상보다도 검은 눈동자를 내게 향했다. 나만 알 수 있는 각도에서 고개를 갸웃거린다. 대충 무슨 의미인지 전해졌다. 나가토는 "괜찮아?"라고 묻고 있는 것이다.

물론 대답은 "노!"다. 마법은 그렇다 치더라도, 아사히나 선배를 다치게 하는 건 허락할 수 없지. 봐, 아사히나 선배가 파랗게 질려 부들부들 떨고 있잖아.

당연히 하루히는 나가토가 불가사의한 속임수 제로의 마법을 쓸 수 있다는 건 모르고 있다. 이 녀석이 하는 말은 마치 마법을 쓰는 것처럼 연기를 하라는 소리일 것이다.

나가토도 물론 이해를 한 듯,

"……."

침묵을 대사로 내뱉으며 안테나 봉을 들어올려 천천히, 마치 콘서트에서 관객이 형광 팔찌를 흔드는 것 같은 동작을 보였다.

"뭐, 좋아"라고 말하는 하루히.

"이 신에는 VFX를 쓸 거야. 콘, 나중에 나가토의 봉에서 광선이 나오는 느낌으로 부탁해."

어떻게 하면 그런 비주얼 이펙트가 가능한 건데, 나한테는 그런 기술 없다. ILM(주14)에서 직원을 빌려올 예정이 있다면 얘기는 다르지만 말이다.

"미쿠루는 거기서 비명! 그리고 괴로운 듯 쓰러져."

잠시 안절부절못하던 아사히나 선배는 "…꺄아" 하고 중얼거리곤 털푸덕 앞으로 쓰러졌다. 두 손을 던지며 쓰러지는 아사히나 선배의 옆에서 그 영혼을 접수한 사신 같은 나가토가 서 있는 광경. 그 모습을 촬영하는 나와 내 옆에서 하염없이 반사판을 들고 서 있는 코이즈미.

슬슬 주위의 가족 등반객들의 시선이 따가워지고 있었다.

자비롭게도, 잠시 동안의 휴식시간을 하루히가 준 덕분에 우리는 땅바닥에 빙 둘러앉았다.

하루히는 내가 찍은 영상을 반복재생을 하면서 그럴듯한 얼굴로 신음을 하고 있었다.

아사히나 선배와 나가토 사이에게 조금씩 몰려온 아이들 몇 명이 "이건 무슨 티비야?"라고 묻고 있었다. 아사히나 선배는 힘없이 미소만 지으며 고개를 저었고, 나가토는 완전히 무시하고선 대지와

주14) ILM: Industrial Light & Magic. 할리우드의 대표적인 그래픽 특수효과 제작 회사.

일체화되어 있었다.

　대체 자기가 찍고 있는 영상이 무슨 짓거리인지 하루히가 밝히지 않으니 전혀 이해가 안 가고 있었지만, 다음에 초감독님은 가까운 신사로 가자고 말했다. 벌써 휴식 끝이냐?

　"비둘기가 필요해."

　라고 하신다.

　"비둘기가 푸드득거리고 나는 걸 배경으로 걸어가는 미쿠루를 찍는 거야! 가능하면 전부 하얀 비둘기면 좋겠는데 지금은 어떤 색이든 눈감아줄 수밖에."

　회색 비둘기밖에 없을 것 같은데. 이미 기운이 빠져 비틀거리고 있는 아사히나 선배의 팔에 자기 팔을 감고선(도망치지 못하게 하기 위해서겠지), 하루히는 삼림 공원 안을 횡단해 도로로 향하고 있었다. 난 코이즈미와 기재를 반으로 나눠들고 정글 취재를 온 촬영 스태프의 현지 안내인 같은 얼굴로 뒤를 따랐고, 그렇게 도착한 곳은 산 속에 있는 커다란 신사였다. 오랜만에 와보는데. 그야말로 초등학교 소풍 때 온 뒤로 처음이다.

　경내의 '먹이 주지 마세요'라는 간판 앞에서 하루히는 고목에 꽃을 피우려는 듯이 당당히 빵조각을 뿌렸다. 일본어를 못 읽는 걸로밖에 안 보이는데.

　즉시 땅바닥을 가득 메울 기세로 비둘기 떼가 끊임없이 하늘에서 와 몰려들었다. 비둘기 일색이 된 신사의 경내는 자세히 볼 필요도 없이 상당히 기분이 나빴다. 그 비둘기 카펫 속에 아사히나 선배가 혼자 서 있었다. 발치를 쪼아대는 비둘기에 입술을 떨고 있는 웨이트리스. 그 모습을 내가 정면에서 찍고 있다. 나, 대체 뭘 하고 있는 거냐.

화면 밖에서는 하루히가 아사히나 선배에게서 뺏어든 이글인지 토카레브인지 하는 권총을 들고선, 철컥 하고 안전장치를 풀었다. 뭘 하는가 싶었는데, 갑자기 아사히나 선배의 발밑을 향해 사격.

"히이익!"

비둘기에게 콩알을 먹이는 그림을 리얼하게 보게 될 줄은 생각도 못했다. 동물애호협회가 뒤집어질 법한 만행에 평화의 상징들은 일제히 꾸르륵대며 날아올랐다.

"이거야! 이 그림을 원했다고. 콘, 잘 찍고 있어!"

일단 카메라는 돌리고 있으니까 찍히고 있겠지. 우왕좌왕하며 날아다니는 비둘기 무리의 중앙에서 아사히나 선배는 머리를 움켜쥐고 주저앉아 있었다.

"미쿠루, 야! 왜 앉아 있는 거야?! 넌 날아가는 비둘기를 배경으로 천천히 이리로 걸어와야지! 일어나앗!"

그런 장면을 느긋하게 찍고 있을 때가 아닐 것 같다. 내가 들여다보고 있는 파인더 안쪽에서 동물애호협회를 대신해 신사의 신주로 보이는 할아버지가 날아오고 있었기 때문이다. 하카마(주15) 차림인 걸 보니 신주 관계자인 것 같다. 내가 설교를 들을 각오를 하고 있는데 하루히는 일말의 주저도 없이 최종수단으로 나왔다.

손에 들고 있던 CZ인지 SIG인지 하는 모델 건을 그 할아버지를 향해 쏘기 시작한 것이다.

불타는 철판 위에 서 있는 듯한 춤을 보여주는 신주(아마도). 실버 서비스 진흥회에서 항의가 들어올 법한 동작이었다.

"철수!"

주15) 하카마: 일본 남자들의 전통 복식.

힘차게 소리친 하루히는 몸을 돌려 뛰기 시작했다. 언제 이동했는지 나가토는 이미 저 멀리 떨어져 토리이(주16) 아래에서 우리를 기다리고 있었다. 내버려뒀으면 한 발 늦었을 아사히나 선배를 나와 코이즈미는 양 옆에서 껴안고는 짐과 함께 들어올렸다.

감독이 도망쳤는데 주연 여배우를 희생양으로 삼을 수는 없잖아.

10분 후, 우리는 길가에 있는 드라이브 인으로 보이는 식당 한구석에 자리를 잡고 있었다. 어찌 된 연유인지 내가 쏘게 되어 있는 점심이다.

"참 아까운 짓을 한 것 같아. 그 늙은 신주를 악당 역할로 해서 엉망으로 만드는 게 애드리브로서는 좋지 않았을까?"

하루히는 조금만 삐끗하면 범죄가 될 수 있는 소리를 늘어놓고 있다.

아사히나 선배는 메밀국수를 세 가닥 정도 삼킨 뒤 테이블에 엎드렸다.

"미쿠루, 너 소식이구나. 그래선 안 큰다. 가슴만 자라봤자 코어한 마니아들이나 좋아할 뿐이야. 키도 더 키워야지."

그런 말을 하며 하루히는 아사히나 선배의 메밀국수를 빼앗아 후루룩거리며 먹어댔다.

나는 알고 있다. 앞으로 몇 년 뒤인지는 모르지만, 아사히나 선배는 얼굴도 몸도 미스 태양계 대표에 뽑힐 정도로 성장하게 된다. 본인도 모르고 있는 것 같지만 말이다.

코이즈미는 계속 쓴웃음을 짓고 있었다. 나가토는 묵묵히 믹스 샌드위치를 입으로 가져가 뺨을 부풀리고 있었다. 나는 다 먹은 미

주16) 도리이: 신사 입구에 세운 붉은색의 기둥 문.

트 소스 접시를 옆으로 밀쳐놓고 2인분의 식사를 비우고 있는 하루히에게 말했다.

"그 신주가 학교에 신고를 하면 어쩌려고 그래? 코이즈미의 교복 때문에 우리 정체는 다 들통났을 텐데."

"괜찮지 않을까?"

하루히는 정말 낙관적이다.

"거리도 있었고 흔한 재킷이니 뭐라고 하면 그냥 시치미 떼면 되는 거야. 그냥 닮은 사람이라고. BB탄으로는 증거가 안 된다고."

난 증거가 담긴 비디오 카메라를 보았다. 이 영상을 상영이라도 하게 되면 단번에 들통날 것 같은데. 신사까지 와서 비둘기에 둘러싸인 웨이트리스가 이 근처에 두 명 이상이나 있을 거라고는 생각되지 않는다.

"그런데 다음엔 어디로 갈 거야?"

"다시 한번 공원 광장으로 돌아가자. 가만히 생각해보니까 그것만으로는 전투가 되질 않는 것 같아. 관객의 마음을 사로잡으려면 더 격렬한 액션이 필요하지. 음, 이미지가 솟아나는데. 숲 속을 필사적으로 도망치는 미쿠루와 뒤를 쫓는 유키. 그리고 미쿠루는 절벽에서 떨어지고 마는 거야. 거기서 우연히 근처를 지나가던 코이즈미가 구해준다는 전개는 어떨까?"

우연의 연속으로 가득한 전개로구나. 이런 산 속에 우연히 근처를 지나가던 교복 차림의 남고생이라니 대체 뭐 하는 놈이냐? 그것만으로도 너무 수상하다고. 거기에다 하루히의 성격이라면 정말 아사히나 선배를 절벽에서 떨어뜨릴지도 모른다. 아니, 차라리 하루히 네가 떨어져라. 아사히나 선배의 스턴트맨으로 이 의상을 입어.

뭐, 가슴이 조금 부족할 것 같긴 하다만….

그런 생각을 하고 있던 나를 하루히는 눈썹을 치켜올리며 곁눈질로 매섭게 노려보았다.

"너 무슨 상상을 했어? 설마 내 웨이트리스 모습을 상상하고 있던 건 아니겠지."

정말 귀신처럼 정확하게 맞히시네.

"난 감독이라고. 신나서 앞으로 나오거나 하지 않아. 두 마리 토끼를 쫓다간 나무 등걸에 걸려 넘어지기나 할 뿐이야."

넌 프로듀서도 겸하고 있지 않았냐?

"스태프는 여러 역할을 겸해도 상관없어. 하지만 카메오 출연처럼 잠깐만 등장하는 건 나쁘지 않겠다. 재미도 넣는 게 마니아들의 마음을 자극할 테니까."

어느 마니아가 대상일까. 아사히나 선배 마니아냐? 지금까지의 상황으로 봐서 아사히나 미쿠루 코스튬 플레이집밖에 안 되는데. …가만히 생각해보면 그걸로 충분하긴 하지만.

코이즈미는 뜨거운 카페 오레를 우아한 동작으로 테이블에 내려놓고선 말했다.

"등장인물은 우리 셋뿐인가요?"

야, 쓸데없는 거 묻지 마.

"글쎄…."

하루히는 입을 오리처럼 내밀고선 생각에 잠기는 척 굴었다. 그 정도는 미리 생각해놔야지.

"역시 셋으로는 좀 적을까? 응, 적겠다. 조역이 빛나야 주연도 사는 법이지. 코이즈미, 좋은 걸 알아차렸구나. 그 보답으로 네 출연

장면을 늘려줄게."

"그건…, 감사합니다."

코이즈미는 미소를 지은 채, 실수했다고 말하고 싶은 듯한 표정을 지었다. 그것 보라고. 난 괜히 수풀을 쑤셔대봤자 살무사밖에 안 나온다는 걸 알고 있으니까 아무 소리도 안 한 거라고.

하지만 어디서 새로운 등장인물을 데려올 생각이지? 이 녀석이 임의로 데려오는 인간은 75퍼센트의 확률로 변태적인 숨은 설정을 갖고 있다. 순서대로 보면 이번엔 이세계의 인간이 올 거다. 그리고 나는 그런 녀석이 이 세상에 오는 건 바라지 않고 있었다.

"보스를 쓰러뜨리기 전에 잔챙이들을 잔뜩 해치워야지. 잔챙이, 잔챙이…."

입술 아래에 손가락을 댄 하루히는 나를 흘낏 보았다.

"그 녀석들이면 되겠지."

나도 하루히의 생각을 읽어냈다. 타니구치와 쿠니키다. 데리고 온다 해도 별 상관없을 녀석이라면 그 두 녀석 정도다. 완전한 조역 이하, 잔챙이 중의 잔챙이 캐릭터다. 단독으로 출연한 호이미 슬라임(주17)보다 무해하리란 건 확실하다.

"그거면 됐어."

한 명쯤 더 필요하다는 감독의 얼굴에서 눈길을 돌리며 난 테이블에 뺨을 대고 눈을 감고 있는 아사히나 선배를 훔쳐보았다. 역시 눈을 감은 모습도 귀엽다. 자는 척하는 것도.

난 소다수를 쪼로록거리며 빨고 있는 나가토의 사신 의상에 눈을 돌려 그 모습을 마음껏 감상한 뒤 물었다.

"그럼 이번엔 뭘 찍을 건데?"

주17) 호이미 슬라임: 「드래곤 퀘스트」 시리즈에 등장하는 몬스터.

하루히는 메밀국수 국물을 콸콸 다 마실 때까지 시간을 벌었다. 그러고선.

"일단 미쿠루는 좀 고생을 해야 할 거야. 이 영화의 주제니까. 미쿠루가 불행해지면 질수록 마지막의 카타르시스도 한껏 사는 거지. 안심해, 미쿠루. 이건 해피엔딩이니까."

해피한 건 마지막뿐이잖아. 그동안 아사히나 선배는 내내 하루히 감독의 폭거에 시달리게 된다. 자아, 하루히는 대체 어떤 시나리오를 준비하고 있을까. 브레이크 역할은 나밖에 없는 것 같으니 일단 주의해서 지켜봐야지. 그런데 카타르시스라니 무슨 소리야?

아사히나 선배는 감고 있던 눈을 반쯤 뜨고선 도움을 요청하는 듯한 눈으로 내 쪽을 바라보았다. 왼쪽 눈만 벽안인 헤테로크로미아. 하지만 이내 작은 한숨을 쉬고선 천천히 눈을 감는다. 뭡니까, 내가 믿음직스럽지 못하다는 의사표현이십니까.

코이즈미와 나가토가 아무런 방파제도 되지 못하고 있는 현재, 저밖에 없다고요, 당신 편은.

하긴 내가 뭘 하려고 해도 하루히를 막을 수 있었던 때 또한 요 반년 사이에 단 한 번도 없긴 하지. 기사도 정신에 찬 내 의욕만이라도 높이 사주었으면 싶다. 풍차에 창을 던지는 허무함을 느끼지 않는 건 아니지만.

솔직히 말하면 막을 일은 없을 거라 생각했었다. 반년 전에 나는 하루히를 꽁꽁 묶어서라도 SOS단의 창설을 포기하게 만들어야 했다고 생각했지만 그런 건 결과론이고 내가 꾸물대는 사이에 하루히는 동아리방과 단원을 준비했고, 흐름에 넘어가듯 나도 단원 중 하나가 되어버렸다… 는 것이 현실적인 결과다.

　하지만 만약 내가 이 여자의 뒤통수를 뒤에서 곤봉으로 때리든 어둠을 틈타 기습을 하든 해서 제지할 수 있었다면 아사히나 선배와 나가토와 코이즈미 등과 만나지 않고 지냈을지도 모른다. 어쩌면 또 다른 형태로 만나게 되었을 수도 있다. 그러니까 우주인이나 미래에서 온 사람 같은 믿기 힘든 설정을 아는 일 없이 평범한 같은 학년 친구나 선배, 혹은 생판 남으로 복도를 스쳐 지나가는 정도의 사이가 되었을지도 모른다.

　어느 쪽이 더 좋은가 하는 질문은 묻지 마시라. 난 이미 단원 세 사람의 자기 PR을 듣고 말았고, 나가토의 특이한 힘과 다른 한 명의 아사히나 선배와 빨간 구슬이 되는 코이즈미를 목격했으니까 말이다. 아마 어딘가의 평형 우주에 가게 되면 하루히와 이하 세 사람과 대화 한 번 한 적 없는 내가 있을 테니 그런 건 그 녀석한테 물어 보면 될 일이다. 난 몰라.

　모른다는 소리를 하고 있을 수 없는 것이 현재의 내가 처한 상태다. 영화 제작. 으음. 적당하게 문화제다운 전개다. 아무것도 이상할 거 없잖아. 이상한 건 하루히의 머릿속 정도지만, 그건 이미 잘 알고 있는 일이므로 새삼 아무도 놀라지 않는다. 갑자기 영화를 만들겠다는 소리를 꺼낸 시점에서 이 녀석이 바보 같은 소리를 꺼내는 것도 새삼스러운 일이 아니므로, 내 입장에서 보면 정기적인 통상진행이다. 적당하게 상대해주면 어떻게든 되겠지―.

　그렇게 생각했었다. 그래서 영화 촬영을 막으려고도 하지 않았다. 감독이든 뭐든 좋아하는 일을 하시라. 마음껏 주위를 휘둘러대라고. 그래서 네 기분이 풀린다면 나도 내심의 한숨을 억누르며 상대해주지. 너와 단둘이 정체도 알 수 없는 공간에 갇히는 건 앞으로 절대 사양이니까.

신이 난 하루히와 축 처진 아사히나 선배와 미소짓는 코이즈미와 가면 같은 나가토의 무표정한 얼굴을 바라보며 나는 그렇게 생각하고 있었다.

막을 걸 그랬다고 후회하는 때가 올 줄도 모른 채 말이다.

우리는 다시 삼림 공원 광장으로 돌아갔다. 어떻게 좀 안 되냐, 이놈의 엉망인 순서는. 신사에 가기 전에 한꺼번에 촬영을 해두라고. 각본이 하루히의 머릿속에만 있는 게 제일 근본적인 문제다. 역시 문서화가 중요하지. 문자 정보 위대하다.

"역시 총은 쓰지 말자. 더 엄청난 탄환이 나올 줄 알았는데 화려한 불꽃도 소리도 없고 영 무게가 없어. 먹히는 느낌이 안 들어. 레플리카는 역시 안 된다니까."

야마츠치 모델 숍의 적자 경영을 부채질하는 듯한 소리를 해대며 하루히는 운동화 끝으로 땅바닥에 두 개의 가위표를 그리고 있었다. 아사히나 선배와 나가토가 설 위치를 표시하고 있는가 보다.

"미쿠루는 여기, 유키는 여기."

"후유우."

아침부터 하루히에게 질질 끌려다니고 있는 아사히나 선배는 이미 하루치의 칼로리를 모조리 소비한 듯 발걸음에 힘이 없었다. 저항할 여지도 없이 야한 웨이트리스 복장으로 어슬렁대는 정신적 피로도가 상당히 컸나보다. 수치심을 뛰어넘어 유아퇴행한 게 아닌가 싶을 정도로 인형 같은 동작이었다.

나가토는 변함없이 인형 같은 동작으로, 묵묵히 가위 표시된 위치로 이동해 묵묵히 자리를 잡았다. 검정 망토가 내려오는 산바람에 펄럭인다.

하루히는 아사히나 선배에게서 빼앗은 모델 건을 손끝으로 빙글빙글 돌리며,

"이 위치에서 움직이지 마. 서로 마주 노려보는 신을 찍고 싶으니까. 코이즈미, 반사판 준비해."

이렇게 말하고선 감독용 의자로 돌아온 하루히는 하늘을 향해 총을 푸슝푸슝 발사하고선,

"액션!"

이라 외쳤다.

나는 황급히 카메라를 잡았지만 나보다 더 당황한 것은 아사히나 선배일 것이다. 액션이라니. 하루히는 서 있으란 말밖에 안 했잖아. 어떤 액션을 하라는 거냐.

"……."

나가토와 아사히나 선배는 아무 말 없이 상대방의 안색을 살피고 있었다.

"저어…."

먼저 아사히나 선배가 시선을 피했다.

"……."

나가토는 가만히 아사히나 선배를 노려보고 있다.

"……."

아사히나 선배도 침묵한다.

그대로 산들산들 바람이 부는 가운데 서로를 바라보는 장면이 끝없이 계속되었다.

"차암!"

무슨 연유에선지 하루히가 화를 냈다.

"그래선 배틀이 안 되잖아!"

서 있는 게 전부니까.

권총에서 메가폰으로 바꿔 든 하루히는 저벅저벅 아사히나 선배에게 다가가선 자기가 묶은 부드러운 갈색 머리카락을 콩 하고 때렸다.

"미쿠루, 알겠어? 저기, 아무리 귀엽다고 해도 그것만으로 안심해선 안 돼. 귀엽기만 한 여자애는 썩어날 만큼 남아돈다고. 안이하게 지내다간 밑에서 젊은 애들이 치고 올라와 널 추월할 거란 말이야."

무슨 소릴 하고 싶은 거냐?

머리를 감싸는 아사히나 선배에게 하루히는 설명하듯 말했다.

"그러니까 미쿠루, 눈에서 빔 정도는 발사를 해야지!"

"후엥?!"

아사히나 선배는 깜짝 놀라 눈을 커다랗게 떴다.

"무리예요!"

"그 파란색의 왼쪽 눈은 그러라고 있는 거야. 무의미하게 파란색으로 만든 게 아니란 말이야. 굉장한 힘이 숨겨져 있다는 설정이라고. 그게 바로 빔이야. 미쿠루 빔. 그걸 발사하는 거야."

"아, 안 나와요!"

"기합으로 쏴!"

몸을 뒤로 빼는 아사히나 선배를 헤드록으로 붙들고선 하루히는 노란색 메가폰으로 가르마를 툭툭 쳤다.

아프다며 칭얼대는 아사히나 선배가 너무나도 참 거시기하게 너무하다. 난 반사판을 들고 재미있다는 듯 그 광경을 바라보고 있는 코이즈미에게 카메라를 건네고선 하루히의 목덜미를 잡았다.

"그만해, 이 바보야."

작은 몸집의 웨이트리스에게서 폭력 초감독을 떼어냈다.

"평범한 인간이 눈에서 빔을 쏠 수 있겠냐? 너 바보지?"

두 손으로 머리를 움켜쥐고 있는 아사히나 선배를 봐라. 가엾게 눈물이 글썽이고 있잖아. 그 모습 그대로 커다란 눈동자에서 나오는 것은 바로 진주와 같은 눈물 정도다.

"흥."

목덜미를 잡힌 채 하루히는 옆을 향해 콧방귀를 날렸다.

"그 정도는 나도 알고 있어."

난 손을 놓았다. 하루히는 메가폰으로 목덜미를 두드리며,

"빔을 낼 정도의 기합을 보이라고 말하고 싶은 거라고. 주연이라고는 믿어지지 않을 정도로 패기라곤 찾아볼 수 없는 모습이잖아. 너도 농담이 안 통하는 녀석이구나."

네 농담은 농담으로 안 끝나니까 곤란하단 말이다. 아사히나 선배한테 정말로 빔 발사 기능이 있으면 어쩌려고 그래.

…없지요?

불안해져 아사히나 선배를 곁눈질로 살폈다. 아사히나 선배는 오드 아이 같은 촉촉한 눈으로 날 멀뚱히 올려다보았다. 눈을 깜박거리며 고개를 갸웃거린다. 아무래도 나의 눈길 접촉은 아사히나 선

배에겐 통하지 않는 것 같다. 그런 생각을 하고 있는데 코이즈미가 넉살 좋게 나와 하루히에게 제안했다.

"그 부분은 찍은 다음에 CG 처리를 하든 어떻게 손을 쓰면 되지 않을까요?"

코이즈미는 친절한 사기꾼 같은 미소를 지으며 티슈 상자를 아사히나 선배에게 건넸다.

"스즈미야 씨도 처음부터 그럴 생각 아니었을까요?"

"그럴 생각이었어" 라고 말하는 하루히.

수상쩍은데, 이렇게 생각하는 나.

아사히나 선배는 휴지로 눈물을 닦고선 코를 팽 푼 다음 불안한 동작으로 하루히를 봤다가 날 봤다가를 반복했다.

나가토는 지나치게 눈에 띄는 쿠로코(주18) 같은 복장으로 묵묵히 바람을 받고 있었다. 어서 해가 안 떨어지려나. 광량 부족으로 촬영 속행이 불가능한 시간이 너무 멀게 느껴진다.

"지금 건 NG. 다시 찍자."

하루히는 그러고선 아사히나 선배와 자세를 어떻게 할지 얘기를 시작했다.

"미쿠루 빔! 이라고 외치면서 손을 이렇게 하는 거야."

"여기에, 이렇게요…?"

"아냐, 이렇게! 그리고 오른쪽 눈은 감아."

왼손으로 만든 V 사인을 왼쪽 눈 옆에 놓고 윙크를 하면 눈에서 빔이 나오는 구조인 듯하다.

"미쿠루, 말해봐."

"…미, 미, 미, 미쿠루 빔."

주18) 쿠로코: 가부키, 노 등의 무대에서 검은 옷을 입고 배우 뒤에서 연기 등을 돕는 사람이나 그 옷.

"더 큰 소리로!"

"미쿠루 빔!"

"쑥스러워 하지 말고 큰 소리로!"

"힉…, 미쿠루 비…임!"

"배에서 소리를 내야지!"

이게 무슨 개그냐.

새빨간 얼굴로 절규하는 아사히나 선배에게 복식호흡을 강요하는 하루히. 광장을 어슬렁거리고 있던 한가한 꼬마들과 가족들의 시선이 따갑다. 구경거리가 아니라고 말하고 싶지만 우리들이 찍고 있는 건 영화인 듯하니 이게 구경거리가 아니면 또 뭐겠냐고. 이 메이킹 신을 찍는 것만으로 충분하지 않을까. 하루히식 해피 스토리가 얼마나 대단한 건지는 모르겠지만 아사히나 미쿠루 프로모션으로는 이미 충분하고도 남을 정도인데.

마침내 아사히나 선배와 나가토는 조금 전의 가위표 위에 섰고 코이즈미는 옆에서 반사판을 들고 만세 자세 속행, 그 옆에서는 하루히가 으스대며 앉아 있고 나는 나가토의 뒤로 돌아가 검은 등에서 2미터쯤 떨어져 어깨너머로 아사히나 선배를 찍게 되었다. 이것도 하루히의 지시에 따른 카메라 앵글이다.

갑작스런 변화는 이 직후에 일어났다.

"자, 거기서 빔!"

하루히의 외침에 아사히나 선배는 자신 없어 보이는 자세를 취했다.

"미…, 미쿠루 빔!"

억지로 카메라를 향한 시선으로 자포자기 심정인 꺾이는 목소리로 귀엽게 외치며 서투른 윙크.

그 순간, 내가 들여다보고 있던 카메라의 파인더가 갑자기 캄캄해졌다.

"응?"

무슨 일이 일어났는지 순간 이해가 가지 않았다. 카메라가 고장 난 줄 알았을 정도다. 난 비디오 카메라를 눈에서 떼고 눈앞에 선 불길한 의상의 고깔모자를 보았다.

"······."

나가토가 내 눈앞에서 주먹을 쥐고 있었다. 렌즈를 가려 컴컴하게 만든 것은 나가토의 오른손이었다.

"어?"

하루히도 입을 쩍 벌리고 있었다.

하루히가 그린 가위표는 내 앞쪽 2미터에 있었다. 방금 전까지 분명 나가토는 거기에 서 있었다. 하루히의 액션 콜로 아사히나 선배가 소리를 지른 순간, 비디오 카메라에는 나가토의 검은 뒷모습도 분명히 찍혀 있었다. 그리고 1초도 지나지 않은 사이 어떻게 된 건지 나가토는 내 얼굴 앞에서 뭔가를 쥐듯이 한 손을 든 채로 정지하고 있었다. 워프를 했다고밖에 설명이 되지 않았다.

"어라?"

하루히도 말했다.

"유키, 너 언제 그런 곳엘 간 거야?"

나가토는 아무런 대답도 않고 구슬 같은 눈동자를 아사히나 선배에게 돌렸다. 그런 아사히나 선배도 눈을 커다랗게 뜨고 경악에 찬 표정, 그리고 천천히 눈을 깜박깜박—.

다시 나가토의 손이 광속과 같은 속도로 움직였다. 마치 공중을 나는 벌레를 잡는 듯 허공을 움켜쥔다. 손에 들고 있던 별 모양 안테나봉은 어디에 있냐?

응? 지금 희미하지만 뭔가 이상한 소리가 났는데. 불이 붙은 성냥을 하수구에 빠뜨렸을 때와 같은 그런 소리다.

"어…?"

당황한 듯한 소리를 내는 건 아사히나 선배다. 상황이 이해가 안 가는 거겠지. 나도 이해가 안 가고 있다. 나가토는 대체 뭘 하고 있는 거냐?

아사히나 선배는 도움을 요청하듯이 시선을 옆으로 향했고—부자연스런 소리가 코이즈미 쪽에서 났다. 누가 들어도 분명 펑크난 타이어에서 공기가 빠지는 듯한….

코이즈미가 머리 위에 들고 있던 반사판—발포 스티로폼 판에 두꺼운 흰색 종이를 붙인 싸구려 물건이다—이 비스듬하게 절단되어 있었다. 코이즈미는 툭 소리를 내며 떨어지는 반사판 위쪽을 바라보면서 신기하게도 말을 잃고 있었다. 하지만 그런 귀중한 광경을 가만히 바라보고 있을 여유는 내게도 없었다.

나가토가 움직이고 있었다. 오직 나가토만이.

검은 그림자가 땅을 박차고 날아 착지한 곳은 아사히나 선배의 바로 앞이었다. 나가토는 망토 밑에서 뻗은 오른손으로 아사히나 선배의 얼굴을 움켜쥐었다. 가느다란 손가락이 아사히나 선배의 눈을 가리듯, 관자놀이를 눌러대고 있었다.

"으아…, 나, 나, 나, 나가토 씨…!"

아사히나 선배의 반응은 신경도 쓰지 않은 채 나가토는 밭다리후

리기로 주연 웨이트리스를 지면에 쓰러뜨렸다. 풍만한 가슴 위에 올라탄 사신 복장. 아사히나 선배는 비명을 지르며 아이언 크로를 걸고 있는 나가토의 가는 팔을 움켜쥐었다.

"히이이익!"

난 겨우 제정신을 차렸다. 뭐야, 뭐? 나가토가 순간 이동을 해 촬영을 방해했나 싶더니, 코이즈미의 반사판이 두 동강이 나고, 우주인이 미래에서 온 사람을 덮치고 있다. 하루히는 어느 사이엔가 이런 연출의도를 두 사람에게 전했―을 리가 없잖아. 감독도, 나도, 코이즈미도 하나같이 아연해 있는 상태니까. 그건 두 사람의 연기가 너무나도 진지하기 때문이 아닐까.

"…컷, 컷!"

하루히는 몸을 일으키고는 메가폰으로 의자를 두드렸다.

"야, 유키, 뭐 하는 거야? 그런 건 예정에 없었다고."

나가토는 하얀 허벅지를 대부분 드러내고 바동거리고 있는 아사히나 선배의 몸 위에 올라타 얼굴을 잡은 채다.

작은 목소리로 중얼거리는 목소리를 듣고선 내가 그쪽을 돌아보자, 코이즈미가 반사판의 잘린 단면을 보며 입술을 일그러뜨렸다. 그 눈이 내 시선을 깨닫고 기묘한 눈빛을 보냈다. 무슨 흉내냐, 그건?

아니, 코이즈미의 의미심장한 시선 따윈 아무래도 좋다. 지금은 왠지 종합 격투기를 시작한 나가토를 어떻게든 해야 한다. 난 카메라를 들고 뒤엉켜 있는 웨이트리스와 검정색 일색의 마법사에게 달려갔다.

"뭐 하는 거야? 야, 나가토."

챙 넓은 모자가 천천히 이쪽을 향한다. 블랙홀같이 검은 유키의 눈동자가 날 올려다보았고 작은 입술이 벌어지더니,

"……."

뭔가를 말하려는 게 아닌가 하는 나의 기대는 무너졌다. 나가토는 말할 내용에 걸맞은 말이 없다는 듯한 표정으로 말없이 입술을 다물었고, 천천히 일어났다. 검정 망토의 오른쪽이 움직이고 의상 아래로 손이 들어간다.

"히익…, 히이잉….."

여전히 두려움에 떨고 있는 것은 바닥에 누워 있는 아사히나 선배다. 그래, 무섭겠지. 나가토가 특유의 무표정으로 다가와 땅바닥에 쓰러뜨린다면 나라도 쫄 거다. 뭐니뭐니 해도 나가토의 지금 복장은 밤길 모퉁이 같은 곳에서 마주치고 싶지 않은 흑마술사다. 심약한 유치원생이라면 아마 오줌을 지리고 말 게 틀림없다.

"……."

헐렁한 고깔모자를 눈 깊숙이 눌러쓴 나가토는 미동도 하지 않은 채 똑바로 나를 바라보고 있었다.

난 떨고 있는 아사히나 선배의 어깨를 받치며 일어나도록 도와주었다. 울음 벌레가 눈에 들어온 듯 아사히나 선배는 오열하며 뚝뚝 눈물을 흘리고 있었다. 긴 속눈썹이 라인을 그리고 있는 눈동자가 젖어 더더욱 매력적이…, 응?

"정말 두 사람 다 뭐 하는 거야? 대본에도 없는 짓 좀 하지 말라고."

대본도 쓰지 않은 감독이 다가와선 나와 마찬가지로 "응?" 하고 의아한 소리를 냈다.

"미쿠루, 콘택트렌즈 어쨌어?"

"어…."

내 가슴에 매달려 울고 있던 아사히나 선배는 손가락을 왼쪽 눈 아래에 대고선,

"어라?"

셋이 의아해한다고 답이 나올 리도 없으니 이럴 때는 사태를 파악하고 있을 법한 녀석한테 묻는 게 제일이다.

"나가토, 아사히나 선배 컬러 렌즈 어디 있는지 모르냐?"

"몰라."

나가토는 태연히 대답했다. 거짓말인 것 같은데.

"아까 격투하다 떨어뜨렸나?"

하루히는 엉뚱한 소리를 하며 땅바닥을 살피고 있었다.

"쿈, 너도 찾아봐. 그거 가격 꽤 됐단 말이야. 싸구려 아냐."

바닥을 더듬는 하루히에게 맞춰 나도 바닥에 엎드렸다. 헛일이란 걸 알고 있었지만 말이다. 아사히나 선배의 몸 위에서 내려온 나가토의 오른손이 슬쩍 뭔가를 쥐고선 망토 안으로 들어간 걸 본 것 같았다. 그리고 올라탄 나가토가 쥐고 있던 것은 아사히나 선배의 얼굴이었다.

"왜 없는 거야?"

입을 삐죽거리는 하루히에겐 미안한 일이지만, 난 진지하게 찾고 있지 않았다. 돌아보니 코이즈미는 분리된 반사판 단면을 맞춰보기도 하고 떼어보기도 하며 놀고 있었다. 너도 찾는 척 좀 해라.

코이즈미는 미소를 지으며,

"바람에 날아갔을지도 모르죠. 가볍잖아요."

말도 안 되는 소리를 하며 내게 반사판의 잔해를 보여주었다. 자리에서 일어난 하루히가 그걸 빼앗아들었다.

"뭐야? 깨졌어? 흐음, 싸구려였으니. 우리 학교 사진부라 그런 거야. 코이즈미, 뒤에 테이프라도 붙여놔."

별 일 아니라는 듯 말하고선 멍한 표정으로 눈물을 멈추고 있는 아사히나 선배에게 악어와 같은 눈을 돌렸다.

"컬러 콘택트가 없으면 영상이 안 이어지는데. 어떡하지?"

생각을 하고 있나보다. 마침내 머리에 알전구만한 빛이 번득였는지 하루히는 손가락을 딱 쳤다.

"그래. 눈빛이 변하는 건 변신 후로 하자!"

"벼, 변신요?"라고 말하는 아사히나 선배.

"그래! 평소부터 그런 코스튬을 입고 있는 건 아무래도 현실성이 떨어지잖아. 그 의상은 변신 후의 복장이고 평소엔 좀더 평범한 옷을 입고 있는 거야."

픽션에 현실성을 추구하는 녀석이 더 이상한 것 아닌가 싶었지만, 하루히의 의견을 그대로 들으면 코스튬 플레이 웨이트리스가 정상이 아니란 사실을 스스로 인정한 것이나 마찬가지이다. 아사히나 선배도 크게 고개를 끄덕였다.

"조, 좋네요. 그거. 제대로 된 복장을 하고 싶어요. 너무나도요."

"그러니까 미쿠루의 평상복은 바니 걸이야!"

"네에?! 왜, 왜, 왜, 왜요?"

"그야 그것밖에 없으니까. 진짜 평상복은 화면이 좀 화려한 맛이 없잖아. 잠깐만! 지금 막 설정을 만들었는데. 그러니까 미쿠루의 통상 형태는 상점가의 호객 행위를 하는 바니 걸이야. 위기를 감지하면 바로 변신! 싸우는 웨이트리스가 되는 거지. 어때, 완벽하지?"

좀 전에 현실성이 어쩌고저쩌고 하지 않았었냐?

"그럼 당장."

하루히는 입을 초승달 모양으로 꺾어 위험한 미소를 짓더니 아사히나 선배의 팔을 등 뒤로 돌려 손목을 고정시키고선, "아, 저기, 잠깐, 아야야야"라며 작은 비명을 질러대는 웨이트리스를 숲 속으로 데리고 갔다.

으음.

…뭐, 그건 좋아. 아사히나 선배에겐 합장을 하는 수밖에 없지만, 하루히가 사라져준 건 정말 감사할 일이다. 당신의 희생은 헛되이 하지 않겠습니다. 바니 걸도 기대하고 있어요.

…뭐, 그건 됐고. 난 나가토에게 해야 할 질문이 있었다.

"그래, 그건 무슨 애드리브였냐?"

무표정인 나가토는 뾰족하게 선 고깔모자 챙을 왼손으로 잡았다. 그러고는 얼굴 대부분을 그 그림자 안에 집어넣으며 천천히 오른손을 꺼냈다. 교복 위에 걸친 것뿐이라 옷자락은 세일러복이다. 나가토는 오른손 검지만을 위로 쳐들었다. 그 손가락에 파란색 콘택트 렌즈가 올라가 있었다.

역시 네가 슬쩍한 거였냐.

"이거."

나가토는 그렇게 중얼거리고선,

"레이저."

라고 말하곤 입을 다물었다.

……

야, 항상 생각하는 건데, 네 설명은 최소한의 설명에도 미치지 못하거든. 최소한 10초 정도는 얘기를 해주면 좀 좋냐.

나가토는 자신의 손끝을 바라보며,

"높은 지향성을 가진 불가시대역의 코히렌트광."

매우 천천히 말해주었다. 아하, 높은 지향성을 가진 불가시대….

미안하지만 더 모르겠다.

"레이저?" 라고 말하는 나.

"그래" 라고 대답하는 나가토.

"그건 놀라운데요" 라고 말하는 코이즈미.

코이즈미는 렌즈를 손가락으로 집어 들더니 빛에 비춰보듯 관찰을 하며,

"평범한 렌즈로밖에 안 보이는데 말이죠."

무척 감탄했다는 듯 말한다. 난 무엇에 놀라야 좋을지 파악을 못한 상태이기 때문에 당연히 감탄도 못 한다.

"무슨 소리야?"

코이즈미는 훗 하고 미소를 짓고선 말했다.

"오른쪽 손바닥을 보여주시겠습니까? 아니, 당신 말고 나가토 씨요."

검정 옷의 소녀가 내게 시선을 보내는 것이 마치 허가를 기다리기라도 하는 것처럼 보였기에 나는 고개를 끄덕였다. 그것을 확인한 뒤 나가토는 검지 이외엔 움켜쥐고 있던 다른 네 손가락을 폈고 나는 숨을 삼켰다.

"……."

우리 세 사람 사이에 침묵의 바람이 한바탕 춤을 췄다. 나는 한기

를 느꼈고, 그제야 깨달았다. 그런 거였구나.

나가토의 간단한 손금이 그려진 오른손바닥, 거기에 검게 그을린 작은 구멍이 몇 개 뚫려 있었다. 빨갛게 달군 부젓가락에 찔리면 이렇게 구멍이 뚫리지 않을까. 다섯 개 정도 됐다.

"실드를 다 치지 못했어."

그렇게 담담하게 말하지 마. 보기에도 아파 보이는데.

"아주 강력해. 순간적이었다."

"레이저 광선이 아사히나 선배의 왼쪽 눈에서 방출된 거죠" 라고 말하는 코이즈미.

"그래."

그래가 아니지. 코이즈미 너도 그래. 상황 파악 이외에 할 일이 있지 않냐.

"곧 수정하겠다."

그 말대로 우리가 지켜보고 있는 사이에 나가토의 손에 뚫려 있던 구멍은 매우 신속하게 막혀 원래의 하얀 살로 돌아갔다.

"어떻게 된 거야?"

난 신음하지 않을 수 없었다.

"아사히나 선배는 정말 눈에서 빔을 쏜 거냐?"

"입자 가속포가 아냐. 응집광."

어느 쪽이든 간에. 레이저든 메이서든 마카라이트 파프든 초보자의 눈으로 보면 다 거기서 거기라고. 하전입자포와 반양자포의 차이도 내가 알 게 뭐냐. 괴수에게 효과가 있다면 증명 따윈 필요 없어.

여기서 문제로 봐야 할 것은 괴수도 나타나지 않았는데 아사히나 선배가 열선을 방출해버렸다는 점이겠지.

"열선이 아니야. 포톤 레이저다."

그러니까 아무래도 좋다니까, 그런 과학적인 고증은.

나가토는 입을 다물고선 오른손을 집어넣었다. 난 머리를 움켜쥐었고, 코이즈미는 렌즈를 손가락으로 튕겼다.

"이건 아사히나 선배에게 원래부터 갖춰져 있던 기능일까요?"

"아니."

나가토는 가볍게 부정했다.

"현재의 아사히나 미쿠루는 평범한 인류로 일반인과는 아무런 차이가 없다."

"이 컬러 콘택트에 무슨 장치가 되어 있는 건?"

코이즈미가 계속 따지고 들었지만.

"없다. 평범한 장식품이야."

그럴 거다. 콘택트렌즈를 가져온 건 하루히니까. 아니, 그게 최대의 문제겠지. 다른 누구도 아닌 그 녀석이 가져왔다는 이 사실이.

더 끝내주는 점도 있었다. 만약 나가토가 막아주지 않았다면 아사히나 선배의 눈에서 나온 레이저 광선은 비디오 카메라 렌즈를 통과해 내 눈알을 관통하고선 기타 이러저러한 것들을 태워버린 뒤에 뒤통수로 나왔을 것이다. 특히 뇌가 타서 냄새를 풀풀 풍기는 건 확실할 것이다. 그건 위험하잖아.

그런데 이거 나가토가 내 생명을 구해준 거잖아. 면목이 없군.

"그렇게 되면."

코이즈미는 턱을 쓰다듬으며 씁쓸한 미소를 지었다.

"이건 스즈미야 씨의 짓이겠군요. 그녀가 미쿠루 빔이 있길 바랐기 때문에 현실이 그렇게 변화했다, 그런 겁니다."

"그래."

답변하는 나가토는 철저하게 감정을 보이지 않았다. 하지만 나는 그렇게 차분하게 있을 수 없었다.

"잠깐만 기다려봐. 그 렌즈에는 아무런 마법도 걸려 있지 않잖아? 하루히가 그렇게 바랐다고 어떻게 살인 광선이 나오냐?"

"스즈미야 씨는 마법이나 미지의 과학 기술 따위를 필요로 하지 않습니다. 그녀가 '있다'고 생각하면 그건 '있는' 게 되는 거니까요."

그런 엉터리 이론으로 내가 납득을 할 것 같냐.

"하루히는 진심으로 빔을 쏘라고 한 건 아니잖아. 그건 녀석이 영화 속에서 한 설정이야. 그 녀석도 그랬잖아, 농담이라고."

"그랬죠."

코이즈미도 고개를 끄덕였다. 그렇게 간단히 반론을 받아들이면 어떡하냐. 내가 말을 이을 수가 없잖아.

"스즈미야 씨가 상식적인 인간이라는 건 우리도 알고 있는 바입니다. 하지만 그녀에게 이 세상의 상식이 통하지 않는 것 또한 사실이죠. 이번에도 무슨 특이한 현상이 작용한 걸 겁니다. 그건…, 아, 돌아왔군요. 이 얘기는 나중에 다시 하도록 하죠."

코이즈미는 자연스러운 동작으로 렌즈를 셔츠 가슴에 있는 주머니에 집어넣었다.

참 곤란하다.

세계의 파멸을 어떻게든 기지와 임기응변으로 싸워서 막아낸다든가, 문답무용으로 어떻게든 나쁜 녀석을 쳐 없앤다던가, 자그마한 세계관 속에서 제한이 붙은 초능력 전투를 진지하게 벌인다든가, 그런 사이사이에 적당한 감정 드라마가 삽입된다든가—.

실제로 나는 그런 게 취향이다. 이왕이면 처음부터 순 뻥 같은 그런 설정의 스토리에 휘말려들고 싶다. 현실과 괴리감이 크면 클수록 좋다.

그런데 지금의 나는 어떠한가. 반 친구 한 명에게 말을 걸고 만 것이 재앙이 되어 어쩌다 보니 전혀 설정을 알 수 없는 녀석들에게 둘러싸여 전혀 의미도 알 수 없는 일이나 하고 있다. 눈에서 빔? 뭐야, 그게. 무슨 의미가 있는데?

생각해보면 미쿠루, 나가토, 코이즈미의 미스터리 설정 트리오부터 영 정체가 애매모호하다. 모두 다 멋대로 자기소개를 해주긴 했지만, 그런 걸 믿기엔 내 머리는 너무 정상이다. 아무리 믿지 않을 수 없는 체험을 동반했다 하더라도 말이다. 사물에는 정도란 것이 있으며, 나는 확실하게 나만의 잣대를 갖고 있다. 눈금은 조금 미묘해지긴 했지만.

본인들의 주장에 따르면 먼저 아사히나 선배는 미래에서 온 미래에서 온 사람이다. 서력 몇 년에서 왔는지 가르쳐주진 않았지만 온 이유만은 알고 있다. 스즈미야 하루히를 관찰하기 위해서이다.

나가토는 지구 외 생명체에 의해 만들어진 휴머노이드 인터페이스이다. "그게 뭔데?"라고 물어도 곤란하다. 나도 그렇게 생각하고 있으니 피장파장이잖아. 왜 또 그런 게 지구에 있는가 하면 정보 통합 사념체인가 뭔가 하는 나가토의 두목이 스즈미야 하루히에게 관심이 있기 때문이라고 한다.

그리고 코이즈미는 '기관'이라는 수수께끼의 조직에서 파견된 초능력자다. 이 녀석이 전학 온 것은 그 임무의 하나이며, 역할은 스즈미야 하루히의 감시이다.

그리고 제일 중요한 하루히인데, 이렇게나 이상한 프로필을 가진 세 명이 덤벼도 아직까지 존재 자체가 뭐가 뭔지 잘 파악이 안 되는 녀석이다. 아사히나 선배의 말에 따르면 '시공 왜곡의 원인'이고, 나가토는 '자율 진화의 가능성'이라고 했으며, 코이즈미는 단순하면서도 오버스럽게 '신'이라고 부르고 있었다.

정말 다들 수고가 많다고 말해주고 싶다.

수고하는 김에 어서 하루히를 어떻게 좀 해다오. 안 그러면 이 여자 단장은 아무리 기다려도 수수께끼에 싸인 채 중성자성과 같은 인력으로 날 중력권에 잡아둔 채로 있을 거 아냐. 지금은 아직 괜찮아. 그렇지만 10년 뒤를 생각해보라고. 그때가 돼서도 하루히가 이 하루히인 채라면 어떻게 하지? 상당히 끔찍할 거다.

동아리방을 무단 점거하거나 눈에 불을 켜고 길거리를 돌아다니거나, 쓸데없는 소란을 피우거나 화를 내거나 정서불안정이 되는 게 허락되는 건 기껏해야 10대까지다. 나잇살 먹어서까지 그러는 게 아니라 이거다. 그런 건 그저 사회 부적응자다. 그렇게 되어도 아사히나 선배와 코이즈미와 나가토는 하루히의 곁에서 뭔가를 하고 있을 생각인가?

나라면 먼저 사과하겠다. 미안하다. 그럴 생각은 털끝만큼도 없다. 왜냐하면 시간이 허락되지 않기 때문이다. 인생의 리셋 버튼은 그렇게 찾기 쉬운 곳에 굴러 떨어져 있지 않은데다 세이브 포인트가 어느 골목길에 표시되어 있는 것도 아니라 이거다.

하루히가 시간을 왜곡하거나 정보를 폭발시키거나 세계를 부수거나 만들고 있는지 어떤지는 상관없다. 나는 나이고 이 녀석은 이 녀석이다. 언제까지나 어린애의 소꿉놀이를 상대해줄 수는 없는 노릇이다. 아무리 그렇게 하고 싶다 하더라도 귀가시간은 확실하게 찾아온다. 몇 년, 몇십 년이 되든 확실하게 말이다.

"언제까지 투덜대고 있을 거야! 이제 익숙하잖아?"

나무들 사이로 하루히가 아사히나 선배를 끌고 오는 모습이 보였다.

"여배우답게 행동해. 깨끗하게 벗는 모습은 블루리본 신인상으로 가는 지름길이라고! 이번 촬영에선 벗기지는 않을 테지만 애간장을 태우는 것도 좋으니까."

사냥한 토끼를 물어오는 사냥개 같은 기세다. 하루히는 흙바닥을 걷기 버거워 보이는 하이힐을 신은 바니 걸 아사히나 선배를 데리고 재채기가 나올 정도로 환한 미소를 지으며 돌아왔다.

"이 영화가 성공하면 그 수익금으로 너희들을 온천에 데리고 가줄게. 위로여행이야, 위로여행. 미쿠루도 가고 싶지?"

하지만… 뭐, 그래. 그때까지는 나도 같이 상대해주마. 내가 섞이고 싶은 건 네가 찍고 있는 영화 설정 같은 이야기 속이긴 하지만 말이야.

코이즈미 이츠키와 같은 위치라면 완전하지만 내겐 아무래도 숨겨진 힘은 없는 것 같으니 여기서 얌전히 네게 딴지를 거는 역할이나 맡도록 하지.

몇 년쯤 지나면 "그러고 보니 그때는 그런 일도 있었지"라고 웃으며 누군가에게 얘기를 할 수 있게 될 거야.

아마도.

바니 걸 아사히나 선배는 웨이트리스 이상으로 부끄러워하며 걷고 있었다. 하루히만이 의기양양한 얼굴이다. 네가 의기양양하면 어떡하냐?

난 비디오 카메라의 핀트를 조정하는 척하며 아사히나 선배의 가슴께를 클로즈업했다. 왜 그거 말이다. 일단 확인은 해둬야지.

아사히나 선배의 하얀 왼쪽 가슴에는 작은 점이 있는데 가만히 보면 별 모양처럼 생겼다. 확인 종료. 이 사람은 분명히 나의 아사히나 선배다. 가짜가 아니야.

"뭐 하는 거냐?"

렌즈 앞에 불쑥 나타난 건 하루히의 얼굴이다.

"내 지시 이외의 건 찍으면 안 돼. 이건 네 홈 비디오가 아니라고."

안다. 알아. 그 증거로 녹화 단추는 안 눌렀다고. 그냥 보기만 한 거야.

"그래, 그래. 자, 다들 주목! 그리고 준비해! 지금부터 미쿠루의 일상 풍경을 찍을 거니까. 미쿠루는 자연스럽게 저 근방을 걸어다녀. 그걸 카메라가 따라가는 거다."

일상생활에서 바니 걸 차림으로 이런 산림 공원에 출몰하는 소녀란 대체 뭘까?

"그런 건 신경 쓰지 마. 이 영화 속에선 그런 게 평범한 거라고. 픽션에 현실의 척도를 갖다대는 게 이상한 거지!"

그건 바로 내가 너한테 해주고 싶은 말이다. 네 경우엔 현실에 픽션의 척도를 갖다대니까 반대긴 하지만.

그후 아사히나 선배는 자신이 눈에서 살인 레이저를 발사한 줄도 모른 채 하루히의 연기 지도 하에 공원의 꽃을 따기도 하고 낙엽을 움켜쥐고 후 불어 날리기도 하고, 잔디 위에서 뛰고 또 뛰고를 반복하느라 점점 녹초가 되어갔다.

결정타는 하루히의,

"으음. 산을 배경으로 하니까 아무래도 좀 뜨네. 바니 걸 차림으로 산을 돌아다니지는 않을 거잖아. 시내로 가자!"

자신이 아까 한 대사를 완전히 번복한 한 마디로 다시 버스 이동이 결정되었다.

현재로선 조명 담당에 불과한 주연 남자배우 코이즈미는 테이프로 보정한 반사판과 내가 떠넘긴 짐의 절반을 옆구리에 끼고 손잡이에 매달려 있었다.

나도 그 옆에 서 있었는데 그 옆에는 나가토가 검은 그림자를 이루고 있었다. 텅 빈 좌석에 앉아 있는 건 하루히와 아사히나 선배뿐이다. 내게서 카메라를 빼앗아 든 하루히는 2인용 의자에 걸터앉아 바로 옆에서 아사히나 선배를 찍고 있었다.

아사히나 선배는 계속 고개를 숙이고선 하루히의 질문에 중얼대며 뭐라고 대답하고 있었다. 아무래도 감독이 찍는 주연 여배우 인터뷰인가보다.

버스는 산길을 구불구불 돌아 주택가로 내려왔고, 나는 운전기사가 백미러만을 보고 있지 않기를 마음속으로 기도했다. 앞을 보고 운전해줘요.

그 기도가 통했는지 버스는 무사히 종점인 역 앞에 도착했다. 그 무렵에는 차 안에도 승객들이 북적대고 있었는데, 거의 모두의 시선이 하루히와 아사히나 선배와 나가토에게 향해 있었다. 꼬물꼬물 거리는 토끼 귀와 뒤에는 하얀 어깨밖에 보이지 않는 모습이 흉물스럽다. 아무래도 미쿠루 바니 버전은 키타 고교뿐만 아니라 전 시내에 그 소문이 퍼질 것 같단 예감이 들었다.

하루히가 노린 게 그거였는지도.

"어제 버스에 끝내주는 바니 걸이 타고 있었는데."

"아, 나도 봤어."

"그거 대체 뭐냐?"

"키타 고에 있는 SOS단인가 하는 거라더라."

"SOS단?"

"그래, SOS단."

"SOS단이라, 기억해둬야겠다"라는 등등의 그런 전개가 되길 기대하고 있는 건 아니겠지. 아사히나 선배는 SOS단의 광고탑이 아니라고. 그럼 뭐냐고 묻는다면 그거야 뻔하지. 차 담당 및 내 정신안정 담당이다. 본인도 그렇게 바라고 있을 것이다. 분명.

물론 하루히에겐 다른 누구의 바람 따위는 마이동풍 이전에 닿지도 않을 것이다. 자기에게 불리한 남의 말은 하루히의 경이로운 메커니즘에 의해 고막 밖으로 튕겨나가니까. 삼투압 현상일지도 모르겠군. 그 구조를 해명하게 된다면 노벨상 심사위원회가 생물학상 심사대상 정도로는 뽑아줄지도 모르겠다. 누가 해보지 않겠나?(될 대로 되라는 듯이 말하는 게 포인트다.)

이날 해가 떨어질 때까지 아사히나 선배는 바니 걸로 있어야 했다. 한 일이라고는 길거리를 그 복장으로 돌아다닌 것뿐이다. 이래선 평소의 미스터리 탐색 순찰과 다를 게 없지만, 사람들의 눈을 신경 쓰는 만큼 더 피곤하고 언제 경찰한테 잡힐지 몰라 안절부절못했다. 하루히에게 촬영 허가라는 개념은 없는 듯, 어디서 뭘 찍든 그건 하루히의 자유이며 그 자유는 인노켄티우스 3세 시대의 로마 교황권과 같이 침범하기 힘든 것이다—고 한다. 자유의 의미를 오해하고 있군.

"오늘은 이쯤 할까."

마침내 하루히가 일이 끝났다는 얼굴을 해준 덕분에 나가토를 제외한 우리들은 안도하는 표정을 지었다. 기나긴 하루였다. 일요일인 내일은 푹 쉬고 싶군.

"그럼 내일 보자. 집합시간과 장소는 오늘하고 똑같아."

시원시원하게도 말하네. 대체휴일쯤은 준비해주겠지?

"그게 뭔데? 촬영이 밀려 있다고. 느긋하게 쉴 시간 없어! 문화제가 끝난 다음에 마음껏 쉬면 되잖아. 그때까지는 달력에 빨간 날은 없다고 생각해!"

촬영 이틀째에 벌써 시간배분을 잘못한 것도 어떻게 좀 할 수 없냐? 밀려 있다고? 그렇다는 소리는 오늘 내가 찍은 몇 시간분의 영상은 거의 쓰이지 않는다는 거야? 아니면 하루히는 대하 드라마를 찍을 작정인 거냐? 연속극이 아니라고. 단발로 끝나는 문화제용 영화란 말이야.

하지만 하루히는 아무것도 걱정할 게 없는 듯 보였다. 내게 모든 짐을 떠넘기고선 자신은 달랑 완장만 휴대한 채 끝내주는 미소를

흔들며,

"그럼 내일 봐! 이 영화는 꼭 성공시켜야 해. 알았지? 내가 감독을 맡은 이상 성공은 약속된 거나 다름없어. 나머진 너희들의 노력 여하에 달려 있다고. 시간에 맞춰 와야 해. 안 오는 사람은 벌을 주고 사형에 처할 거다!"

그런 선언을 하고선 매릴린 맨슨의 「록 이즈 데드」를 흥얼거리며 사라졌다.

"아사히나 씨에겐 제가 전해두죠."

헤어질 때, 코이즈미가 귓가에 속삭였다. 아사히나 선배는 코이즈미의 교복 재킷을 머리 꼭대기에 뒤집어쓰고 있었다. 지금이 겨울이라면 코트라도 갖고 있었을 텐데 안타깝게도 계절은 늦여름에 머무른 상태였다. 난 발 밑에 쌓인 짐들을 지긋지긋하게 바라보며,

"뭘 전하겠다고?"

"그 레이저 말입니다. 눈빛만 바뀌지 않으면 이상한 광선도 나오지 않을 거예요. 스즈미야 씨의 법칙은 그렇게 되어 있는 것 같으니 컬러 렌즈만 안 끼면 되는 거죠."

반사판 담당인 주역 녀석은 내게 보험 외판원 같은 업무용 미소를 보였다.

"혹시 모르니 한 가지 보험을 들어두도록 할까요. 그녀라면 협력을 해줄 겁니다. 아무래도 빔은 위험하니까요."

코이즈미가 다가간 것은 까마귀를 의인화한 듯한 검정 의상 차림의 나가토였다.

커다란 짐을 들고 집으로 돌아온 나를 여동생은 기이한 생물을

보는 듯한 눈으로 맞아주었다.

콘이라는 웃기지도 않는 내 닉네임을 주위에 퍼트린 원흉이 된 이 초등학생은 "그거 비디오 카메라야? 와아, 찍어줘, 찍어줘" 라며 소란을 떨었지만 난 "멍청아" 라는 대답을 남기고 방으로 들어갔다.

난 정말이지 피곤에 절어 있어 이 이상 어울리지도 않는 카메라맨 행위를 할 의욕은 애저녁에 증발한 상태였다. 아사히나 선배라면 몰라도 뭐가 모자라서 여동생 따위를 비디오 영상으로 기록에 남겨야 한단 말이냐. 하나도 재미없다.

방바닥에 가방과 배낭과 종이봉투 등을 던지고 침대에 쓰러진 나는 저녁밥을 먹이려는 어머니의 명령을 받은 여동생이 엘보 스매시로 깨우러 올 때까지 잠깐의 안식을 얻었다.

제4장

이튿날 다시 질리지도 않고 우리는 역 앞에 모였다. 하지만 어제와 다른 것은, 인원이 바뀌었다는 점이다. SOS단 이외에 인간 세 명 정도의 새 얼굴이 내 앞에 서 있었다. 하루히가 말하는 잔챙이 캐릭터들이다.

"어이, 콘. 얘기가 다르잖아."

항의하듯 말한 것은 타니구치다.

"아름다운 아사히나 선배는 어디 있냐? 그분이 마중을 온다고 해서 온 건데. 없잖아."

그 말대로 아사히나 선배는 정각이 되어도 오지 않았다. 아마 자기 집 방에서 출근 거부에 들어간 것이 분명했다. 어제도 그제도 험한 꼴을 당했으니 말이다.

"난 눈 좀 호강시키려고 온 거야. 그런데 이게 뭐냐? 오늘은 도리어 하루히의 화내는 얼굴밖에 못 봤다고. 이건 사기야."

시끄러워. 나가토라도 보고 있으면 될 거 아냐.

"그런데 나가토 정말 잘 어울린다."

느긋하게 말하는 건 쿠니키다. 타니구치에 뒤이은 잔챙이 2호다. 어젯밤 내가 목욕을 하고 있는데 하루히에게서 전화가 걸려왔

다. 여동생에게서 수화기를 받아들고 머리를 감으며 들은 것은,

"바보 타니구치랑 다른 한 명… 이름이 생각 안 나는데, 네 친구 말이야. 그 두 사람을 내일 데리고 와. 잔챙이 캐릭터로 쓸 거니까."

라는 말만 남기고 끊어진 통화였다. 인사 한 마디쯤은 해야 되는 거 아니냐? 뭔가를 부탁할 때는 명령조가 아니라 애원조로 말을 해 다오. 아사히나 선배처럼 말이다.

목욕을 마치고 타니구치와 쿠니키타의 휴일 일정은 어떻게 될까 생각하며 휴대전화에 전화를 걸자 이 한가한 조역 두 명은 순순히 승낙했다. 너희 보통 쉬는 날에는 뭘 하나?

남자 둘만으로는 그림이 안 된다 싶었는지 하루히는 다른 엑스트라를 하나 더 준비해두었다. 그분은 챙 넓은 모자를 눈 깊숙이 눌러쓴 나가토의 얼굴을 인사를 하듯이 몸을 숙여 훔쳐보고 있었다. 긴 머리카락을 살짝 늘어뜨린 그녀는 장신을 뻗어 내게 미소를 보냈다.

"콘. 미쿠루는 어떻게 된 거야?"

기운차게 말하는 그 여성은 츠루야 선배라고 아사히나 선배의 반 친구다. 아사히나 선배 말로는 "이 시대에서 생긴 친구"라고 하니 이 사람에겐 엉뚱한 프로필은 없을 것이다. 6월쯤에 하루히가 "야구 대회에 나가겠다"는 말을 꺼냈을 때 도우미로 아사히나 선배가 데려온 평범한 고등학교 2학년 소녀다. 그러고 보니 그때도 타니구치와 쿠니키다가 있었지. 참고로 내 여동생도.

츠루야 선배는 건강한 하얀 치아를 아낌없이 보여주며,

"그래서 말이야, 뭘 하는 거야? 한가하면 오라고 해서 왔는데. 하루히 팔에 달려 있는 완장에 씌어 있는 건 뭐라고 읽는 거니? 그 비

디오 카메라은 뭐에 쓸 거야? 나가토의 저 복장은 뭐야?"

쉬지 않고 질문을 퍼부었다. 내가 대답하려고 입을 열려는 순간 츠루야 선배는 코이즈미 앞으로 이동을 마친 뒤였다.

"와아, 이츠키! 오늘도 멋지구나."

참 바쁜 사람이네.

하지만 그 츠루야 선배와 비할 때, 기운만큼은 하루히도 막상막하였다. 아침부터 용케도 저렇게 큰 소리가 나온다 싶을 정도의 목소리로 휴대전화와 싸우고 있었다.

"무슨 소릴 하는 거야! 넌 주역이야! 이 영화의 성공은 30퍼센트는 너에게 달려 있다고! 70퍼센트는 내 재능이지만. 그건 됐어! 뭐라고? 배가 아파? 바보야! 그런 변명이 통하는 건 초등학교까지야! 당장 나와, 30초 내로!"

아무래도 아사히나 선배는 돌발적 은둔형 외톨이 증후군에 걸렸나보다. 그럴 법도 하지. 오늘도 그런 꼴을 당한다 생각하면 정신적 복통에 걸려도 전혀 신기하지 않을 일이다. 소심한 사람이니까.

"에잇!"

버럭 전화를 끊고선 하루히는 식사 매너도 없는 어린애를 혼내기 직전의 집사 같은 눈빛을 했다.

"혼을 내줘야겠어!"

그렇게 말하지 마라. 아사히나 선배는 너와 달리 조용히 살고 싶어 한다고. 적어도 학교를 안 가는 일요일 정도는 나도 그렇게 지내고 싶다.

물론 하루히는 주연 여배우가 제멋대로 구는 건 봐주지 않을 생각이다. 돈을 주는 것도 아닌데 주역에는 엄격한 여자 감독은,

"내가 데리러 갔다 올 테니까 그 짐 좀 빌려줘."

의상이 든 클리어 백을 낚아채선 택시 승강장까지 뛰어갔다. 그리고 서 있던 택시 창을 쾅쾅 두드려 문을 열게 한 뒤 안으로 뛰어들어가 어딘가로 사라졌다.

그러고 보니 난 아사히나 선배가 어디에 사는지 모르는군. 나가토네 집에는 몇 번 가본 적이 있지만….

"아사히나 씨의 심정도 이해가 갑니다."

어느 사이엔가 내 옆에 와 있던 코이즈미였다. 츠루야 선배는 우리 반의 바보 콤비에게 "여어, 오랜만이다"고 말해 녀석들이 꾸벅꾸벅 인사를 하게 만들었다. 그 모습을 흐뭇하게 바라보며 코이즈미는 말했다.

"이대로 가다간 진짜 변신 여주인공이 될 것 같은 분위기니까요. 아무리 그래도 레이저 광선은 지나쳤어요."

"지나치지 않은 게 뭐냐?"

"글쎄요. 입에서 불을 뿜는 정도라면 조작도 하기 쉬울 텐데요…."

아사히나 선배는 괴수도 마술사도 악당역 레슬러도 아니라고. 저 사랑스러운 입술에 화상이라도 입으면 어쩌려고 그러냐. 책임질 방법이 없잖아. 너 설마 솔선해서 책임을 지겠다는 생각을 하는 건 아니겠지.

"아뇨, 제가 책임을 느낀다면 그건 저 '신인(神人)'의 폭주를 허락해버렸을 때 정도일 겁니다. 다행히 그러한 사태로 빠진 적은……, 아, 한 번 있었죠. 그때는 감사했습니다. 당신 덕분에 잘 해결되었어요."

반년 전쯤에 하루히 덕분에 깨끗이 삭제되려던 세계는 나의 분골쇄신 노력과 정신적 소모 끝에 명맥을 유지하게 되었다. 각국 수뇌는 내게 감사장이라도 한 장 보내야 한다고 보는데, 아직 어느 나라에서도 대사관 직원을 보낸 곳이 없다. 뭐, 와도 곤란하기만 할 뿐이니 원하는 건 아니지만 말이다. 지난번에 내가 받은 보수는, 눈물이 그렁그렁한 눈을 한 아사히나 선배가 꼭 안아주었던 것 정도인데, 가만히 생각해보면 난 그걸로 이미 충분하다. 코이즈미한테 인사를 듣는다 해도 하등 기쁠 일이 없다.

　"그 아사히나 미쿠루 말입니다만."

　이름을 함부로 부르지 마. 불쾌하다.

　"실례. 아사히나 씨말입니다만, 일단 정체불명의 광선을 발사하는 건 회피할 수 있을 것 같습니다."

　어떻게? 컬러 렌즈 예비분을 하루히가 준비 안 해놨다고 낙관이라도 하고 있는 거냐?

　"아뇨, 그건 이미 생각해놨습니다. 나가토 씨가 협력을 해줬어요."

　난 역의 매점을 똑바로 응시하고 있는 먹칠 소녀에게로 시선을 던졌다가 다시 코이즈미를 쳐다보았다.

　"아사히나 씨에게 무슨 짓을 한 거지?"

　"그렇게 으르렁대지 마세요. 레이저 발사를 못 하게 한 것뿐입니다. 저도 잘은 모르겠어요. 나가토 씨는 다른 TFEI 단말과 달리 전혀 말을 안 해주니까요. 전 위험치를 제로로 해달라고 의뢰를 한 것뿐이죠."

　"TFEI가 뭔데?"

"저희가 멋대로 붙인 약어입니다. 모르면 그냥 신경 안 쓰셔도 돼요. 하지만 이건 제 생각인데, 나가토 씨는 '그들' 중에서도 두드러지게 뛰어난 존재인 것 같아요. 그녀에겐 단순한 인터페이스 이외의 뭔가 다른 역할이 있지 않을까 보고 있습니다."

저 말없는 독서 소녀에게 하루히를 관찰하는 것 외에 무슨 다른 역할이 있다는 거냐. 아사쿠라 료코란 존재가 사라진 게 더 안타까운 일이었다고. 뭐, 나야 아쉽지 않지만 말이지.

기다리길 30분, 하루히를 태운 택시가 돌아왔다. 동승자는 웨이트리스 아사히나 선배로 어제에 이어 어둡게 가라앉은 얼굴을 하고 있었다. 하루히는 운전사에게서 영수증을 받았다. 택시비를 경비로 처리할 생각인가보네.

그걸 지켜보며 타니구치와 쿠니키다가 뭔가를 떠들었다.

"요전에 말이야, 밤에 편의점에 갔다오는 길에 택시가 스쳐 지나갔었거든."

"헤에."

"그런데 문득 보니까 택시의 '빈차' 램프가 '애차'로 보이더라고."

"그거 놀랐겠다."

"그런데 확인하기 전에 택시는 저 멀리 가버리더라. 그때 깨달은 거야. 지금 내게 부족한 건 사랑이 아닐까 하는 사실을 말이지."

"정말 '애차'라고 씌어 있던 거 아니었을까? 개인 택시였을 거야."

이런 대화를 나누고 있는 바보 2인조에게 도움을 청해야 하다니. 이렇게까지 인재가 부족할 줄은 몰랐다는 생각을 하지 않을 수가 없군. 타니구치와 쿠니키다가 니켈 합금이라면 츠루야 선배는 플래

티넘이다. 아주 가볍게 로켓 불꽃과 아폴로 11호 정도로 차이가 난다 할 수 있다.

"얏호. 미쿠루, 택시를 타고 오다니 굉장하잖아?"

츠루야 선배도 활기찬 성격이지만, 약간 기운이 넘칠 뿐이다. 하루히의 맛이 간 고양 상태와는 차원이 다르다 해도 좋을 것이다. 게다가 츠루야 선배는 상식세계의 범주에 소속되어 있다고 할 수 있다.

"우와, 캡! 야하다! 미쿠루, 어떤 가게서 알바 하는 거니? 18금이다, 완전. 응? 너 아직 열일곱 살 아니었니? 아, 맞다. 손님이 아니면 괜찮은 건가."

울어 부어오른 눈을 하고 있는 아사히나 선배는 두 눈 모두 본래의 색을 유지하고 있었다. 컬러 렌즈가 품절이었나보다.

하루히는 작은 몸집의 글래머 웨이트리스를 잡아당기며,

"꾀병을 부리려 해도 안 통한다고! 팍팍 찍는 거야! 이제부터가 미쿠루의 주요 장면이라고. 모든 것은 SOS단을 위해! 자기희생 정신은 어느 세계에서나 청중의 감동을 부른단 말이야!"

네가 희생을 해라.

"이 세상에 여주인공은 한 명밖에 없어. 사실 내가 그렇게 되어야겠지만, 이번엔 특별히 양보해줄게. 문화제가 끝날 때까지만 말이야!"

네 녀석이 여주인공이란 건 세상 누구도 인정하지 않을 거다.

츠루야 선배는 아사히나 선배의 어깨를 툭툭 치며 기침을 하더니,

"이게 뭐니? 레이스 퀸? 무슨 캐릭터야? 아, 맞다. 문화제 때 하

는 볶음국수 카페에 이걸로 나가라! 손님 무지 올걸!"

아사히나 선배의 기분도 잘 이해가 간다. 연타를 얻어맞을 게 뻔히 보이는데 마운드에 서고 싶어 할 투수가 있겠냐.

천천히 고개를 든 아사히나 선배는 도움을 청하는 순교자 같은 눈으로 날 본 뒤 이내 시선을 피했다. 힘없는 한숨을 천천히 내쉬었지만, 그래도 억지로 희미한 미소를 짓고는 휘적휘적 내 쪽으로 걸어왔다.

"늦어서 죄송합니다."

난 눈앞에서 고개를 숙인 아사히나 선배의 머리를 보며,

"아니, 저는 괜찮은데요."

"점심은 제가 사야겠네요…."

"아니, 신경 안 쓰셔도 돼요."

"어제는 죄송했어요. 제가 모르는 사이에 광학 병기를 발사했다고요…."

"아니, 저기, 전 무사했는데요…."

잽싸게 주위를 살폈다. 나가토는 별 모양이 달린 안테나를 들고 멍하니 서 있다. 그런 내 모습을 보더니, 아사히나 선배는 그렇지 않아도 가늘고 약한 목소리를 한층 더 낮추고선,

"물렸습니다."

라며 왼손목을 문질렀다.

"뭐한테요?"

"나가토 씨에게요. 나노머신 주입이라던가 뭐라던가…. 하지만 눈에서는 아무것도 안 나오는 것 같아요. 다행이죠."

그 덕분에 내가 두 동강이 날 염려도 없다… 인가. 하지만 나가토

가 아사히나 선배를 무는 모습은 도저히 상상하기 힘들다. 그리고 뭘 주입해?

"어제 저녁에요. 코이즈미 씨와 같이 저희 집에 와서…."

짐 당번을 하고 있는 코이즈미는 하루히와 뭔가 얘기를 나누고 있었다. 나도 꼭 함께 가고 싶었다. 바로 이럴 때 불렀어야지. 폐쇄 공간 따위에 초대하는 것보다 아사히나 선배네 집을 방문하는 게 누가 뭐라 해도 훨씬 즐겁단 말이다.

"무슨 비밀 얘기를 하고 있는 거야?"

츠루야 선배가 부드러운 한쪽 팔을 아사히나 선배의 목에 감았다.

"미쿠루, 귀엽다아. 집에서 키우고 싶을 정도야! 콘, 잘 지내고 있니?"

그거야 뭐, 말할 필요도 없지요.

타니구치와 쿠니키다의 멍청이 콤비는 반쯤 벌어진 입을 하고선 아사히나 선배를 감상하고 있었다. 보지 마라. 닳으면 어쩌려고 그래. 그런 생각을 하고 있는데 하루히가 소리쳤다.

"장소가 결정됐어!"

무슨 장소?

"로케."

그랬지. 그만 우리가 찍고 있는 게 영화란 걸 잊어버릴 뻔했다. 아니, 차라리 잊어버리고 싶다. 아이돌 탤런트의 싸구려 DVD 제작 현장이라고 하는 게 더 잘 어울릴 것 같단 생각도 들고 말이지.

"코이즈미네 집 근처에 커다란 연못이 있대. 일단 오늘은 거기서 촬영을 시작하자!"

이미 하루히는 '촬영 일행'이라고 손으로 쓴 비닐 깃발을 들고 걸어가고 있었다.

난 아직까지 아사히나 선배에게 무례한 시선을 보내고 있는 타니구치와 쿠니키다를 불러 가방과 봉투 등등을 사이좋게 분배했다.

30분 정도 걸어서 이동해 도착한 곳은 연못가였다. 언덕 중턱에 있는 주택가 한가운데이다. 연못이라고는 해도 제법 컸다. 겨울이 되면 철새가 찾아들 정도의 크기로 코이즈미의 말에 따르면 이맘때면 오리나 기러기들이 찾아온다고 한다.

연못 주위에는 철제 울타리가 쳐져 있어 출입금지 구역임을 명시하고 있었다. 그 이전에 상식 문제 아니냐. 교육 문제일 수도 있고. 최근엔 초등학생이라도 이런 곳에서 놀려고는 안 할 거다. 상당한 수준의 바보를 제외하고 말이다.

"뭘 하는 거야? 어서 넘어."

이 녀석이 상당한 수준의 바보라는 사실을 잊고 있었다. 하루히 감독이 자진해서 울타리에 다리를 걸치며 손짓을 했다. 아사히나 선배가 짧은 치맛자락을 붙잡으며 절망적인 얼굴을 했고, 옆에 있던 츠루야 선배가 낄낄대고 웃으며 말했다.

"웅? 여기서 뭔가 하는 거야? 으하하핫! 미쿠루, 헤엄칠 거냐?"

고개를 설레설레 젓고선 아사히나 선배는 녹색 수면을 마치 피바다라도 보는 듯한 눈으로 바라보았다. 한숨.

"넘기에는 울타리가 좀 높네요. 그렇게 생각하지 않으세요?"

코이즈미가 말을 건 상대는 내가 아니라 나가토였다. 그 녀석에게 일상 대화를 건네봤자 무익할 따름이야. 예스냐 노냐, 그것도 아니면 이해할 수 없는 혼잣말을 떠들거나 중에 하나다.

"⋯⋯."

하지만 나가토는 침묵을 유지하고는 있었지만 웬일로 반응을 보였다.

울타리의 기둥으로 되어 있는 철제 봉을 잡고 가볍게 옆으로 당긴 것이다. 튼튼해 보였던 철 기둥은 마치 땡볕에 방치되어 있던 캐러멜처럼 구부려져 그 형태 그대로 고정되었다.

여전히 참 재주도 좋다. 괜한 짓을 한 게 아닌가 하는 생각도 든다만. 난 당황해 기타 등등의 다른 무리에게로 시선을 보냈다.

"헤에, 낡았나보군."

쿠니키다가 이해가 간다는 얼굴로 말했고,

"그러니까 난 뭘 하면 되는 건데? 캇파(주19)?"

타니구치가 투덜거리며 벌어진 울타리 사이로 지나가 연못가로 내려섰고,

"여기 우리 집에서 가깝거든. 옛날엔 울타리도 없어서 자주 빠졌지."

츠루야 선배도 그 뒤를 따랐다. 그녀에게 손을 잡힌 아사히나 선배도 마지못한 모습으로 하루히가 기다리고 있는 연못가로 향했다.

사소한 건 신경 쓰지 않는 3인조구나. 이보다 더 고마울 데가 있나.

코이즈미가 나와 나가토에게 공평하게 미소를 보이며 울타리 안쪽으로 들어갔고, 현재 마법사의 복장을 하고 있는 나가토도 유령처럼 내 앞을 통과했다.

할 수 없군. 재빨리 촬영하고 잽싸게 튀자. 공공시설을 파괴했다

주19) 캇파: 물 속에 산다는 어린애 모양을 한 상상 속의 동물.

고 누구한테 혼나기 전에 말이다.

또다시 아사히나 선배와 나가토가 마주 보고 서 있다. 또다시 전투 신인가보다. 정말 하루히는 스토리를 생각하고는 있는 거겠지. 대체 언제쯤 되어야 코이즈미가 출연하는 거냐. 오늘도 교복 차림의 코이즈미는 내 뒤에서 반사판을 들고 있었다.

축축한 바닥에 감독용 의자를 놓고, 하루히는 스케치북에 대사로 보이는 문장을 써내려가고 있었다.

"이 신은 말이야, 마침내 미쿠루가 궁지에 몰리게 된 거야. 파란 눈 빔은 유키에게 봉인당한 거지."

펠트 펜을 놀리던 손길을 멈추고 자화자찬의 표정을 짓는다.

"음, 아주 좋아. 거기 너, 이거 들고 서 있어."

그런 식으로 타니구치에게 커닝 페이퍼 담당을 떠넘겼다. 연기하는 두 사람은 무뚝뚝한 얼굴을 한 타니구치의 손을 보고선,

"이, 이, 이런 일로는 전 굴하지 않아요! 이, 이, 이 나쁜 우주인 유키 씨! 얌전히 지구에서 떠나세요…. 아…, 죄송합니다."

자기도 모르게 사과를 하는 아사히나 미쿠루의 대사에, 나가토 유키를 연기하고 있는 나쁜 우주인 마법사는,

"…그래."

기분이 상한 기색도 없이 고개를 끄덕였다. 그러고선 하루히가 지시한 대로의 대사를 국어책 읽듯이 읽어내렸다.

"당신이야말로 이 시대에서 사라지는 게 좋아. 그는 우리가 손에 넣을 것이다. 그에겐 그럴 만한 가치가 있어. 그는 아직 자신이 가진 힘을 깨닫지 못하고 있지만 그건 아주 귀중한 것이다. 그러니 일

단 이 지구를 침략하도록 하겠다."

하루히가 지휘자처럼 휘두르는 메가폰에 맞춰 나가토는 별 안테나로 아사히나 선배의 얼굴을 가리켰다.

"그, 그, 그, 그렇게는 안 될 겁니다. 이 목숨을 걸고서라도!"

"그럼 그 목숨도 우리들이 접수하도록 하지."

밋밋한 나가토의 말에 아사히나 선배는 눈에 띌 정도로 몸을 떨었다.

"컷!"

하루히가 소리치며 자리에서 일어나선 두 사람 사이로 달려갔다.

"점점 분위기가 잡히고 있잖아. 그래, 바로 그거야. 하지만 애드리브는 안 된다. 그리고 미쿠루, 이리 좀 와봐."

우리를 남긴 채 감독과 주연 여배우는 등을 돌렸다. 비디오 카메라를 내리고 나는 목을 뚜둑거렸다. 또 무슨 얘기를 하려고 저러나.

이내 츠루야 선배가 참고 있던 웃음을 성대하게 터뜨렸다.

"이거 무슨 영화니? 아니, 이게 영화 맞기는 해? 으하하, 진짜 재밌다!"

재미있어하는 건 당신 빼곤 하루히밖에 없습니다만.

타니구치와 쿠니키다는 '우린 뭣 때문에 불려온 거야?' 라는 얼굴로 멀뚱하니 서 있고, 나가토는 혼자서 나 몰라라, 코이즈미는 자연스럽게 폼을 잡으며 연못 끝에서 상황을 관망하고 있었다. 난 슬슬 녹화가 다 된 미디어를 빼낸 뒤 새 것을 끼웠다. 정말 쓰레기를 늘리고 있다는 생각밖에 안 든다.

츠루야 선배는 내 손을 흥미진진하게 들여다보고 있었다.

"흐음. 요즘 비디오는 이렇구나? 여기에 미쿠루의 웃기는 영상이 가득 차 있는 거니? 나중에 보여주지 않을래? 끝내주게 웃을 수 있을 것 같은데."

웃을 일이 아니시다. 예전의 바니 걸 차림으로 전단지를 나눠줬던 일이야 하루 만에 끝났지만, 이 웃기지도 않는 영화 촬영은 최악의 경우엔 문화제 전날까지 계속될 우려가 있다. 촬영 거부가 더 확대되어 등교 거부로 발전할 수도 있다. 그렇게 되면 곤란한 건 나다. 맛있는 차를 마실 수 없게 되니까. 나가토가 타준 차는 아무런 맛도 안 나고, 하루히가 타준 차는 물리적으로 맛이 없다. 코이즈미는 논외 대상이고, 난 직접 차를 타 마시느니 수돗물로 참겠다.

"오래 기다렸지!"

그래, 기다렸다. 기다렸고말고. 이제 그만 집에 가자. 이 이상 연못 부근의 자연을 짓밟으면 안 되잖냐.

"이제부터가 본격적이야. 이걸 보라고!"

하루히가 힘껏 잡아당겨 등장시킨 것은 아사히나 선배였다. 보라니, 인마, 네가 말 안 해도 매일 뚫어져라 보고 있다. 봐, 평소와 다를 바 하나 없는 아름답고 귀엽고 우아한 아사히나 선배는….

"응?"

한쪽 눈 색깔이 달랐다. 이번엔 오른쪽 눈이었다. 은색 눈동자가 죄송하다고 말하는 듯 나와 땅바닥을 왕복하고 있다.

"자아, 미쿠루, 그 미라클 미쿠루 아이 R에서 뭐든 좋으니까 신기한 걸 내서 공격하는 거야!"

그만두라고 말할 틈도 없었다. 있었다 하더라도 난 달마치기(주20) 수준으로 동강동강이 났겠지만, 그렇다 하더라도 모든 게 너무나 갑작스러웠다.

주20) 달마치기: 동그랗게 자른 나무 조각을 여러 개 올린 위에 달마 장난감을 올리고 나무망치로 나무 조각을 때려 빼내 먼저 달마 머리만을 남기는 팀이 이기는 게임.

위험한 명령을 내린 하루히도, 놀라서 그만 눈을 깜박인 아사히나 선배도, 그리고—.

아사히나 선배를 연못가에 쓰러뜨리는 나가토의 검은 천에 감싸인 모습도.

어제의 재현이었다. 반복 재생장면을 보고 있는 것 같다. 나가토가 장기인 순간이동을 보여주고 있었다.

순간, 모자만이 원래 위치에 둥실 떠올랐다 바닥으로 내려앉았다. 그걸 쓰고 있던 본체는 눈 한 번 깜박일 정도의 순간(아마 0.2초 정도일 것이다)에 몇 미터의 거리를 이동해 아사히나 선배의 몸 위에 올라타 있었다. 그리고 관자놀이에 아이언 크로.

습지에서 레슬링을 시작한 여배우 두 명을 모두 멍하니 지켜보고 있었다.

"나, 나, 나, 나가토…, 히이이익!"

무언에 무표정인 나가토는 그런 비명은 들은 척도 안 한 채, 짧은 머리를 살짝 흐트러뜨린 상태로 아사히나 선배 위에 걸터앉아 있었다.

"잠깐!" 하루히가 제일 먼저 이성을 되찾았다.

"유키! 넌 마법사라고! 육탄전은 서투르단 설정이란 말이야! 이런 데서 진흙탕 레슬링을—."

하지만 하루히는 말을 끊고선 3초 정도 생각한 뒤.

"뭐, 이것도 나쁘진 않겠다. 팔릴 것 같아. 콘, 잘 찍어! 모처럼 유키가 낸 아이디어니까."

아이디어는 아니겠지. 반사적인 행동이다. 콘택트렌즈를 어떻게든 처리하기 위한 방어조치이다. 아사히나 선배도 그 사실을 알고 있지만 공포가 너무 커 작은 비명을 지르며 다리를 버둥버둥. 아슬아슬하다. 아니, 그런 서비스 샷을 노리고 있을 때가 아니잖아.

그때 철컹 하는 소리가 나 두 사람을 제외한 모두가 뒤를 돌아보았다.

하루히가 타넘고, 우리들이 틈을 뚫고 들어온 연못의 울타리, 그 공간이 뻥 하니 뚫려 있었다. V자 모양으로 잘려 나간 울타리가 길가에 쓰러져 있었다. 그야말로 누군가가 눈에 보이지 않는 레이저라도 가져다댄 듯이.

잠시 후에 시선을 돌리자, 빈혈기가 있는 흡혈귀처럼 나가토가 아사히나 선배의 손목을 물고 있었다.

"방심했다."

뜻밖에 나가토는 자아비판을 하듯 말하고선,

"레이저는 확산해 해를 주지 않도록 설정했다. 이번엔 초진동성 분자 커터였다."

숨도 안 쉬는 듯한 말투로 중얼거렸다. 검정 모자를 주워 건네며 코이즈미가 말했다.

"모노필라멘트 같은 것 말이군요. 하지만 그 분자 커터는 눈에도 보이지 않을뿐더러 질량도 없잖습니까?"

모자를 받아든 나가토는 대충 머리에 썼다.

"미량의 질량은 감지했다. 10의 41승분의 1그램 정도."

"뉴트리노 이하인가요?"

나가토는 아무 말 없이 아사히나 선배의 눈을 바라보고 있었다. 웨이트리스의 오른쪽 눈은 여전히 은색이다.

"저어…."

물린 손목을 문지르며 아사히나 선배는 조심스럽게 물었다.

"이번엔 제게 뭘, 저기, 주입한, 건가요…?"

고깔모자의 끝이 5밀리미터 움직일 정도의 얼굴이 움직였다. 내겐 그게 난처해하는 표현으로 보였다. 어떻게 설명을 해야 좋을지 고민하고 있는 거겠지. 우려했던 대로 나가토는,

"차원 진동 주기를 상이 변환해 중력파로 치환하는 작용을 가진 역장을 체표면에 발생시켰다."

라는 의미를 알 수 없는 소리를 매우 난처하다는 듯 말했다. 아무래도 그 말이 투명 살인 와이어를 무력하게 만드는 거라는 건 이해했지만, 신기하게도 나를 제외한 두 사람은 나름대로 이해를 한 듯 보였다. 코이즈미 녀석은 "그렇군요. 그런데 중력은 파동입니까?"라는 관계없는 질문까지 했다. 나가토도 관계가 없다고 생각했나보다. 아무런 대답도 안 하는 걸 보니 말이다.

코이즈미는 결정적인 자세와 같은 동작으로 어깨를 으쓱거렸다.

"하지만 정말 방심했네요. 이건 제 책임이기도 합니다. 눈에서 나오는 건 레이저 빔밖에 없을 거라 생각했었어요. 뭐든 좋으니까 신기한 걸 쏘라니. 스즈미야 씨의 사고는 다른 이들의 추종을 허락하지 않는군요. 대단한 사람입니다."

추종은커녕 전 인류를 한 바퀴는 뒤처지게 만들고 있다고 볼 수 있지. 그것도 세 바퀴 정도 앞서 나가서 뒤로 다가오고 있다는 압박감을 뒤통수로 느끼고 있을 정도인데, 언뜻 보면 똑같이 달리고 있다고 관객들이 착각하게 만드는 것이 특색 있다고 할 수 있다. 이것만큼은 같은 선 위를 달리는 녀석들만 이해할 수 있는 것이고, 하루

히가 빠른 건 S자든 데그너든 입체 교차로든 상관 않고 직진밖에 안 하기 때문이기도 하다. 게다가 혼자만 엔진은 파사드램 제트를 사용해 한없이 어디든 달려간다. 추종을 하고 싶어도 불가능한 룰을 직접 만들어놓고 있는데다 본인이 사기를 벌이고 있다는 자각이 없다. 타고났다는 말로 설명될 수 있는 극악 레벨인 것이다.

"뭐, 그나마"라고 말하는 코이즈미.

"울타리는 노후한 걸 방치했던 지방자치체의 관리부실이라고 다들 납득한 것 같으니, 일이 커지지 않아 다행입니다."

난 모자에 가려진 하얀 얼굴을 쳐다보았다. 조금 전에 보여준 나가토의 손바닥은 바람 군단에 베이기라도 한 듯 갈가리 찢겨 있었다. 상처 묘사 얘기를 듣기 싫어하는 녀석에게 들려주고 싶을 정도다. 지금은 거짓말처럼 깨끗하게 나았지만 말이다.

난 조금 떨어진 곳에 자리하고 있는 제2집단을 바라보았다. 하루히와 조역 불균형 트리오는 비디오 카메라의 영상을 보며 교성을 지르고 있… 는 건 츠루야 선배뿐이군.

"어떡할래? 이대로 촬영을 계속하다간 참사가 벌어질 것 같은데."

"하지만 중지하는 것도 쉽지 않을 텐데요. 우리가 억지로 영화 촬영을 거부하면 스즈미야 씨는 어떻게 되겠습니까?"

"난리가 나겠지."

"그렇죠? 만약 본인이 난리를 부리지 않더라도 그 폐쇄 공간에서 '신인'이 난동을 부릴 건 확실합니다."

기분 나쁜 기억을 떠올리게 하는군. 난 두 번 다시 그딴 곳에도 가기 싫고 그딴 일을 하고 싶지도 않다.

"아마 스즈미야 씨는 지금의 상황이 즐거워서 견딜 수가 없을 겁니다. 상상력을 구사해 자신만의 영화를 찍는다는 행위가요. 그야말로 신처럼 행동할 수 있으니까요. 당신도 이미 아시다시피, 그녀는 이 현실이 마음대로 되지 않는다는 사실에 대해 항상 화가 나 있었죠. 사실은 그렇지도 않았습니다만, 자신이 깨닫지 못하고 있으니 마찬가지입니다. 하지만 영화 속에선 그녀의 뜻대로 이야기가 진행되죠. 어떤 설정도 가능한 겁니다. 스즈미야 씨는 영화라는 매개체를 이용해 하나의 세계를 재구축하려는 겁니다."

정말 자기중심적인 녀석이군. 자기 뜻대로 만드는 건 상당한 돈과 권력이 없으면 불가능한 일이다. 정치가라도 되지 그래.

내가 못마땅한 얼굴을 몇 종류인가 시험하고 있는 사이, 코이즈미는 한 종류의 미소를 얼굴에 유지하며 얘기를 계속했다.

"물론 스즈미야 씨는 그런 자각은 못 하고 있을 겁니다. 어디까지나 영화 내 픽션으로서의 세계를 만들고 있다고 생각하고 있을 테니까요. 영화 제작에 거는 한결 같은 정열이지요. 너무 열중하다 그만 무의식중에 현실세계에 영향을 미치고 있는 것 같아요."

어떻게 굴려도 부정적인 면밖에 안 나오는 주사위다. 촬영을 계속해 하루히의 망상이 폭주해도 안 되고, 포기시켜서 기분을 상하게 만들어도 안 되고, 배드 엔딩 폭주 중인 선택의 기로로군.

"그래도 굳이 한쪽을 선택해야 한다면 전 속행하는 길을 고르겠습니다."

근거를 말해봐라.

"'신인'을 사냥하는 것도 슬슬 질려가고 있고요… 라는 말은 거짓말입니다만. 죄송해요. 으음, 그러니까 이런 거예요. 세계가 통째로

리셋 되기보다는 다소의 변화를 허용하는 편이 생존할 수 있는 확률이 더 크기 때문이지요."

아사히나 선배가 슈퍼 우먼이 되는 현실을 허용하라는 거냐?

"이번의 현실 변용은 '신인'에 비교하면 소규모예요. 나가토 씨가 해준 것처럼 방어수정을 할 수도 있지요. 세계가 제로에서부터 다시 시작되는 것에 비하면 단발적인 이상현상을 어떻게든 처리하는 게 간단한 것 같지 않습니까?"

아무리 생각해도 그게 그거다. 하루히의 뒤통수를 세게 때려서 문화제가 끝날 때까지 기절시키는 건 어떠냐?

"정말 고마운 말씀이군요. 당신이 모든 책임을 지신다면야 말리지는 않겠습니다만."

"내 두 어깨에 세계는 너무 무거운데."

그렇게 대답하며 아사히나 선배를 보자, 그녀는 웨이트리스 코스튬에서 진흙을 떨어내고 있었다. 모든 걸 다 포기한 듯한 표정을 짓고 있었지만 내 시선을 깨닫자 당황한 듯 말했다.

"아, 저라면 괜찮습니다. 어떻게든 이겨낼 게요…."

기특하기도 하지. 안색은 그다지 안 좋지만 말이다. 그야 무슨 일이 있을 때마다 나가토한테 물리고 싶지는 않을 것이다. 아무리 순식간에 물린 자국을 없애준다 하더라도 기분 나쁜 건 기분 나쁜 거다. 지금의 나가토는 긴 낫만 손에 들려준다면 타로트의 13번째 카드의 모티브로 어울릴 정도의 사신 처녀이거나, 연령 미상의 우주 뱀파이어다. 어느 쪽이든 저세상행은 확실하다. 아사히나 선배는 빨린 게 아니라 주입을 당한 것 같긴 하지만.

어쨌든 방심했다고는 해도 아사히나 선배는 미래에서 온 사람치고는 위기의식이 참 없어 보인다. 본심을 내게 말하지 않았기 때문일지 몰라도 말이지. 금지사항투성이인 것 같긴 하다만.

뭐, 나중에 가르쳐줄지도 모르지. 그때는 물론 단둘이 어딘가 좁은 곳에서가 좋겠다.

마침내 타니구치와 쿠니키다, 츠루야 선배의 차례가 찾아왔다.

하루히는 세 사람에게 영화에서 할 역할을 전달했고, 이로 인해 세 명은 이름도 없는 완전 조역이라는 사실이 판명되었다. 역할은 '나쁜 우주인 유키에게 조종당해 노예 인형이 된 일반인',

"그러니까" 하루히는 기분 나쁜 방긋방긋 미소와 함께 설명을 했다.

"미쿠루는 정의의 기사니까 일반인한테는 손을 못 대는 거야. 유키는 그 약점을 잡은 거지. 평범한 인간을 최면 마법으로 조종하는 거야. 그렇게 습격해오는 일반인에게 저항하지 못하고 어쩔 수 없이 미쿠루는 엉망이 되는 거라고."

이미 엉망이 되어 있는 아사히나 선배한테 여기서 더 뭘 시키려는 거냐고 생각하고 있는데 하루히가 말했다.

"우선 미쿠루를 연못에다 처넣어."

"네에?!"

놀라 외치는 건 오직 아사히나 선배 하나로, 츠루야 선배는 낄낄대며 웃고 있었다. 타니구치와 쿠니키다는 서로를 마주 보다가 아사히나 선배 쪽으로 당황한 얼굴을 돌렸다.

"어이, 어이."

묘한 미소를 지으며 말한 것은 타니구치였다.

"이 연못에 말이야? 물이야 미지근할지 몰라도 이미 가을이라고. 수질도 아무리 빈말로도 깨끗하다고는 할 수 없는데."

"스, 스, 스즈미야 씨, 차라리 온수풀에…."

아사히나 선배도 울먹이는 얼굴로 열심히 반론했다. 쿠니키다조 차 아사히나 옹호론자로 돌아선 듯,

"그래. 바닥이 없는 늪이면 어쩌려고 그래? 두 번 다시 안 떠오를 지도 모르는데. 블랙배스도 많잖아."

아사히나 선배를 졸도케 할 말을 하지 마라. 그리고 저항하면 할 수록 하루히의 고집이 세어진다는 건 이미 실증이 끝난 일이다. 하 루히는 여느 때와 같이 오리 입을 해가지고선.

"닥쳐. 알겠어? 리얼리즘 앞에서는 약간의 희생은 불가피한 거 야. 나도 이 장면 로케지로는 네스 호나 그레이트 솔트레이크가 좋 다고 생각했다고. 하지만 그런 곳에 갈 시간도 돈도 없잖아. 한정된 시간 안에 최선을 다하는 게 인류의 사명이라 이거야. 그렇다면 이 연못을 쓰는 수밖에 없지 않아?"

이 무슨 말도 안 되는 논리란 말인가. 어떻게든 아사히나 선배는 수장을 당해야 한다는 소리란 말인가. 다른 장면으로 바꾼다거나 하는 생각은 못 하냐, 이 여자는.

나도 말려야 하나 생각하고 있는데 누가 뒤에서 내 어깨를 쳤다. 돌아보니 코이즈미 녀석이 엷은 미소를 지으며 말없이 고개를 저었 다. 알고 있다고. 자칫 하루히를 건드렸다간 또다시 기괴한 사태가 벌어질 수도 있다는 건 말이다. 아사히나 선배의 입에서 플라스마 불덩이가 나오기라도 하는 날에는 잘못하면 자위대를 적으로 돌려 야 할지도 모를 일이다.

"아, 저, 저, 저, 하겠어요."

비통한 목소리로 아사히나 선배가 선언했다. 애간장이 끊어지는 마음이겠지. 세상의 평화를 위해 자신의 몸을 희생하는 가련한 소녀 완성이다. 뻔할 뻔자의 전개이지만 메이킹 비디오에선 이 장면이 제일 볼만한 부분일 것이다. 비디오는 돌리지 않고 있지만.

단순하게도 하루히는 광희난무.

"미쿠루, 좋았어! 지금의 너는 정말 멋지다! 그래야 내가 선택한 단원이지! 너도 많이 컸구나!"

큰 게 아니라 학습한 결과 같은데.

"그럼 거기 두 사람은 미쿠루의 손을 잡고 츠루는 다리를 안아. 하나 둘에 가는 거야. 하나 둘에 힘껏 연못에다 던지는 거다."

하루히가 지시한 것은 다음과 같은 장면이었다.

조역 세 사람은 먼저 나가토의 앞에 정렬을 해서 검은 옷의 마법사가 흔들어대는 안테나 봉 앞에서 고개를 떨어뜨린다. 마치 신사에서 굿을 하는 듯이 말이다. 장대를 흔들 듯 지시봉을 다루는 나가토의 무표정한 얼굴은 그러고 보니 어딘지 모르게 무녀 같은 냄새가 나는 것도 같다.

그런 다음 말없이 아사히나 선배를 가리킨 나가토의 지시 전파를 수신한 세 사람은 신선한 날고기를 찾아 헤매는 좀비와 같은 움직임으로 경직된 여주인공에게 걸어갔다.

"미쿠루, 미안해. 이렇고 싶지 않지만 난 조종을 받고 있어서 말이야. 정말 미안하다."

즐기는 걸로밖에 안 보이는 츠루야 선배가 입을 뻐끔거리며 웨이트리스에게 다가갔다. 멍석을 깔아주면 소심해지는 타니구치는 주저하는 척을 하며, 쿠니키다는 머리를 긁적이며, 빨개졌다 파래졌다 하는 아사히나 선배에게로 다가갔다.

"거기 바보 두 명! 좀더 진지하게 연기하지 못해!"

바보는 너라는 말을 꿀꺽 삼키며 나는 카메라를 들여다보았다. 아사히나 선배는 몸을 뒤로 빼며 서서히 물가로 후퇴했다.

"각오해라~."

밝은 목소리로 말하며 츠루야 선배는 아사히나 선배를 와락 쓰러뜨려선 훤히 드러난 허벅지를 양쪽 겨드랑이에 끼었다. 뭐랄까, 정말이지 위험하다.

"힉…, 히익."

진짜로 두려워하는 아사히나 선배. 타니구치와 쿠니키다가 각각 한쪽 손을 잡고 들었다.

"저, 저, 저, 저기, 잠깐, 역시…이, 이, 이거 필요한 건가요~?"

비통한 외침을 지르는 아사히나 선배를 전혀 고려하지 않은 채 하루히는 무겁게 고개를 끄덕였다.

"이것도 좋은 그림을 찍기 위해, 나아가서는 예술을 위해서야!"

자주 듣는 말이긴 한데, 이런 엉터리 영화의 어디에 예술이 관련되어 있다는 걸까.

하루히가 호령했다.

"지금이야! 하나 둘!"

첨벙. 사방으로 물방울이 튀기며 연못에 사는 수생식물들의 일상을 뒤흔들었다.

"힉, 어푸…, 하악…!"

물에 빠지는 연기는 참 리얼하네, 아사히나 선배… 가 아니라 심각하게 물에 빠진 것 같은 기분이 드는 데 말이다.

"다리가… 닿지를 않…, 어푸!"

여기가 아마존 유역이 아니라 다행이었다. 이렇게 첨벙댔다간 피라니아의 확실한 표적이 됐을 것이다. 블랙배스는 사람을 습격하진 않겠지—내가 파인더 너머로 그런 생각을 하고 있는데, 물보라를 일으키고 있는 건 아사히나 선배만이 아니라는 사실을 발견했다.

"우웨엑! 물 마셨어!"

타니구치도 빠진 상태였다. 아사히나 선배를 던지는 기세에 밀려 자기까지 빠졌나보다. 이쪽은 안심하고 내버려두도록 하자.

"뭐 하는 거냐, 저 바보는?"

하루히도 동감이었는지, 바보 한 마리를 무시한 채 메가폰으로 코이즈미에게 지시를 내렸다.

"자, 코이즈미, 네 차례야! 미쿠루를 구해줘."

조명 담당을 맡고 있던 주연 남자배우는 우아하게 미소를 짓고선 반사판을 나가토에게 건넨 뒤 연못가로 걸어가 손을 뻗었다.

"이걸 잡으세요. 진정하시고요. 저까지 잡아당기진 마십시오."

넓은 바다를 헤매던 조난자가 나뭇조각에 매달리듯이 아사히나 선배는 코이즈미의 손을 단단히 잡았다. 물에 젖은 생쥐 상태의 미래 웨이트리스 전사를 가볍게 잡아당긴 뒤, 코이즈미는 그 몸을 받치듯 가까이 다가갔다. 너무 가깝다, 인마.

"괜찮으세요?"

"…으윽…, 차가웠어…."

그렇지 않아도 찰싹 달라붙어 있던 코스튬은 물에 젖은 바람에 훤히 속살을 드러낸 상태였다. 내가 영화 윤리위원회에 있었다면 가차 없이 이 영화에 15금 처분을 내릴 것이다. 솔직히 말하자면 어떤 의미에선 알몸보다 위험하다. 잡히지 않을까 두려운 기세다.

"응, 좋았어!"

하루히가 메가폰을 두드리며 절찬의 외침을 던졌다. 난 아직 연못에 물거품을 내고 있는 타니구치를 무시한 채 비디오 카메라의 정지 단추를 눌렀다.

필요 없는 건 노점을 열 정도로 많은 주제에 수건이 한 장도 없다는 건 무슨 일이냐.

츠루야 선배의 손수건으로 얼굴을 닦으며 아사히나 선배는 가만히 눈을 감고 있었다. 난 하루히가 왕 진지한 얼굴로 영상 체크를 하고 있는 옆에서 몰래 한숨을 쉬고 있었다.

"음, 나쁘지 않군."

아사히나 수난 신을 세 번이나 반복해서 보고 있던 하루히가 고개를 끄덕였다.

"만나는 장면으로는 딱이야. 이 단계에서의 이츠키와 미쿠루의 어색한 분위기가 잘 나타나 있어. 으음."

그러냐? 내 눈엔 평소의 코이즈미로밖에 안 보이는데.

"그럼 두 번째 단계다. 미쿠루를 구해낸 이츠키는 그녀를 집으로 데려가는 거야. 다음 장면은 거기서부터 찍자."

야, 인마. 그럼 전혀 연결이 안 되잖아. 저 녀석들을 조종하던 나가토는 어디로 간 거냐? 쟤들은? 어떻게 물리친 건데? 아무리 잔챙이 캐릭터라곤 해도 묘사도 없어선 관객들이 납득을 안 한다고.

"거 참 시끄럽네. 그런 건 안 찍어도 보는 사람들한테는 다 전해지게 되어 있어! 사소한 부분은 그냥 넘겨버려도 돼!"

이 자식, 그냥 아사히나 선배를 연못에 던져보고 싶었던 것뿐이었냐.

내가 의분에 차 있는데 츠루야 선배가 손을 들고 발언했다.

"저기. 우리 집이 여기서 가까운데. 미쿠루가 감기에 걸릴 것 같으니까 옷 좀 갈아입혀도 될까?"

"마침 잘됐네!"

하루히는 눈을 빛내며 츠루야 선배를 쳐다보았다.

"츠루야네 방을 빌릴 수 없을까? 거기서 이츠키랑 미쿠루가 가까워지는 장면을 찍고 싶거든. 정말 스무스한 전개네. 이 영화는 분명히 성공할 거야!"

편의주의가 인생의 메인 테마로 보이는 하루히에게 있어선 자기가 원하는 그대로의 제안일지 몰라도, 어쩌면 하루히가 그런 생각을 했기 때문에 츠루야 선배의 이 발언이 나왔는지도 모른다는 의혹도 씻을 수가 없었다. 하루히가 잔챙이 캐릭터로 인정할 정도니, 츠루야 선배는 나와 같은 일반인일 텐데 말이다.

"으음, 우리는?"

쿠니키다의 질문이었다. 옆에서 타니구치가 벗은 셔츠를 걸레처럼 쥐어짜고 있다.

"너흰 이제 가봐도 돼."

하루히가 무정하게 알리고선,

"수고했어. 그럼 안녕. 두 번 다시 만날 일이 없을지도 모르지만."

그걸로 하루히의 머릿속에선 같은 반 친구 두 명의 이름과 존재는 사라진 듯, 기가 막힌다는 표정의 쿠니키다와 개처럼 머리에서 물방울을 튀기고 있는 타니구치를 쳐다보는 일은 두 번 다시 없었다. 하루히는 츠루야 선배를 가이드로 지명한 뒤 힘차게 걸어가기 시작했다. 둘 다 맡은 일이 다 끝나서 좋겠다. 너희는 아무래도 하루히한테는 사용을 마친 BB탄 정도의 가치밖에 없나 보다. 그건 사실은 꽤나 행복한 일이라고.

무슨 연유에선지 신이 난 츠루야 선배는 기운차게,

"네에, 여러분. 이쪽입니다."

앞에 서서 깃발을 흔들고 있었다.

하루히의 이기적이고 독단적인 행동은 어제오늘의 일이 아니었고, 아마 타고난 성질일 터이고, 태어나자마자 천지를 가리키며 여덟 글자 숙어로 절규했다는 전설이 앞으로 5백 년 뒤쯤엔 스즈미야 하루히 어록의 하나로 민간에 전승되어 유포될지도 모르는 일이지만, 뭐, 그건 아무래도 좋은 일이다.

선두에서 걸어가고 있는 하루히와 츠루야 선배는 어느 틈에 의기투합했는지 커다란 목소리로 브라이언 애덤스의 「18 till I die」의 후렴부분만 반복해서 부르고 있었다. 뒤따르는 사람으로서, 그래도 아는 무리인지라 참 낯 뜨거운 일이다.

묵묵히 걸어가는 검정 나가토와 반사판 담당 겸 주연인 코이즈미는 용케 남인 척도 안 하고 따라가고 있네. 어깨를 떨구고 고개도 숙이고선 축 처져 걷고 있는 아사히나 선배를 조금은 본받아라. 그리고 내가 지고 있는 짐을 조금은 나눠 맡아주도록. 아까부터 계속되는 건 언덕길뿐으로, 나는 슬슬 언덕길에서 훈련 중인 경주마의 기분이 이해가 될랑말랑 하고 있단 말이다.

"자, 도착했어요. 여기가 우리 집입니다."

츠루야 선배가 큰 소리로 외치며 어느 집 앞에 섰다. 목소리도 컸지만 집도 컸다. 아니, 아마 큰 것 같다. 왜냐하면 문에서 집이 보이지 않아 판단이 되질 않기 때문이다. 하지만 그것이야말로 판단 근거다. 문에서 보이지 않을 만큼 먼 곳에 집이 있다는 건 거기까지 상당한 거리가 있다는 의미이고, 참고로 좌우를 살펴보니 어느 무사의 저택인가 싶을 정도의 담이 원근법에 따라 한없이 이어져 있었다. 무슨 나쁜 짓을 하면 이런 여분의 토지를 가진 집에서 살 수 있는 걸까.

"자, 어서들 들어와."

하루히와 나가토는 예의라는 말도 모르는지 자기 집 같은 얼굴로 문을 넘어섰다. 아사히나 선배도 와본 적이 있는지 별로 놀라지도 않고 츠루야 선배에게 떠밀리듯 안으로 들어섰다.

"참 고풍스런 집이군요. 이 그윽한 분위기, 운치가 있다는 말은 바로 이런 걸 말하는 거겠지요. 시대를 느끼게 해주는데요."

코이즈미가 감탄한 척 가장하며 감정이 담기지 않은 목소리로 말하고 있다. 너 3류 리포터냐?

삼각 베이스볼을 할 만한 공간을 가로질러 마침내 현관에 도착했다. 츠루야 선배는 아사히나 선배를 욕실로 데리고 간 다음 우리들을 자기 방으로 데리고 갔다.

뭐랄까, 거 참, 내 방이 고양이용 침실처럼 느껴지는구나. 널찍하기만 한 다다미가 깔린 방으로 안내되니 어디에 앉아야 좋을지 고민이 될 정도인걸. 하지만 고민하고 있는 건 나뿐인지 하루히를 비롯해 나가토와 코이즈미는 아무것도 꺼리는 게 없어 보였다.

"좋은 방인데. 여기서 촬영을 할 수 있겠다. 그래, 코이즈미 방이라고 하자. 미쿠루와 둘이 있는 장면을 여기서 찍는 거야."

방석 위에서 하루히가 손가락으로 만든 사각형 안을 훔쳐보았다. 츠루야 선배의 방은 작은 탁자밖에 없는 간소한 일본 전통식 방이었다.

나는 옆에 앉은 나가토를 따라 정좌했지만 3분도 안 돼 편하게 다리를 풀었다. 하루히는 처음부터 양반다리를 하고 앉아 츠루야 선배에게 뭐라고 속닥거리고 있었다.

"푸훗! 아, 그거 재밌겠다! 잠깐만 기다려!"

츠루야 선배는 맑고 높은 웃음소리를 내더니 재빨리 방을 나갔다.

나는 생각에 잠겼다. 츠루야 선배는 과연 일반인일까. 이렇게까지 하루히와 친해질 수 있는 건 정상적인 궤도를 벗어난 인간이든가, 인간 이외의 뭔가 다른 존재이든가 둘 중 하나인데, 어느 부분에 공통된 파장을 갖고 있는지도 몰랐다.

몇 분을 기다리자 츠루야 선배가 돌아왔다. 선물은 아사히나 선배였다. 그것도 그냥 아사히나 선배가 아니었다. 갓 목욕을 마친 아사히나 선배다. 그녀는 츠루야 선배의 것으로 보이는 커다란 T셔츠를 입고 있었다. 아니, T셔츠밖에 안 입고 있었다.

"아…, 느, 늦어서 죄송해요…."

젖은 머리에 상기된 피부를 한 아사히나 선배는 츠루야 선배의 뒤에 숨듯이 서서 방에 들어와 다소곳이 정좌했다. 옷자락도 소매도 아사히나 선배에겐 너무 길어서 T셔츠라고는 해도 원피스로 보였다. 그게 또 멋진 효과를 발휘하고 있었다. 렌즈를 깜빡하고 빼지 않아 오른쪽 눈이 여전히 은색인 건 위험했지만, 빔도 슈퍼슈퍼 와이어도 나오지 않는 것 같으니 일단 안심이다. 모자도 벗지 않고 앉아 있는 나가토를 어디 신사에 모시고 싶을 정도다.

"자, 이거. 마셔."

츠루야 선배가 바닥에 내려놓은 쟁반에는 사람 수만큼의 유리잔이 있었고 그 안에 오렌지색 액체가 가득 담겨 있었다. 츠루야 선배가 건네준 그 오렌지 주스를 아사히나 선배는 단숨에 반은 들이켰다. 오늘 제일 많이 움직였으니 수분을 많이 소모했겠지.

나도 감사히 받아들고 맛을 보면서 마시고 있는데, 한 입에 잔을 비운 하루히가 남은 얼음을 깨물며,

"자, 이왕 온 거 이 방에서 촬영하자."

제대로 쉬지도 않고 시작한 것은 다음과 같은 장면이었다.

기절한 연기를 하는 아사히나 선배를 코이즈미가 공주처럼 안아서 방으로 들어온다. 방에는 이미 이불이 깔려 있고, 코이즈미는 거기에 아사히나 선배를 눕히고는, 그 잠든 얼굴을 가만히 바라보는 것이다.

아사히나 선배의 얼굴은 상당히 붉었고, 눈썹을 움찔움찔 떨고 있었다. 그 무방비한 몸에 코이즈미는 조심스럽게 담요를 덮어주고선 팔짱을 끼고 머리맡에 앉는다.

"으음…."

아사히나 선배가 잠꼬대를 하듯 중얼거리고, 코이즈미는 입가에 미소를 지은 채 계속 주시한다.

여기선 출연할 기회가 없어 보이는 나가토는 나와 츠루야 선배의 등 뒤에서 아직도 오렌지 주스를 홀짝거리고 있었다. 난 파인더를

들여다보며 아사히나 선배의 잠든 모습을 클로즈업했다. 하루히가 아무 지시도 내리지 않고 있었기 때문에 여기는 내 취미의 세계다. 하지만 하루히는 주연 두 사람에겐 리얼 타임으로 계속해서 지시를 내리고 있었다.

"미쿠루, 이제 그만 일어나. 대사는 아까 말한 대로야."

"…으으."

아사히나 선배는 천천히 눈을 뜨고는 촉촉이 젖은 눈망울로 코이즈미를 올려다보았다.

"정신이 드셨나요?"라고 말하는 코이즈미.

"네…. 저어, 여긴…."

"제 방입니다."

상체만을 일으킨 아사히나 선배는 묘하게 열에 들뜬 얼굴에다 눈의 초점도 맞지 않았다. 섹시한 분위기긴 한데 이것도 연긴가?

"아…, 감사합니다. 윽."

그 순간 잽싸게 날아오는 하루히의 지시.

"거기서 두 사람! 좀더 얼굴을 가까이 대! 그리고 미쿠루는 눈을 감고, 코이즈미는 미쿠루의 어깨에 손을 두르고. 이제 됐으니까 쓰러뜨려서 키스를 해버려!"

"에에…?"

어찌 된 연유인지 흐릿한 눈동자로 아사히나 선배는 입을 반쯤 벌린 채였고 코이즈미는 명령한 대로 아사히나 선배의 어깨를 안은 장면에서, 내 인내심은 한계점에 달했다.

"잠깐만. 이거 너무 생략됐잖아. 아니, 그보다 왜 이런 장면이 있는 거냐? 이건 뭐야?"

"정사 장면이지. 러브 신 말이야. 시간을 메우려면 이런 걸 넣어야지."

바보냐. 이게 무슨 밤 9시부터 시작되는 2시간 드라마야? 코이즈미도 왜 그렇게 의욕에 차 있어? 이런 게 상영되면 다음날부터 네 신발장에는 백 단위로 저주의 편지가 날아들 거다. 조금 생각을 해, 생각을.

누군가의 껄껄대는 웃음소리가 들려와 돌아보니, 바닥에 몸을 꺾은, 츠루야 선배가 폭소를 터뜨리고 있었다.

"힉힉, 미쿠루, 진짜 웃긴다―."

웃기지 않아… 라고 말하고 싶다만, 확실히 아사히나 선배는 정상이 아니었다. 아까부터 몸을 가누지 못하고 있었고, 눈도 촉촉하게 젖은 데다 뺨도 빨갛고, 거기에다 코이즈미에게 안겼는데도 아무런 저항도 하지 않고 시키는 대로 순순히 따르고 있다. 하나도 재미없어.

"으…, 코이즈미 씨, 나 머리 좀 무거워효…, 허."

쥐에게 꽃다발을 바치고 싶어지는 듯한 소리를 하며 아사히나 선배는 휘청거리고 있었다. 약이라도 탄 게 아닌가 하고 생각하다 나는 깨달았다. 시선이 텅 빈 유리잔으로 자연스럽게 옮겨갔고, 츠루야 선배가 웃으며.

"미아안. 미쿠루의 주스에 데킬라를 섞었거든. 알코올이 들어가는 게 연기에 폭이 더 커질 거라고 그래서."

하루히의 계략이었냐. 나는 기가 막힌다기보다는 화가 날 뻔했다. 그딴 걸 말도 않고 타지 마.

"뭐, 어때. 지금의 미쿠루는 무지하게 섹시한데. 영화발 잘 받네"

라고 말하는 하루히.

이미 연기를 챙길 상태가 아닌 아사히나 선배는 완전히 휘청대고 있었다. 감은 눈 밑은 빨갛게 물들어 있었다. 섹시한 건 좋지만 코이즈미한테 기대 있는 건 불쾌하다.

"코이즈미, 어서 키스해. 물론 마우스 투 마우스로!"

당연히 안 돼지. 앞뒤 구분도 못하고 있는 인간한테 해도 될 일이 아니라고, 그건.

"그만둬, 코이즈미."

감독과 카메라맨 중 누구의 말을 따라야 할지, 코이즈미는 잠시 고민하는 표정을 지었다. 때린다, 이 자식아. 어쨌든 난 비디오 카메라를 내려놓고 있는 상태다. 그런 장면을 찍을 생각도, 찍게 놔둘 생각도 없다.

코이즈미는 날 안심시키려는 듯 미소를 짓고선 비틀거리는 주연 여배우에게서 떨어졌다.

"감독님, 제겐 짐이 너무 무거운데요. 그리고 아사히나 씨는 이미 한계인 것 같아요."

"…전 괜찮은데요?"

그렇게 말하는 아사히나 선배는 그냥 보기에도 전혀 괜찮지 않았다.

"하여간. 어쩔 수 없군."

하루히는 입을 삐죽거리며 술에 취한 아가씨에게 다가갔다.

"어머, 콘택트렌즈를 끼고 있었어? 여기선 빼야 하는 장면이야."

아사히나 선배의 뒤통수를 툭 하고 때렸다.

"아…, 아야."

아사히나 선배는 뒤통수를 잡았다.

"그럼 안 되지, 미쿠루! 이렇게 뒤통수를 때리면 눈에서 렌즈를 뽑아야 한다고. 그럼 다시 한번 연습이다."

툭.

"아얏."

툭.

"…히잉."

아사히나 선배는 눈을 질끈 감았다.

"그만해라, 이 바보야."

나는 하루히의 손을 잡고 제지했다.

"뭐가 연습이야? 이게 어디가 연출이냐? 뭐가 재미있어?"

"뭐야, 말리지 마. 이것도 약속한 것 중의 하나라고!"

"누구랑 약속한 건데? 하나도 재미없어. 한심하다. 아사히나 선배는 네 장난감이 아니야."

"내가 정했다. 미쿠루는 내 장난감이야!"

그 소리를 들은 순간 내 머릿속에 피가 끓었다. 눈앞이 붉게 물드는 기분마저 들었다. 진심으로 화가 났다. 순식간에 충동이 사고를 능가했다. 그것은 무아의 경지에서 일어난 반사적인 행동이라고 말할 수 있었다.

내 손목을 누군가가 쥐고 있었다. 코이즈미 녀석이 눈을 가늘게 뜨며 고개를 가볍게 젓고 있었다. 코이즈미가 내 오른손을 막고 있는 것을 보고, 나는 비로소 내가 주먹을 휘두르려 하고 있었단 것을 깨달았다. 나의 이 오른손이 지금 하루히를 두들겨 패려 하고 있었나보다.

"뭐야…."

하루히는 플레이아데스 성운 같은 빛을 눈동자에 담은 채 나를 노려보았다.

"뭐가 마음에 안 들어서 그래! 넌 내가 시키는 대로 하면 되는 거야! 난 단장이고 감독이고…, 아무튼 반항은 용서하지 않겠어!"

다시 내 눈앞이 새빨개졌다. 이 망할 여자가. 놔라, 코이즈미. 동물이든 인간이든 말을 못 알아듣는 녀석은 패서라도 다시 교육을 시켜야 해. 안 그러면 이 녀석은 평생 이대로 가시만 잔뜩 난 인간으로 모든 사람들이 피하기만 하는 바보가 되어버릴 거다.

"하, 하… 하지 마세요오!"

뛰어든 것은 아사히나 선배였다. 제대로 굴러가지도 않는 발음으로,

"안 돼, 안 돼요. 싸우면 안 돼요오…."

나와 하루히 사이로 몸을 던진 아사히나 선배는 빨간 얼굴을 한 채 스르륵 무너져내렸다. 하루히의 무릎에 껴안듯이 매달려서는.

"으윽…웁. 다들 사이좋게 지내야 해요…. 그렇지 않으면…, 음. 아아, 이거 금지였네요오."

축 늘어진 아사히나 선배는 뭔가 우물대며 눈을 감았다. 그리고 새근새근 숨소리를 내며 잠들어버리고 말았다.

나와 코이즈미는 언덕길을 걸어 내려가고 있었다. 저 아래에 펼쳐진 것은 좀 전의 연못이다.

여배우가 활동불능 상태가 되어버려서 촬영은 중지되었다. 잠든 아사히나 선배를 츠루야 선배에게 맡기고 나와 코이즈미, 나가토는

대저택을 물러나기로 했지만, 무슨 이유에선지 하루히만은 혼자 남겠다고 고집을 피우며 내게서 비디오 카메라를 뺏어들고선 등을 돌렸다. 나도 아무 말도 않은 채 잡다한 짐만 짊어지고 츠루야 선배의 배웅을 받게 되었다.

"미안, 쿈."

츠루야 선배는 미안하다는 표정을 짓더니 이내 웃음을 지으며 말했다.

"나도 조금 지나쳤나봐! 미쿠루는 걱정하지 마. 나중에 집에 보내주든가, 뭐하면 여기서 재울게!"

나가토는 문을 나오자마자 바로 저벅저벅 걸어 사라졌다. 아무런 감상도 없나보군. 나가토는 그렇겠지. 그 녀석은 언제나 감상 제로니까.

그리고 어깨를 나란히 하고 집으로 향하는 길을 묵묵히 5분 정도 걸어간 참에 코이즈미가 입을 열었다.

"당신은 좀더 냉정한 사람인 줄 알았습니다만."

나도 그런 줄 알았어.

"이미 현실이 뒤틀리고 있는데 폐쇄공간까지 만들 수 있는 행동은 삼가주셨으면 좋겠네요."

내가 알 바 아니다. '기관'인지 뭔지 하는 수상쩍은 비밀 결사단은 그걸 위해 있는 거잖아. 너희들이 어떻게든 하면 되겠지.

"조금 전의 일 말씀입니다만, 스즈미야 씨의 무의식이 자제해준 것 같더군요. 폐쇄공간은 어디에도 생기지 않은 것 같습니다. 이건 제가 드리는 부탁입니다. 내일은 화해해주세요."

어떻게 하든 내 자유다. 네가 그렇게 말한다고 아, 예 그러십니까 할 수는 없다고.

"뭐, 그것보다 지금은 현재 그녀가 영향을 미치고 있는 현실 공간에 어떻게든 손을 쓸 길을 생각해야겠죠."

뻔뻔하게 코이즈미 녀석은 말을 돌렸다. 나도 같이 따라가기로 했다.

"생각을 한다고 해도 뭐가 어떻게 돼서 이렇게 되었는지 나는 이해가 안 가는데."

"간단한 이치입니다. 스즈미야 씨가 뭔가를 생각할 때마다 이 현실은 흔들리고 있어요. 지금까지도 그렇지 않았습니까."

난 잿빛 세계에서 파괴의 최종 공연을 보이던 파란 거인을 떠올렸다.

"스즈미야 씨가 뭔가를 말하고 우리가 그에 대처한다. 왜냐하면 그것이 이 세계에서 우리의 역할이기 때문입니다."

빨갛게 빛나는 구체들을 나는 기억하고 있다. 코이즈미는 천천히 걸어가며 확신이 담긴 목소리로 말했다.

"우리는 스즈미야 하루히의 트랭퀼라이저, 정신안정제입니다."

"그야… 너는 그렇겠지만."

"당신도 마찬가지예요."

전직 수수께끼의 전학생은 여전히 미소를 유지한 채 말을 이었다.

"우리는 폐쇄공간이 주된 작업장이지만, 당신은 이 현실세계 담당입니다. 당신이 스즈미야 씨의 정신을 안정시켜주면 폐쇄공간도 생겨나지 않으니까요. 덕분에 요 반년 동안 제 아르바이트 출동 수도 많이 줄었습니다. 인사를 해야겠지요."

"안 해도 된다."

"그렇습니까. 그럼 안 하지요."

언덕길을 다 내려가자 큰길이 나왔다. 코이즈미의 침묵도 거기까지였다.

"그런데 지금부터 어디 좀 같이 가주셨으면 하는 곳이 있습니다."

"싫다면?"

"금방 도착할 거고, 거기서 뭔가를 하는 것도 아니에요. 물론 폐쇄공간으로 초대도 하지 않을 겁니다."

코이즈미가 갑자기 한 손을 들었다. 우리들의 바로 옆에 멈춰 선 것은 어딘가에서 본 듯한 시커먼 택시였다.

"아까 하던 얘기 말입니다만."

뒷좌석에 앉은 채 코이즈미가 말했다. 난 운전사의 뒤통수를 응시하고 있었다.

"현재 스즈미야 씨와 당신을 둘러싼 상황은 패턴화되고 있습니다. 스즈미야 씨의 변덕도 당신과 우리 단원이 구체화해서 형태로 만드는 틀이 잡혀 있어요."

"민폐야."

"그렇겠죠. 하지만 이 패턴화된 상황이 언제까지 계속될지는 알 수 없는 일입니다. 비슷한 사태가 반복되는 건 아마 스즈미야 씨가 싫어하는 것 중의 하나일 테니까요."

지금은 즐기고 있는 것 같습니다만, 이렇게 말하며 긴박감이 없는 미소를 지은 코이즈미는 말했다.

"스즈미야 씨의 도가 지나친 행동이 영화 내부에만 한정되도록 어떻게든 노력해야만 합니다."

야구 선수가 되려면 배트 휘두르기와 달리기부터 시작하면 되고, 기사를 목표로 하고 있다면 장기나 바둑 규칙을 외우는 것부터 시작해야 하고, 기말 시험에서 1등을 차지하려면 밤새 참고서와 씨름을 할 의지를 갖는 것부터 시작하면 될지도 모른다. 그러니까 노력하기 위한 방법론이란 사람마다 다르긴 하지만 각자 존재하는 것이다. 하지만 하루히의 뇌속 망상을 삭제하려면 도대체 어떤 노력을 해야 하냐?

그만두라고 하면 풍하니 토라져선 그 저주스런 회색 공간을 증식시킬 거고, 그렇다고 이대로 녀석의 망상에 맞춰주었다간 그 망상이 현실이 될 것 같은 분위기다.

어느 쪽을 선택하든 양극단이네. 녀석에겐 중용이라는 개념이 없는거냐. 뭐, 없으니까 스즈미야 하루히는 그야말로 스즈미야 하루히 이외의 누구도 아닌 거긴 하겠지만.

차 밖의 풍경은 서서히 녹음이 짙어지고 있었다. 택시는 구불구불한 산길을 힘차게 달려 올라갔다. 곧 파악이 되었다. 이곳은 어제 버스로 갔던 산으로 이어지는 길이었다.

마침내 정차한 것은 텅 빈 주차장. 신사 참배객 전용이다. 어제 하루히가 신주와 비둘기에게 총구를 겨누는 만행을 저질렀던 그 신사이다.

이상하다. 일요일인 오늘이라면 사람이 더 많지 않나.

택시에서 먼저 내린 코이즈미가 말했다.

"스즈미야 씨가 어제 한 말을 기억하고 있습니까?"

그딴 망언을 일일이 기억하고 있겠냐.

"가보면 생각나실 겁니다. 경내로 가보죠."

그러고선 덧붙여 말했다.

"오늘 아침엔 이미 이런 상태였다고 합니다."

돌을 쌓아 만든 계단을 올라갔다. 이것도 어제 왔던 길이다. 여기를 올라가면 토리이가 있고, 본전으로 이어지는 자갈길이 있고, 거기에는 회색 비둘기 무리가….

"……"

나는 침묵했다.

우글대고 있는 건 분명히 비둘기였다. 이동식 융단처럼 지면을 쪼며 돌아다니고 있는 조류의 무리. 하지만 어제와 똑같은 비둘기들인지 어떤지는 자신이 없다.

왜냐하면 바닥을 가득 메운 비둘기 녀석들의 색이 한 마리도 남김없이 새하얗게 바뀌었기 때문이다.

"…누가 페인트로 칠한 거냐?"

그것도 하룻밤 사이에.

"틀림없이 이 하얀 깃털은 비둘기 몸에서 돋아난 것입니다. 염색한 것도 탈색한 것도 아니에요."

"어제 하루히의 권총이 꽤나 무서웠나보네."

아니면 누가 대량의 흰 비둘기를 가져와서 원래 있던 회색 비둘기들과 바꿔치기 한 거 아냐?

"설마요. 누가 그런 짓을 할 필요가 있겠습니까?"

그냥 생각해본 거다. 결론은 이미 내 안에 있었다. 말로 하고 싶지 않을 뿐이라고.

어제, 하루히는 이런 말을 했었다.

'가능하면 전부 하얀 비둘기면 좋겠는데 지금은 어떤 색이든 눈 감아줄 수밖에.'

눈감아주긴 뭘 감아줬다는 거야.

"그런 겁니다. 이것도 스즈미야 씨의 무의식이 만들어낸 일이겠죠. 하루의 오차가 있었던 건 그나마 다행이었어요."

먹이를 줄 줄 알았는지 비둘기들이 발치로 다가왔다. 다른 참배객은 없었다.

"이렇게 말입니다, 스즈미야 씨의 폭주는 착실하게 진행 중인 겁니다. 영화 제작으로 인한 폐해가 현실세계로 밀려오고 있어요."

아사히나 선배의 눈에서 광선과 와이어를 발사하게 한 것으로는 충분하지 않다는 거냐.

"하루히를 마취 총으로 쏘든가 해서 문화제가 끝날 때까지 잠재워놓으면 되지 않아?"

내 제안을 코이즈미는 쓴웃음으로 대답했다.

"불가능하지는 않겠지만 눈을 뜬 뒤의 처리를 해주시겠습니까?"

"아니."

그런 서비스는 내 업무에 들어 있지 않다고. 코이즈미는 어깨를 으쓱 치켜올렸다.

"그럼 어떻게 할까요?"

"그 녀석은 신이잖아? 너희 신자가 어떻게 좀 해봐."

여봐란 듯 과장되게 코이즈미는 놀라는 표정을 지었다.

"스즈미야 씨가 신이라고요? 아니, 누가 그런 소리를 했습니까?"

"네가 했잖아."

"그랬죠."

이 녀석이야말로 한 대 좀 맞아야겠다.

코이즈미는 웃으며 뻔한 멘트, 즉, "농담입니다"를 던진 뒤,

"실제로 스즈미야 씨를 '신'이라 정의해도 문제는 없을 겁니다. '기관' 내의 대세적인 의견은 그녀를 '신'으로 보고 있습니다. 물론 반대 의견도 있고 개인적으로는 저도 회의론자 일파입니다. 만약 그녀가 정말 신이라면 그런 자각도 없이 이 세계의 내부에 살고 있을 리가 없다고 보기 때문이죠. 창조주라면 어딘가 저 먼 위쪽에서 우리를 관망하다 여러 기적들을 자유자재로 일으키면서 우리들이 당황하는 모습을 냉철하게 관찰할 테니까요."

난 몸을 숙여 바닥에 떨어져 있는 깃털을 주웠다. 그 자세 그대로 깃털을 손끝으로 돌려보았다. 비둘기의 움직임이 커졌다. 미안하다, 빵조각은 준비하지 못했구나.

"전 이렇게 생각합니다."

코이즈미는 혼자서 떠들어대고 있었다.

"스즈미야 씨는 누군가에게서 신과 비슷한 능력을 받았지만 그 자각은 하지 못하고 있습니다. 신이라는 존재가 있다면 스즈미야 씨야말로 그 신에게 선택받은 특수한 인간이 되겠지요. 어디까지나 인간입니다."

그 녀석이 인간이든 아니든 나한텐 별 감흥이 없다고. 하지만 왜 하루히에게 그런 무의식에 트릭도 아닌 매지컬 파워가, 비둘기를 하얗게 바꾸거나 하는 그런 능력이 있는 거냐. 무엇 때문에, 누구를 위해.

"글쎄요. 모르겠어요. 당신은 아십니까?"

이 녀석은 지금 누구한테 싸움을 걸고 있는 건가.

"이거 실례."

미소를 지으며 코이즈미는 말을 이었다.

"스즈미야 씨는 세계를 구축하는 자이며 동시에 파괴하는 자이기도 합니다. 어쩌면 우리의 이 현실은 실패작일지도 몰라요. 그 실패한 세계를 수정하는 사명을 지닌 자가 스즈미야 하루히라는 존재일지도 모릅니다."

계속 말해봐라.

"그렇다면 즉 우리가 잘못된 거지요. 올바른 것은 언제나 스즈미야 씨이고, 그녀의 행위를 방해하는 우리야말로 이 세계의 이분자, 아니 스즈미야 씨 이외의 전 인류가 잘못된 겁니다."

흐음. 그거 참 큰일이네.

"문제는 틀린 측에 선 우리들입니다. 세계가 올바른 세계로 재구축되었을 때 우리는 과연 그 세계의 일부가 될 수 있을까요? 아니면 버그로 소멸될까요? 그건 아무도 알 수 없는 일입니다."

모른다면 말하지 마. 그것도 마치 다 안다는 듯이.

"하지만 어떤 의미에서 지금까지의 그녀가 세계를 그다지 잘 구축해내지 못한 것도 사실입니다. 그건 그녀의 의식이 창조라는 방향으로 향해 있기 때문입니다. 스즈미야 씨는 매우 긍정적인 사람입니다. 하지만 이게 반대 방향으로 가면 어떻게 될까요?"

입을 다물 생각이 없나보네. 포기하고 나는 질문을 던졌다.

"어떻게 되는데?"

"모르죠. 하지만 그것이 무엇이든 만드는 것보다 부수는 게 더 쉽습니다. 그런 것은 믿지 않으니까 사라져라, 그것만으로도 충분한 겁니다. 그렇게 되면 뭐든 '없는' 게 되어버리겠죠. 모든 것을 취소할 수 있게 됩니다. 아무리 강력한 적이 나타난다 하더라도 스즈미야 씨는 그 녀석을 부정하는 것으로 소멸시킬 수가 있어요. 마법이든 고도의 과학기술이든, 그 무엇이 상대이든 말입니다."

하지만 하루히는 부정하지 않겠지. 그건 그 녀석이 기대해 마지 않던 일일 테니까.

"그게 곤란한 거예요."

코이즈미는 전혀 곤란하지 않은 목소리로 속삭이듯이 말했다.

"전 스즈미야 씨가 신인지, 신을 닮은 무엇인지는 알 길이 없다고 봅니다만, 한 가지 말할 수 있는 게 있습니다. 만약 그녀가 자유로이 자신의 힘을 휘둘러 그 결과로 세계가 변화한다 하더라도 변화한 것을 누구도 깨닫지 못할 거라는 점입니다. 그건 대단한 거예요. 왜냐하면 그 변화는 스즈미야 씨 본인조차 깨닫지 못할 테니까요."

"왜지?"

"스즈미야 씨도 세계의 일부이기 때문입니다. 이건 그녀가 조물주가 아니라는 증거의 하나죠. 세계를 창조한 신이라면 세계의 바깥에 있을 겁니다. 하지만 그녀는 우리와 같은 세계에서 살고 있어요. 게다가 불완전한 개혁밖에 못 한다는 건 부자연스럽고 아주 이상한 얘기죠."

"내 눈엔 네가 더 이상하게 보이는데."

코이즈미는 무시한 채 말을 계속했다.

"하지만 전 지금까지 살아온 이 세계가 제법 마음에 듭니다. 다양한 사회적 모순을 숨기고 있기는 합니다만, 그건 인류가 언젠가는 해결할 수 있을 겁니다. 문제는 천동설이 정답이고 태양은 지구 주위를 돌고 있다와 같은 개혁이 일어나는 겁니다. 스즈미야 씨가 그런 걸 믿지 못하게 우리는 어떻게든 애를 쓰고 있는 겁니다. 당신도 그렇게 생각했기 때문에 폐쇄공간에서 돌아온 거 아닙니까?"

글쎄, 그랬나? 잊어버렸는데. 생각하기도 싫은 과거는 봉인하고 있거든.

코이즈미는 입으로만 살짝 미소를 지었다. 자조와도 같은 미소였다.

"저답지 않은 말을 해버렸네요. 마치 자기가 세계를 지킨다고 착각하고 있는 정의의 기사 같은 소리였습니다. 실례했습니다."

제5장

　월요일 아침은 이미 문화제까지 1주일밖에 남지 않은 상황인데도 여전히 느슨한 분위기였다. 정말 문화적인 축제를 할 마음이 있는 거냐, 이 학교는. 좀더 시끄럽게 요란을 떨어도 되는 거 아냐? 아무리 그래도 이건 너무 느긋하잖아. 덕분에 내가 다 나른하다. 게다가 교실로 걸어가는 도중에 더 나른해질 것 같은 장면이 나를 기다리고 있었다.

　우리 교실 바깥벽에 코이즈미가 기대어 서 있었다. 어제 그렇게나 떠들어놓고선 아직도 할 말이 남아 있다는 거냐.

　"9반의 연극 무대 연습이 아침부터 있어서요. 여기엔 잠시 지나가던 길이었습니다."

　아침부터 너의 싱글대는 낯짝을 보고 싶지는 않았는데.

　"왜 그래? 그 황당공간이 다시 발생했다는 건 아니겠지?"

　"아뇨. 어제는 끝까지 나타나지 않았습니다. 아무래도 지금의 스즈미야 씨는 짜증이 난다기보다 낙담을 하고 있느라 바쁜 것 같아요."

　왜지?

　"알고 계실 텐데요…. 그럼 설명해드리죠. 스즈미야 씨는 당신만은 무슨 일이 있어도 자기 편을 들 거라고 생각하고 있었어요. 아무리 투덜대도 당신은 그녀의 편인 겁니다. 무슨 일을 저지르더라도 당신만은 용서해줄 거라고 생각하고 있었단 말이죠."

무슨 일이라고라. 그 녀석의 모든 것을 용서할 수 있는 건 먼 옛날 옛적에 순교한 역사상의 성인 정도일 거다. 미리 말해두겠는데 난 성인도 위인도 아닌 상식적인 평범한 인간이야.

"스즈미야 씨와는 어떻게 됐습니까?"

어떻게 되긴 뭐가 어떻게 돼. 그대로다.

"기운을 내라고 말 좀 해주실 수 없을까요? 하얀 비둘기라면 그나마 귀여운 편이죠. 이대로 스즈미야 씨의 기분이 가라앉게 되면 신사의 비둘기가 더 비둘기답지 않은 것으로 바뀔지도 몰라요."

"뭘로?"

"그걸 알면 고생을 안 하겠죠. 끈적거리고 여러 개의 촉수로 기어다니는 무리가 경내에 우글대면 기분 나쁘겠죠?"

"소금을 뿌리면 되지."

"그래선 근본적으로 해결이 안 됩니다. 현재의 스즈미야 씨는 공중에 붕 뜬 상태예요. 지금까지는 영화 촬영을 통해 적극적으로 현실을 변화시켜 왔습니다만, 어제 당신과의 사건으로 갑자기 방향이 역행을 해버리게 되었습니다. 긍정적에서 부정적으로요. 그래서 사태가 진정된다면야 좋겠습니다만, 이대로 가다가는 한층 더 심각한 상태가 될 수 있어요."

"그래서? 나보고 그 녀석을 위로하라는 거냐?"

"그렇게 복잡한 얘기도 아니잖습니까. 원래 관계로 돌아가기만 하면 되니까요."

원래고 뭐고, 나는 그런 관계에 있어본 적이 없다고.

"글쎄요. 당신도 좀 이성을 찾았을 거라 생각했습니다만, 착각이었나요?"

나는 입을 다물었다.

어제 발끈했던 건 아사히나 선배에 대한 폭거를 보다 못한 나의 선량한 마음이 그렇게 만든 것—이라고는 볼 수 없다. 그냥 칼슘이 부족했는지도 모르지. 어젯밤에 우유를 1리터쯤 마시고 자고 깼더니 신기하게 차분해진 걸 보니 말이다. 플라시보 효과(주21)일지도 모르지만.

그렇다고 해서 왜 내가 먼저 다가가야 하는 건데? 누가 어떻게 봐도 그 녀석이 너무 나댄 거 아냐.

코이즈미는 길들인 고양이처럼 목을 가르랑거리며 웃더니 내 어깨를 쳤다.

"잘 부탁드립니다. 거리상으로 당신이 제일 가까운 곳에 있잖아요."

맨 뒤에 앉은 하루히와는 내가 몸을 돌리지 않는 한 눈을 마주칠 일이 없다. 오늘은 한층 더 하늘의 상태가 신경이 쓰이는지 하루히는 거의 창 밖만 바라보고 있었고 그 상태를 점심시간까지 유지하고 있었다.

참고로 무슨 전염병인지 타니구치까지 기분이 안 좋았다.

"뭐가 영화야? 괜히 갔다 손해만 봤네."

점심시간에 도시락을 먹으며 타니구치는 투덜거렸다. 보통 하루히는 쉬는 시간에 거의 교실에 붙어 있지 않았고, 지금도 마찬가지

주21) 플라시보 효과: 독도 약도 아닌, 약리적으로 비활성인 약품을 약으로 속여 환자에게 주어 유익한 작용을 나타내는 경우.

다. 있었으면 이 녀석도 이런 소리는 못 했겠지. 소심한 녀석이 꼭 안전권에서는 목소리가 커진다니까.

"스즈미야 녀석이 하는 짓인데 그 영화인지 뭔지도 어차피 쓰레기일 거야. 뻔하다고."

누가 뭐라고 해도 좋다. 난 내가 잘난 인간이라는 생각은 갖고 있지 않고. 역사에 이름을 남길 일도 할 것 같지 않다. 한쪽 구석에서 혼자 투덜대는 그런 인간이다. 자기는 요리도 못 하면서 어머니가 만들어준 음식에 군소리를 하는 게 특기다.

하지만 이것만은 말해두고 싶다. 그래서 나는 말했다.

"너한테만큼은 그런 소리 듣고 싶지 않다."

타니구치, 넌 뭘 하고 있냐? 적어도 하루히는 문화제에 참가해서 뭔가를 하려고 하고 있다. 민폐 대마왕스런 일밖에 안 되는 있지만, 적어도 아무것도 안 하고 투덜대고 있는 녀석보다는 낫다. 이 멍청아. 전국의 타니구치 씨에게 사과해라. 네 녀석과 같은 성이라는 건 너 이외의 타니구치 씨들에게 불쾌한 일이라고.

"진정해라, 쿈."

쿠니키다가 끼어들었다.

"얘는 삐쳐 있는 거야. 사실은 자기도 스즈미야네랑 더 놀고 싶은 거라고. 네가 부러운 거야."

"그렇지 않아"라며 타니구치는 쿠니키다를 노려보았다.

"난 그런 바보 집단의 동료가 될 생각은 없네."

"권하면 따라갈 거면서? 어제도 신나했었잖아. 약속까지 취소했으면서."

"조용히 해, 인마."

타니구치가 기분이 안 좋은 건 그 때문이었냐. 모처럼 잡혔던 예정을 날리고 왔더니만 거의 화면엔 찍히지도 않고 퇴장을 선고를 당했으니 말이다. 연못에까지 빠졌지. 그렇군, 동정할 만한 가치가 있을지도 모르겠는데. 하지만 난 그럴 마음이 들지 않는걸. 왜냐하면 난 나대로 화가 나 있으니까 말이다.

하루히의 영화가 눈뜨고 못 볼 정도로 한심한 작품이 될 거라는 사실은 나도 알고 있다. 평소대로 앞뒤 안 가리고 전력 질주를 하고 있으니, 그날 그 시간에 찍고 싶은 걸 찍는 게 전부인데다가 연결이고 연출이고 아무것도 없다. 그걸로 엄청난 영화가 완성된다면 그건 천재의 작품이고, 내가 보기에 하루히에겐 감독의 재능이 없다. 그렇다고 그걸 남이 지적을 한다면—글쎄, 왜 화가 나냐 하면….

"왜 그래, 쿈? 오늘은 스즈미야도 평소보다 기분이 많이 안 좋아 보이던데. 무슨 일 있었냐?"

쿠니키다의 목소리를 들으며 나는 생각하고 있었다.

나도 타니구치와 마찬가지다. 하루히가 시키는 대로 굽실대면서 뒤에서 투덜대고나 있는 거다. 내가 이 녀석에게 느낀 것은 바로 나 자신에게도 그대로 해당된다. 하루히가 해대는 일에 핀잔을 주고 진절머리를 내는 건… 그러니까 내 일이다. 나만이 할 수 있는 역할이다. 남에게 양보할 생각이 없는 게 아니라, 그렇게 되어 있는 거다.

꿀꿀한 기분으로 먹는 밥이 얼마나 맛이 없는지. 이래선 만들어 준 어머니에게 미안하다. 젠장, 타니구치, 이 번들 대머리 녀석아. 네가 괜한 소리를 해서 그렇잖아. 그래서 난 앞으로 내내 후회할 일을 하고 싶어졌지 않았냐 말이다.

난 무엇을 했는가.

도시락 뚜껑을 덮고선 그대로 교실을 뛰쳐나갔던 것이다.

하루히는 문예부에서 비디오 카메라와 컴퓨터를 연결해 뭔가를 하고 있다가, 내가 갑자기 문을 열자 놀란 듯 고개를 들었다. 왼손에 들고 있는 건 카레 빵이냐.

그 빵을 황급히 던져놓고선 손을 뒤로 뻗어 머리를 만지는가─싶더니, 검은 머리를 풀었다. 이유는 모르겠지만 묶었던 머리를 서둘러 푼 것이다. 자세히 보지도 않았고 그런 건 나중에 생각하면 될 일이다. 난 지금 해야만 하는 말을 했다.

"야, 하루히."

"왜?"

하루히는 전투태세로 이행하고 있는 고양이와 같은 얼굴이었다. 그 얼굴을 보자 나는 말해버리고 말았다.

"이 영화는 꼭 성공시키자."

기운이란 녀석이다. 1년에 두 번 정도는 나도 오버해서 들뜰 때가 있다. 어제 열이 받았던 것도 그 때문이다. 우연히 그게 맞았던 것이다. 그게 오늘은 코이즈미의 요상한 얘기와 타니구치의 멍청한 얼굴과 하루히의 우울한 얼굴이, 뭐랄까, 뒤죽박죽으로 얽혀서 나도 중심이 흔들렸던 것이다. 이 충동을 내버려뒀다간 교실 유리를 깨부수고 싸돌아다닐지도 모르기 때문에 여기서 해소하기로 한 거다. 왜 나는 이런 변명을 하고 있는 걸까.

"음."

하루히는 소리 냈다. 그리고 말했다.

"당연하지. 내가 감독인데. 성공은 보장된 거야. 네가 말 안 해도 돼."

이렇게 단순할 수가. 조금은 기특한 표정이라도 지을 줄 알았는데, 의미를 알 수 없을 정도로 흰히 빛나는 하루히의 눈동자는 어디서 충전을 한 건지 다시 자신감의 불꽃이 일렁이고 있는 것 같았다. 너무 단순하다. 하이 레벨의 회복 마법을 연신 자신을 향해 거는 중간 보스만큼 성가셨지만, 나는 신경 쓰지 않았다. 필요한 건 균형이다. 나약한 녀석을 일격에 격침시키고 끝나는 게임은…, 뭐라고 하더라, 그래, 카타르시스인지 뭔지가 없다. 의미는 잘 모르겠고 그 의미도 없지만, 그러니까 난 기운이 없는 하루히 같은, 기분 나쁜 걸 보고 싶지 않는 거다. 이 녀석은 항상 끝도 없이 무의미하며 근거도 없고 목적지도 없이 뇌 속에서 천 미터 달리기를 하고 있는 정도가 딱 좋다. 괜히 멈춰 서면 무의식중에 더 괜한 짓을 할지도 모르고 말이다. 그것뿐이다.

…그렇다, 이때의 나는 그렇게 생각하고 있었나보다.

그날 방과 후였다.

"좀 달리 표현할 수 없었습니까?" 라고 코이즈미는 말했고,

"미안" 이라고 나는 대답했다.

"격려를 한다고 해도 말이죠, 뭐랄까…, 무난한 말을 해주길 바랐습니다만."

"…미안."

"원래대로 돌아갔다기보다 이건 더 파워풀해졌잖아요?"

"……."

"이래선 숨길 길이 없겠네요."

반성 일변도인 내게 코이즈미는 온화한 기색을 띤 눈을 돌렸다. 비난하고 있는 것 같지는 않아 보이지만, 그 목소리는 한없이 우려하는 음색을 띠고 있었다. 그렇겠지, 사태는 확실하게 악화되고 있는 것 같고, 아무리 봐도 그건 내 탓인 것 같으니까.

왜냐고? 내가 알아?!

벚꽃이 만개해 있었다. 여긴 강가의 벚나무 가로수길, 아사히나 선배가 내게 정체를 밝혔던 그 산책로다. 재확인해두겠다. 지금은 가을이다. 분명히 아직 늦더위가 채 사라지지는 않았다고는 해도 상식적으로 생각해서 일본에선 왕벚나무는 봄에 피는 놈이다. 약간 앞서가는 것 정도야 봐준다 하더라도 반년은 빠르다. 태양의 바보짓을 벚나무까지 맞춰줄 것까진 없잖아.

꽃잎이 휘날리는 가운데 하루히 혼자만 엔진 풀가동 상태다. 아슬아슬한 웨이트리스 복장의 아사히나 선배가 비척대고 있는 건 사방에 계절을 잘못 안 벚꽃을 구경나온 사람들이 깔려 있기 때문이겠지.

"어쩜 이렇게 타이밍이 좋을 수 있담! 그냥 벚꽃이 나오는 그림이 있으면 좋겠다 싶었거든. 훌륭한 타이밍의 이상 기후야!"

하루히는 입에 거품을 물며 아사히나 선배에게 무리한 자세를 강요하고 있었다.

안 되겠군, 역시. 인간은 일시적인 감정에서 뭔가를 저지르면 반드시 미래의 자신에게 그 영향이 돌아오는 법이다. 그리고 실제로 나는 그 반년 동안 줄곧 비슷한 반성만 하고 있는 것 같다.

'그때 그렇게 할걸'이 아니라 '하지 말걸'이라는 실로 퇴행적인 단독 반성 대회다. 누가 총 좀 빌려다오. 모델 건 말고.

벚나무들은 오후 무렵에 봉오리가 맺혔다 저녁에는 만개를 했다고 한다. 가을의 일대 사건으로 지역 방송에서 중계까지 나왔다. 가끔은 이런 일도 있다고 생각해줬으면 한다. 최근의 전 세계 규모의 이상 기온 현상이 원인이다. 그렇다고 해두라고. 응?

"스즈미야 씨는 그렇게 생각하고 있나보군요."

조금 전까지 아사히나 선배와 나란히 강가를 걷고 있던 코이즈미가 말했다. 겉모습만은 그럴싸한 이 녀석과 모든 것이 좋은 아사히나 선배의 컷은 세상 남자들에겐 화를 돋우는 효과밖에 안 날 거란 생각이 들 정도로 완벽했고, 나를 불쾌하게 만들었다.

나가토는 벚꽃에는 별 감상도 없이, 또 표정도 없이, 체내 시계가 미쳐 돌아간 벚나무들을 멍하니 바라보고 있었다. 검정 망토 위에 분홍 꽃잎이 몇 장 붙어 있어 살짝 악센트를 주고 있었다. 하얀 비둘기에 대해 이 녀석은 알고 있을까.

"그래! 고양이를 잡자!"

갑자기 하루히가 말을 꺼냈다.

"마녀에겐 시종마가 있잖아. 그건 고양이가 딱이지! 어디 검은 고양이 좀 없나? 털이 좋은 녀석으로."

기다려 봐라. 나가토의 초기 설정은 나쁜 우주인 아니었냐?

"아무튼 고양이! 내 이미지로는 그래. 고양이가 있을 만한 장소가 어딜까?"

"애완동물 가게겠지."

건성으로 대답한 내 말에 하루히는 웬일로 타협하듯이 말했다.

"들고양이면 돼. 파는 고양이나 남이 키우는 고양이는 빌리거나 돌려주는 게 귀찮잖아. 공터에 가면 고양이가 모여 있는 곳이 있지 않나? 유키, 몰라?"

"알고 있어."

나가토는 작은 목소리로 대답하고선 우리를 약속의 땅으로 이끄는 종교 지도자 같은 발걸음으로 걸어가기 시작했다. 나가토에게 모르는 건 없을 것이다. 5년 전쯤에 내가 잃어버린 동전 지갑이 어디 있는지 물어보면 가르쳐줄지도 몰라. 당시의 내 전 재산이었던 5백 엔이 들어 있을 것이다.

걸어서 15분쯤 이동한 후 도착한 곳은 나가토가 혼자 살고 있는 호화 아파트 뒤편이었다. 손질이 잘된 잔디가 깔려 있었고, 주위를 나무들이 뒤덮고 있어 외부의 시선을 차단하고 있었다. 거기에 몇 마리의 고양이가 무리지어 있었다. 들고양이 같아 보였지만 사람을 잘 따르는 녀석들로 가까이 다가가도 도망치지 않았다. 먹이라도 줄 줄 알았는지 발치에 달라붙는 녀석까지 있을 정도다. 그중에 한 마리를 하루히가 들어올렸다.

"검은 고양이는 없네. 이 고양이면 됐어."

얼룩 고양이로 귀중하게도 수컷이었다. 하지만 하루히는 그게 얼마나 진기한 일인지 모르는 듯 무작위 추출의 결과에 놀라지도 않았다.

"자, 유키. 이건 네 파트너야. 친하게 지내."

하루히가 안아 올린 얼룩 고양이를 나가토는 말없이 받아들었다. 길가에서 나눠주는 휴지를 받는 듯한 무표정한 얼굴로, 고양이도 덤덤하게 받았다.

이내 이 자리에서 촬영이 개시되었다. 아파트 뒤쪽이다. 이미 장소 따윈 어디든 상관이 없나보다. 내 비디오 카메라에는 뚝뚝 끊기는 충동적인 컷들로만 가득했다. 이걸 편집해 제대로 된 하나의 이야기로 만드는 건 내 일은 아니겠지?

"유키, 미쿠루를 공격해!"

하루히의 명령에 나가토는 요상한 자세를 취한 채 고개를 끄덕였다. 고양이를 한쪽 어깨에 올린 검은 의상의 마법사이다. 아무리 봐도 고양이는 중량 오버였다. 얼룩 고양이가 얌전히 나가토에게 매달려 있는 건 좋았지만, 나가토는 목뿐만 아니라 몸 전체를 기울여 고양이가 떨어지지 않도록 균형을 잡고 있었다. 그 부자연스런 자세를 유지한 채 아사히나 선배에게 봉을 휘둘렀다.

"받아라."

아마 이 신에선 나가토의 봉에서 신비한 광선이 나오게 되어 있을 것이다.

"…힉."

아사히나 선배는 괴로워하는 연기를.

"좋았어, 컷!"

만족스럽게 하루히가 외쳤고 나는 녹화를 정지했다. 코이즈미는 반사판을 내렸다.

"그 고양이, 말하는 걸로 할게. 마법사가 키우는 고양이잖아. 얄미운 소리 하나 정도는 할 줄 알아야지!"

무슨 그런 터무니없는 소리를 하시나.

"네 이름은 샤미센이야. 자, 샤미센. 뭐라고 말 좀 해봐!"

말을 할 리가 있냐. 아니, 말하지 말아다오.

내 바람이 하늘에 닿았는지 샤미센이라는 불길한 이름을 얻게 된

얼룩 고양이는 갑자기 일본어를 떠들어대는 일 없이 꼬리 손질을 시작하는 것으로 하루히의 명령을 무시했다. 당연한 일이지만 안심했다.

"순조롭군."

오늘 찍은 영상을 확인하며 하루히는 만족스럽게 웃고 있었다. 오전 내내 짓고 있던 표정이 거짓말 같다. 전환이 빠르다는 건 좋은 일이야. 그것만큼은 감탄해줄 수 있다.

"콘, 그 고양이는 네가 돌보는 거다."

의자를 접으며 무리한 명령을 내린다.

"집에 데리고 가서 환대해줘. 앞으로 촬영에 필요할 테니까 잘 길들여놔야 한다. 내일까지 재주 하나쯤은 교육시켜놔. 불 고리 통과 쇼 같은 거."

나가토의 어깨에 올라타 가만히 있는 것만으로도 고양이으로서는 뛰어난 부류에 들어갈 것이다.

"오늘은 여기까지야. 내일부터 막판 스퍼트다! 드디어 클라이맥스로 순조로이 들어가는 거지, 컨디션도 좋고! 다들 푹 쉬면서 내일을 대비하도록."

메가폰을 휘두르며 해산을 선언한 하루히는 「블레이드 러너」의 엔딩 곡을 흥얼거리며 먼저 돌아갔다.

"후우."

한숨으로 화음을 맞추는 나와 아사히나 선배였다. 다른 두 사람, 코이즈미는 반사판을 옆구리에 끼고 집에 갈 준비를 시작했고 나가토는 잉크가 떨어진 볼펜을 보는 듯한 시선으로 샤미센을 보고 있었다.

난 허리를 숙여 고양이의 머리를 쓰다듬었다.

"수고했다. 나중에 참치 캔을 사줄게. 아니면 멸치가 좋은가?"

"둘 다 괜찮아."

낭랑한 바리톤이 그런 말을 토해냈다. 이 자리에 있는 그 누구의 목소리도 아니었다. 난 코이즈미와 아사히나 선배가 멍해 있는 것을 보았고, 나가토의 무표정한 얼굴을 보았다. 세 사람 다 같은 곳으로 시선을 향하고 있었다. 바로 내 발치.

그곳에는 얼룩 고양이가 동그란 검은 눈으로 나를 올려다보고 있었다.

"어이, 어이."

나는 말했다.

"지금 말한 사람은 나가토냐? 난 너한테 물은 게 아니야. 고양이한테 물었다고."

"나도 그런데. 그래서 대답했다. 내가 무슨 틀린 말을 한 건가?"

라고 고양이가 말했다.

"이거 참 당황스럽네요."

이건 코이즈미다.

"놀랐어요. 고양이 씨가 말을 하다니…."

이건 아사히나 선배다.

"……."

나가토는 침묵한 채 샤미센을 안고 서 있었다. 그 샤미센은,

"나는 자네들이 왜 놀라는지가 이해가 안 가는군."

라고 말하며 나가토의 어깨에 매달려 있었다.

고양이 요괴, 네코마타(주22)와 비슷한 부류다. 몇 년을 살면 이렇게 되더라.

"그것도 나는 모른다. 내게 있어 시간의 감각이란 존재하지 않는 것과 같아. 지금이 언제인지 언제가 과거인지 내게는 관심 없는 일이다."

고양이가 말을 한다는 것만으로도 상당히 거시기한데 미묘하게 관념적인 소리를 떠들어대고 있다. 발바닥에 분홍 젤리나 달고 있는 녀석 주제에 건방지게. 샤미센(주23) 가게는 어디에 있을까? 타운 페이지(주24)에 실려 있을까?

"분명 나는 자네에게는 사람의 말을 하는 것 같은 소리를 내고 있을지도 모르겠군. 하지만 앵무새나 잉꼬도 그 정도는 하지 않나. 자네는 무슨 근거로 내가 말에 담긴 의미 그대로 음성을 내고 있다고 확신하는 건가?"

이 자식이 지금 무슨 소리를 하는 거야?

"그거야 내가 한 질문에 대답을 하니까."

"내가 발하고 있는 음성이 우연히도 자네의 질문에 대한 응답에 들어맞는 것뿐일 수도 있잖은가."

"그런 게 통하면 인간끼리도 대화가 성립 안 되는 경우가 있지 않을까?"

나는 왜 고양이를 상대로 이런 진지한 대화를 하고 있는 거지? 얼룩 들고양이 샤미센은 앞발을 핥고선 귀 아래를 긁었다.

"그래, 맞아. 자네와 저기 아가씨가 마치 대화를 하는 듯한 행위를 했다 하더라도 그게 올바른 의사 전달을 이루고 있는지는 누구도 알 수 없는 일이라네."

주22) 네코마타: 꼬리가 둘로 갈라진 고양이로 둔갑을 하는 요괴. 나이가 많은 고양이를 말하기도 함.
주23) 샤미센의 몸통 가죽은 고양이나 개의 가죽으로 만든다.
주24) 타운 페이지: 일본의 대표적인 전화번호 안내 책자명.

차분하게 멋진 목소리로 말하는 샤미센이었다.

"누구나 본심과 겉모습은 구분하는 법이니까요" 라고 말하는 코이즈미.

넌 닥치고 있어.

"듣고 보니 그렇군요…" 라고 말하는 아사히나 선배.

죄송하지만 당신도 좀 조용히 계셔주실 수 없을까요.

잔디밭에 누워 있던 고양이들을 한 마리 한 마리 조사해보았다. 샤미센 이외의 고양이들은 "미양"이나 "냐옹"이나 "크르르" 같은 말밖에 못한다는 것이 판명되었고, 아무래도 이 수컷 고양이만이 갑자기 인간의 언어 발성능력을 획득한 것 같다. 왜?

그 바보 때문이다.

"현재 상황은 그다지 좋지 않은 것 같군요."

우아하게 머그 잔을 입가로 가져가며 코이즈미가 말을 끊었다.

"우리가 아직 스즈미야 씨를 과소평가했나봅니다."

"무슨 소리죠?" 라고 아사히나 선배가 조심스럽게 묻는다.

"스즈미야 씨의 영화 설정이 세계의 상식으로 고정될 우려가 현실로 나타났어요. 그녀가 그리는 영화의 내용이 현실화되고 그대로 그게 평범한 풍경이 되어버리는 거죠. 아사히나 선배가 레이저를 쏘거나 고양이가 말을 하거나 하는 것 말입니다. 만약 그녀가 '거대 운석이 낙하하는 장면을 찍고 싶다'고 생각한다면 정말로 실현될지도 몰라요."

현재, 하루히를 제외한 SOS단원 네 명이 집합해 있는 곳은 역 앞의 커피숍이다. 하루히 대책 긴급 합동 대책 본부의 설치를 제창한 코이즈미의 의견에 모두가 찬성했다. 아무래도 진지하게 사태가 위급해지고 있는 것 같다. 겉으로 보기엔 고등학생 몇 명의 사소한 담소 장면으로(웃고 있는 건 코이즈미뿐이었지만), 대화내용은 특촬 히어로물의 악당 간부가 정의의 히어로의 필살기를 봉인하기 위한 상담을 하고 있는 듯한 수상한 냄새가 풀풀 나는 회합이었지만.

참고로 샤미센은 가게 밖에 있는 화단에서 기다리라고 했고, 절대로 다른 사람한테 말을 걸거나 상대하지 말라고 못을 박아놓았다. 특별히 불만스런 기색도 없이 "좋지"라고 대답한 고양이는 순순히 길가의 상록수 그늘 아래에 몸을 숨기듯 누워선 우리들을 배웅했다.

"어떻게 될까요⋯."

유달리 심각한 건 아사히나 선배였다. 안타깝게도 상당히 지쳐 보였다. 하루히의 영화 덕분에 제일 신경을 쓰고 있는 건 그녀다. 나가토는 디폴트인 무표정을 무너뜨리지 않고 있었다. 복장도 시커먼 상태 그대로다.

코이즈미가 뜨거운 카페 오레를 홀짝이며 말했다.

"한 가지 알게 된 건 이대로 스즈미야 씨를 내버려둘 수는 없다는 겁니다."

"그런 건 네가 말 안 해도 알아."

나는 냉수를 원샷 했다. 주문한 애플 티는 이미 다 마신 뒤다.

"그러니까 어떻게 하루히를 막느냐가 문제인 거잖아."

"어떻게 막느냐고 해도 이제 와서 누가 영화 촬영을 막겠습니까? 적어도 저는 자신 없는데요."

물론 나도 없다.

일단 엔진이 걸리면 끝이다. 하루히는 스위치가 내려가지 않는 한 한없이 질주를 해버린다. 헤엄치기를 멈추면 죽는 물고기의 일종일지도 모르지. 계보를 거슬러 올라가면 그 녀석의 선조에 참치나 가다랭이가 있을 게 분명하다.

나가토는 아무 생각도 없는 듯한 얼굴로 시나몬 티를 묵묵히 마시고 있었다. 정말 아무 생각이 없는지도 모르지만 모든 것을 알고 있기 때문에 생각할 필요도 없는지도 모르고, 그냥 극단적으로 말재주가 없는지도 모른다. 이 녀석만큼은 반년이 지나도 무슨 생각을 하고 있는지 도통 파악이 안 된다.

"나가토, 넌 어떻게 생각하냐? 무슨 의견 없어?"

"……."

소리를 내지 않고 찻잔과 컵을 내려놓은 나가토는 유연한 움직임으로 나를 보았다.

"지난번과 달리 스즈미야 하루히는 이 세계에서 사라지지 않았다."

급속 냉동시킨 듯한 목소리였다.

"그것만으로도 충분하다고 정보 통합 사념체는 판단하고 있다."

코이즈미가 우아하게 뺨을 눌렀다.

"하지만 저희는 곤란한데요."

"우리는 곤란하지 않다. 오히려 관찰 대상에 변화가 생긴 것은 환영할 만한 일이다."

"그렇습니까."

단칼에 나가토를 무시하고 코이즈미는 다시 내게 고개를 돌렸다.

"그럼 스즈미야 씨의 영화가 어떤 장르가 될지를 결정지을 필요가 있겠네요."

하아, 이 녀석이 또 이해 못해먹을 소리를 늘어놓을 생각인가보네.

"이야기의 구조는 크게 나눠서 세 가지로 분류할 수가 있습니다. 이야기 세계의 틀 속에서 진행되거나, 틀을 파괴하고 새로운 틀을 만들든가, 파괴한 틀을 다시 원래대로 돌려놓든가."

역시 연설을 시작하시는군. 하아? 이분께서 지금 뭔 소리를 떠드시는 거래? 이런 심정이다. 아사히나 선배도 그렇게 진지한 얼굴로 들을 거 없어요.

"그런데 저희는 틀 속에 있는 거니 이 세계를 알려면 윤리적인 사고를 해서 추측을 하든가 관측에 의해 지각을 해야만 합니다."

틀이라니, 뭔 소리래.

"예를 들어 우리들의 이 '현실'을 생각해보십시오. 우리가 이렇게 생활하는 세계 말입니다. 그에 비해 스즈미야 씨가 찍고 있는 영화는 우리들에게는 픽션입니다."

당연하지.

"우리가 문제시하고 있는 건 그 픽션 내의 일들이 '현실'에 영향을 미치고 있기 때문입니다."

미라클 미쿠루 아이, 비둘기, 벚나무, 고양이.

"허구의 현실침략을 막아야 해요."

코이즈미는 이런 얘기를 할 때 보면 참 기운이 넘쳐 보인단 말이지. 표정도 환하다. 그에 반항하는 의미로 나는 어두운 표정을 짓기로 하겠다.

"스즈미야 씨의 이 능력이 영화 제작이라는 필터를 통해 현재화

하고 있는 겁니다. 이걸 막는 수단은 '픽션은 어디까지나 픽션에 불과하다'는 것을 스즈미야 씨가 이해하도록 만드는 겁니다. 지금의 그녀는 이 울타리를 무의식 속에 애매하게 만들고 있으니까요."

꽤나 신났나보네.

"픽션에서 일어난 사건이 현실에서는 일어나지 않는다는 것을 이론적 수속으로 증명할 필요가 있습니다. 우리는 이 영화가 합리적으로 자리 잡도록 유도해야 해요."

"고양이가 말하는 걸 어떻게 정당화하면 좋은데?"

"정당화라는 말은 틀린 표현이죠. 그래선 결국 고양이가 말을 하는 세계가 구축되고 말 겁니다. 우리의 '현실'에선 고양이는 말을 할 수 없어요. 말하는 고양이의 어딘가에 어떤 잘못이 있었다고 하지 않으면 안 됩니다. 왜냐하면 고양이가 말을 하는 세계는 우리의 세계에선 있을 수 없는 일 중에 하나니까요."

"우주인이랑 미래에서 온 사람이랑 ESP는 있을 법한 거고?"

"네, 그럼요. 실제로 존재하고 있었잖아요. 우리의 세계에선 그게 일반적인 겁니다. 다만 스즈미야 씨에겐 알려선 안 된다는 조건하에서요."

그러냐?

"만약 우리의 세계를 멀리서 지켜보는 존재가 있다고 칩시다. 그 또는 그녀에게 있어 '현실' 세계가 이전의 당신과 같이 상식을 초월한 현상이 없는 세계—우주인도 미래에서 온 사람도 초능력자도 없는 세계입니다—라고 한다면, 우리들의 '현실'은 그야말로 픽션의 세계로 보이겠지요."

그게 네가 말하는 신의 정체냐.

"하지만 그건 어디까지나 밖에서 봤을 때를 말하는 겁니다. 당신은 이미 이 세계에 초자연적인 존재—그러니까 저라든가 나가토 씨죠—가 있다는 것을 알고 말았습니다. 그 세계에서 살고 있는 이상, 당신도 틀 속에서 현실을 인식하는 수밖에 없어요. 지금 당신의 현실 인식은 1년 전에 비해 전혀 달라졌을 겁니다."

모르고 살았던 편이 더 좋았을지도 모르겠군.

"그건 과연 그럴까요? 뭐, 한 가지는 확실하게 말할 수 있겠군요. 스즈미야 씨는 이전의 당신과 같은 상태입니다. 즉, 아직 현실 인식이 변화하는 수준까지 도달하지 못했어요. 입으로는 이런저런 말을 하고는 있지만 마음속 깊은 곳에서는 초자연적인 존재를 믿지 않고 있습니다. 그녀가 본 것이라고 하면 폐쇄공간과 '신인'입니다만, 스즈미야 씨는 그때 일을 꿈이라고 생각하고 있어요. 꿈은 허구입니다. 그래서 이 '현실'은 아직 우리에게 있어서 현실로 형태를 이루고 있는 겁니다."

그렇다면?

"네, 그러니까 이대로 허구가 현실화되어 스즈미야 씨가 그것들을 '현실'로 인식하면 그야말로 말하는 고양이의 존재는 '현실'의 하나로 받아들여지게 됩니다. 고양이가 말하는 게 이상한 일이니 말하는 고양이의 존재를 현실화시키려면 세계 자체의 재구축이 필요하죠. 고양이가 말을 해도 전혀 이상하지 않는 세계를 스즈미야 씨는 만들려고 할 겁니다. 아마 SF와 같은 세계관은 되지 않을 겁니다. 그녀의 사고 패턴으로 봤을 때 그런 귀찮은 일을 할 것 같지는 않아요. 세계는 단숨에 판타지 논리에 지배당하게 되겠죠. 고양이가 말을 하는 데에는 아무런 이론도 필요 없는 겁니다. 말하는 고양이가 있다, 단지 그 사실만으로 충분한 거예요. 왜 고양이가 말을 하느냐는 이유는 필요 없습니다. 왜냐하면 고양이는 원래 말을 하는 생물이었던 걸로 되는 거니까 말입니다."

코이즈미는 머그 잔을 내려놓고 컵 끝을 손가락으로 쓰다듬었다.

"그래선 곤란합니다. 지금까지 세계를 구축해왔던 개념이 뒤집히게 되니까요. 전 인류의 관측 결과와 사고 실험을 나름대로 존중하고 있습니다. 게다가 아무것도 하지 않았는데 자연스럽게 말을 하는 고양이란 건 관측도 되지 않을뿐더러 예상도 되지 않았던 존재죠. 우리의 이 세계에 있는 게 이상한 존재인 것입니다."

너희는 어떻게 할 거냐? 초능력자도 비슷한 거 아냐?

"네, 그러니까 저희도 세계에 대해선 기존의 법칙을 뒤흔드는 이물질입니다. 우리가 존재하는 건 스즈미야 씨의 덕분이겠죠. 그렇다는 건 이 말하는 고양이도 마찬가지입니다. 그녀가 영화에 등장시키려고 생각한, 바로 그 존재입니다. 아무래도 스즈미야 씨가 만들려는 영화의 내용과 이 현실 세계가 링크하려고 하는 것 같다…는 걸 알 수 있지요."

알았으면 어떻게 손을 쓸 수 없는 거냐?

"그러려면 먼저 영화의 장르를 결정할 필요가 있습니다."

이제 그만 좀 해라. 혼자서만 신나 떠드는 열변은, 그야 본인이야 재밌을지 몰라도 듣는 사람 입장도 생각해달라고. 전교 조회시간에 교장이 하는 훈시와 필적할 만큼 짜증이다. 봐라, 아사히나 선배도 아까부터 어두운 표정을 짓고 있잖아.

하지만 코이즈미는 아직도 부족한지 계속 말을 이었다.

"만약 이게 판타지 세계에서 일어난 일이라면 고양이가 말을 하거나 아사히나 씨가 눈에서 빔을 쏘는 것 같은 현상에는 아무런 설명도 필요 없습니다. 그 세계는 '원래 그렇게 되어 있는 세계'니까요."

난 창 밖으로 시선을 돌려 샤미센이 아직 거기에 있는지 확인했다.

"하지만 말하는 고양이나 미쿠루 빔이 존재하는 것에 어떠한 이유가 있다면 그 시점에서 다른 세계가 보이게 됩니다. 우리가 몰랐을 뿐 고양이가 말을 하거나 아사히나 씨가 빔을 쏘는 세계는 확실히 존재했다는 게 되는 거죠. 관측에 의해 존재가 증명된 겁니다. 하지만 그 순간, 우리의 세계는 변화됩니다. 상식을 초월한 현상이 일어나지 않는 세계에서 그런 현상을 내포한 세계를 재인식해야 하는 거죠. 우리가 알고 있던 현실 세계는 사실은 가짜였다는 게 되니까요."

난 한숨을 쉬었다. 아무리 해도 이 녀석은 말을 그칠 생각이 없나 보다.

그러니까 고양이가 말을 하려면 그에 걸맞은 이유가 필요하다, 이 소리를 하고 싶은 거냐. 하지만 그렇다면 너나 나가토나 아사히나 선배는 어떻게 되는 건데? 너와 두 사람도 충분히 초자연 현상으로 분류되는 거 아니야?

"당신에게는 그렇겠죠. 자명한 이치일 겁니다. 당신에게 있어 세계는 이미 변화되고 있습니다. 고등학교에 막 입학했을 때의 당신과 현재의 당신은 인식하고 있는 세계가 완전히 다르지 않습니까? 당신의 현실 인식은 이미 예전과는 달라졌어요. 그리고 당신은 새로운 현실을 인식하고 있지 않습니까? 우리와 같은 존재가 분명히 존재한다는 것을 당신은 이미 알고 있죠?"

"나보고 뭘 알라는 거야?"

"영화 얘기로 돌아가겠습니다만, 지금 스즈미야 씨가 만들려는
건 아마 판타지로 분류될 만한 작품인 것 같습니다. 이 영화 속에서
는 고양이가 말을 하는 것에도, 아사히나 씨나 나가토 씨가 마법 비
슷한 힘을 쓰는 것에도 아무런 이유가 필요 없지요. 단지 그렇게 되
어 있다. 그걸로 충분한 겁니다."

그럼 고양이 요괴나 미래에서 온 사람 웨이트리스나 나쁜 마법사
에게 존재의의를 주면 될 거 아냐.

"그런데 그렇게 할 수가 없어요. 아니, 존재의의를 부여하게 된
다면 그쪽이 곤란해집니다. 그야말로 존재를 인정하는 거니까요.
말하는 고양이가 존재해도 좋다, 그런 식으로 세계를 바꾸는 거죠.
전 이 이상 세계가 복잡해지는 건 그다지 환영하고 싶지 않네요."

나도 환영하지 않는다. 곤란하지 않을 건 나가토 쪽 정도겠지.

"조금 전에 전 장르를 결정할 필요가 있다고 했습니다만, 여기서
한 장르에 등장하길 바라면 되는 겁니다. 그 장르는 모든 수수께끼
나 초자연 현상을 해체하고 합리적인 결말을 맺도록 끌고 감으로써
뒤틀렸던 세계를 원래의 세계로 끌어오는 성질을 갖고 있습니다.
이야기의 출발 시점에 있던 세계가 결말 지점에서 부활해 수수께끼
와 같은 현상을 모두 합리적으로 해소하는 작용을 하는 장르라면
딱 하나 있습니다."

뭔데?

"추리물입니다. 특히 본격 추리물이라고 불리는 것의 일부죠. 이
장르의 방법론을 사용한다면 믿기 힘들어 보이는 현상은 그대로 그

냥 '믿을 수 없다'는 것으로, 굳이 초자연 현상을 꺼낼 필요도 없게 됩니다. 말하는 고양이도, 아사히나 필살 빔도 뭔가 트릭이 있었다고 하면 끝나는 거니까요. 우리의 현실은 변하지 않을 겁니다."

커피숍의 웨이트리스가 아사히나 선배를 의식적으로 무시하는 듯 모두의 잔을 치우러 왔다. 그 모습이 사라지길 기다렸다가 코이즈미는 다시 입을 열었다.

"사람의 말을 하는 고양이가 있다는 건 분명히 이 세계의 상식이 아닙니다. 그럼에도 말하는 고양이는 여기에 존재하고 있어요. 존재할 리가 없는 것이 존재하는 겁니다. 이건 우리의 세계에 매우 좋지 않은 일입니다."

물이 든 잔에 달린 물방울을 손가락으로 튕기며,

"사태를 해결하려면 이 영화를 합리적인 결말로 끌고 가야 해요. 고양이가 말하거나, 미래에서 온 사람이 있거나, 마법사 우주인이 있다는 것에 대해 이론적으로 모두가—아니, 스즈미야 씨가—납득할 만한 결론이죠."

"그런 게 있냐?"

"있습니다. 아주 간단하고 그때까지의 이론에 맞지 않는 전개를 단번에 상식적인 것으로 전환하는 결말이죠."

말해봐라.

"꿈입니다."

"……."

침묵이 찾아왔다. 모두에게 평등하게. 마침내 코이즈미는 말했다.

"농담을 하려던 건 아니었습니다만…."

앞머리를 잡아 손가락으로 가지고 놀던 얼짱에게 나는 경멸로 가득한 시선을 날렸다.

"하루히가 그걸로 납득할 것 같냐? 그 녀석은 거짓말이냐 사실이냐 와는 별도로 보기보다 진지하게 상을 노리고 있는 것 같던데. 그게 꿈으로 끝난다고? 아무리 그 녀석이 바보라고 해도 그렇게까지 얼빠진 바보 같은 영화는 안 만들걸."

"그녀가 어떻게 생각하느냐가 아니라 우리의 입장에 맞춘 엔딩을 생각한 결과입니다. 영화 내용이 모두 꿈, 거짓말, 잘못된 것이었다는 것을 작품 속에서 직접 언급하는 것이 제일 좋은 해결법이에요."

너한테야 그렇겠지. 나한테도 그러는 게 더 좋을지 모르겠다. 하지만 하루히는 어떨까. 어쩌면 그 녀석의 머릿속에는 말릴 길 없는 자화자찬 라스트 신이 완성되어 있을지도 모르는 일이라고.

그리고 나도 이미 꿈이 어쩌고 하는 이야기에는 두 번 다시 얽히고 싶지 않다. 참고로 너의 그 재미있지도 않은 독단적인 사정 설명에도 말이다.

집으로 돌아오는 길에 철물점에 들렀다. 제일 싼 고양이용 화장실 세트와 특판 고양이 캔을 구입해 영수증을 받아들고 나왔다. 샤미센은 앞발로 얼굴을 씻으며 기다리고 있었다. 나는 걸어갔고, 고양이도 따라왔다.

"알았냐, 집에서는 한 마디도 하지 마라. 고양이답게 굴어."

"고양이답게라는 말의 의미는 모르겠지만 자네가 그렇게 말한다면 따르도록 하지."

"말하지 마. 대답은 냐옹으로 통일해라."

"냐옹."

따라 들어온 들고양이를 보고 여동생과 어머니는 눈을 동그랗게 떴다. 나는 생각해두었던 거짓말, "이 녀석 주인인 친구가 잠시 여행을 가게 돼서 1주일 정도 맡게 되었다"고 설명을 해서, 흔쾌히 허락을 받았다. 특히 여동생은 신이 나서 샤미센의 온몸을 만져댔다. 고양이 요괴는 얌전히 "냐옹" 하고 울기만 했다. 그건 그 나름대로 참 고양이답지 않다고 봐야 할까.

무사히 날이 밝았다. 오늘도 나는 학교에 가야만 한다. 두고 가는 것도 걱정이 돼서 샤미센도 데리고 나왔다. 스포츠백 안에 들어가라고 재촉하는 내게 샤미센은 "그래, 좋다"며 거만하게 대답하고는 안으로 들어갔다. 교문 근처에서 꺼내주자.

문화제까지 며칠 남지 않은 우리 학교는 마치 하루히의 분위기에 영향이라도 받았는지 소란스런 분위기를 착실하게 키워가고 있었다. 어제까지의 무기력한 모습이 어디로 사라졌나 의심스러울 정도다.

아침부터 여기저기서 악기 소리와 노래 소리가 들려왔고, 간판 같은 걸 만들고 있는 녀석들도 여기저기서 볼 수 있었다. 뭘 하는 건지 이해가 안 가는 의상을 입은 무리도 우글거리고 있다. 이래선 다른 세계에서 온 이들이 한두 명이 뒤섞여 있다 해도 신기한 일도 아닐 거란 분위기다. 의욕이 제로인 건 1학년 5반뿐인가. 이 반의 의욕을 모두 하루히가 빨아들였는지도 모르지.

내가 교실에 들어서자 이미 하루히는 자리에 앉아 노트에 벅벅 뭔가를 써내려가고 있었다.

"드디어 각본을 쓸 마음이 난 거냐?"

내 자리에 앉으며 물었다. 하루히는 콧노래를 흥얼거리며 턱을 들었다.

"아니야. 이건 영화의 카피야."

"좀 보자."

노트를 들어 시선을 움직였다.

'아사히나 미쿠루의 비장 극비 시크릿 영상 가득! 보지 않고 후회해봤자 때는 늦으리! SOS단이 선사하는 올해 최대의 화제작! 운하(雲霞)처럼 몰려오시라!'

쓸데없이 선정적일 뿐이라든가 올해는 앞으로 두 달밖에 안 남았다든가 하는 지적사항은 봉인할 수도 있겠는데, 이래선 아사히나 선배가 나온다는 것밖에 모르잖아. 이 문구를 읽고 어떤 영화인지 상상할 수 있는 녀석이 있다면 난 다른 의미에서 존경할 거다. 뭐, 촬영하고 있는 나도 아직 어떤 영화인지 이해도 못 하고 있으니 뭐라 말을 할 수는 없지만. 하루히도 이해를 못 하고 있는 게 아닐까. 그런데 용케 사전도 없이 운하라는 단어를 썼구나.

"전단지를 인쇄해 당일에 교문 앞에서 뿌릴 거야. 음, 효과는 캡일걸! 문화제 때 정도는 바니 걸 차림을 해도 오카베도 아무 소리 안 하겠지?!"

아니, 할 것 같은데. 여긴 고지식한 고등학교라고. 담임의 위장을 쓰리게 만들 짓은 그만둬라.

"그리고 아사히나 선배는 가게 일로 바쁠 거 아냐. 코이즈미와 나가토도 자기네 반에서 뭔가 한다고 했고, 당일에 한가한 건 너랑

나 정도다."

하루히는 의심스런 눈초리로 나를 보았다.

"네가 바니 걸을 한다는 거야?"

왜 그렇게 나오는 거야? 네가 혼자 하면 되잖아. 나라면 뒤에서 플래카드를 들고 서 있어주마.

"그런데 그거 알아? 문화제까지 얼마 안 남았거든. 이번 주 토요 일하고 일요일이 문화제야."

"알고 있어."

"그래? 느긋하기에 날짜를 잘못 알고 있는 줄 알았다."

"느긋하지 않아. 지금도 선전 문구를 생각하고 있었잖아."

"선전을 생각하기보다 먼저 할 일이 있잖아. 영화는 언제 완성할 건데?"

"곧. 이젠 부족한 부분을 보충 촬영하고 편집하고 녹음이랑 음악 이랑 VFX를 넣으면 완성이야."

그거 놀랍군. 카메라맨의 입장에서 본다면 부족한 부분이 훨씬 많은 듯한 인상이다만, 대체 감독은 어떤 영화를 만들 생각일까. 게 다가 촬영을 마친 뒤에 할 작업에 지금까지의 배는 시간이 걸릴 듯 한 예감이 드는 것도 단순한 나만의 착각이라면 좋겠는데.

3교시와 4교시 사이의 쉬는 시간이었다.

"콘!"

교실에 있던 반 아이들이 모조리 엉덩이를 들썩일 정도로 무지막 지하게 커다란 목소리가 울려 퍼져 반사적으로 돌아보자 츠루야 선 배가 문에서 얼굴을 들이밀고 있었다. 그 어깨 옆에 아사히나 선배의 부드러운 머리카락이 보일 듯 말 듯 숨어 있었다.

"이리로 좀 와봐."

츠루야 선배의 미소에 이끌리듯이 나는 날아갔다. 하루히는 쉬는 시간이 되면 어딘가로 사라지는 습관을 여전히 유지하고 있어서 교실에는 없었다. 아마 학교 건물 어딘가를 어슬렁거리고 있겠지. 나이스 타이밍이다.

복도로 나온 내 옷자락을 츠루야 선배가 잡아당기며,

"미쿠루가 할 말이 있대!"

반대편 건물까지 들릴 만큼 커다란 목소리로 그렇게 외치고는 아사히나 선배의 등을 철썩 때렸다.

"자, 미쿠루. 콘한테 그거, 그거!"

조심스런 동작으로 아사히나 선배는 팔랑거리는 종잇조각을 내게 내밀었다.

"이거…. 저기 하, 하, 할인권이에요."

"우리 반에서 하는 볶음국수 카페 할인권이야"라고 츠루야 선배가 추가설명을 해주었다.

감사히 받도록 하겠습니다. 쿠폰 같은 건가보다. 낙관이 찍힌 인쇄 내용에 따르면 이걸 가져가면 볶음국수가 30퍼센트 할인이라는 것 같다.

"친구분도 데리고 와주세요."

고개를 꾸벅 숙이는 아사히나 선배와 만화 캐릭터 같은 입을 하고 있는 츠루야 선배였다.

"그 얘기 하려고! 그럼 안녕!"

츠루야 선배는 씩씩하게 사라지려고 했고, 아사히나 선배도 그 뒤를 따르려다 이내 혼자서 내 곁으로 달려왔다. 츠루야 선배는 그 모습을 보고 낄낄대며 멈춰 서서 기다렸다.

아사히나 선배는 두 손끝을 모으고 날 힐끔힐끔 쳐다보며 입을 열었다.

"…콘."

"왜요?"

"코이즈미 씨가 말한 거, 저기, 그다지 믿지 않는 게…. 이런 소릴 하면 제가 코이즈미 씨를 그건가 생각하는 거 같아서…, 저기, 싫긴 하지만요, 그래도…."

"하루히가 신이라고 하는 얘기 말입니까?"

그럼, 그런 건 안 믿는데요.

"전 저기…. 다른 생각을 갖고 있는데요, 그건 그러니까, 저기…, 코이즈미 씨가 한 해석과는 달라요."

아사히나 선배는 휴우 하고 숨을 토해낸 뒤 나를 올려다보았다.

"스즈미야 씨에게 이 '현재'를 바꿀 힘이 있는 건 사실이에요. 하지만 그게 세계의 틀을 바꾸지는 않는 것 같아요. 이 세계는 처음부터 이랬던 거죠. 스즈미야 씨가 만들어낸 게 아니에요."

그건 참, 뭐랄까…. 코이즈미와는 정반대되는 의견이시군요.

"나가토 씨도 다른 생각을 갖고 있을 거예요."

아사히나 선배는 교복 앞에서 손을 꼬물거리며 말했다.

"저어…, 이런 소릴 하면 좀 듣기 안 좋을지는 모르겠지만요…."

멀리서 츠루야 선배가 싱글거리며 우리를 지켜보고 있다. 새끼가 빨리 둥지를 떠나길 재촉하는 부모 제비 같은 얼굴이었다. 뭔가 오해를 하고 있는 게 아닐까.

아사히나 선배는 더듬거리며 말을 이었다.

"코이즈미 씨가 하는 말과 저희가 생각하는 것은 달라요. 코이즈미 씨를 저기…, 너무 믿지 말라고… 하면 어폐가 있겠지만요, 저기…."

당황한 듯 손을 흔들었다.

"죄송해요. 제가 설명을 잘 못 하고 제한이 걸려 있고 해서…. 저기…."

고개를 숙였다가 날 쳐다봤다 하더니.

"코이즈미 씨에겐 그쪽 사정과 이론이 있고 우리들에게도 마찬가지예요. 아마 나가토 씨도 그럴 거고요. 그러니까."

아사히나 선배는 온몸의 기력을 총동원한 듯한 결의에 찬 얼굴로 날 바라보았다. 진지한 얼굴도 귀엽다. 이 얼굴을 가까이에서 볼 수 있다는 감격에 몸을 떨며 자신감을 갖고 나는 대답했다.

"알고 있습니다. 하루히가 신일 리가 없잖아요."

그런 녀석한테 헌금을 하느니 아사히나 선배를 교주로 종교 법인을 세우는 편이 신자도 잘 모일 거다. 인감과 인장, 지장 다 찍어도 좋다.

"저한텐 아직 코이즈미보단 아사히나 선배의 의견이 더 이해하기 쉬워요."

아주 잠깐 아사히나 선배는 미소를 지었다. 만약 스위트피가 웃는다면 이런 느낌일 거다.

"응, 고마워요. 하지만 저 개인적으로는 코이즈미 씨에게 앙심이 없어요. 그것도 알아주세요."

묘한 소리를 하고선 날 살짝 올려다보더니 도망치듯 재빨리 몸을 돌렸다. 아니, 안을 생각은 없었습니다만.

아사히나 선배는 가볍게 손을 흔든 뒤 어미 새의 뒤를 따르는 새끼 오리처럼 츠루야 선배의 뒤를 따라갔다.

조금이라도 작업을 진행시켜놓는 게 낫겠지. 그런 생각과, 왜 내가 이런 기특한 생각을 하는 건가 하는 생각을 동시에 하며 컴퓨터를 만지기 위해 찾아간 동아리방에는 먼저 온 손님이 자리를 잡고 앉아 고깔모자와 시커먼 망토 차림으로 책을 읽고 있었다.

내가 뭐라고 말하기도 전에,

"아사히나 미쿠루의 주장은 이럴 거라 생각되는군."

내 마음을 읽기라도 한 듯 나가토는 그렇게 전제를 두었다.

"스즈미야 하루히는 조물주가 아니다. 그녀가 세계를 창조한 것은 아니다. 세계는 지금 이대로의 형태로 이전부터 존재해왔다. 초능력과 시간 이동체, 개념형 지구 외 생명체와 같은 초자연적인 존재는 스즈미야 하루히가 바람으로써 생겨난 것이 아니라 원래 그곳에 존재하고 있었다. 스즈미야 하루히의 역할은 그것들을 자각 없이 발견하는 것이며, 그 능력은 3년 전부터 발휘되었다. 다만 그녀의 발견은 자기 인식에 도달하지 못했다. 그녀는 세계의 이상 현상을 탐지할 수는 있지만 결코 인식하진 않는다. 인식을 방해하는 요소 또한 여기에 존재하기 때문이다."

절대로 웃지 않는 입술이 담담하게 움직여 말을 자아냈다. 나가토는 내 눈을 가만히 쳐다보며 마지막으로 이렇게 말하곤 입을 다물었다.

"그게 우리다."

"아사히나 선배한테는 코이즈미와 다른 이유가 있고, 하루히가 신비한 현상을 발견하는 게 안 좋은 일인가?"

"그렇다."

나가토는 펼친 책으로 다시 시선을 돌렸다. 나와의 대화 따윈 아무래도 좋다는 태도였다.

"그녀는 그녀가 귀속된 미래 시공간을 지키기 위해 이 시공에 와 있는 거다."

뭔가 중대한 얘기를 태연하게 하는 것 같단 기분이 드는데.

"스즈미야 하루히는 아사히나 미쿠루의 시공간에 있어 변수이며, 미래의 고정을 위해서는 올바른 수치를 입력할 필요가 있다. 아사히나 미쿠루의 역할은 그 수치의 조정이다."

종이 스치는 소리도 없이 나가토는 페이지를 넘겼다. 딱딱한 느낌의 검은 눈동자를 깜박이지도 않은 채 말을 이었다.

"코이즈미 이츠키와 아사히나 미쿠루가 스즈미야 하루히에게 원하는 역할은 다르다. 그들은 서로 상대방의 해석을 결코 인정하려 하지 않는다. 그들에게 있어 상호간의 다른 이론은 자신들의 존재 기반을 뒤흔들 수도 있기 때문이다."

잠깐만. 코이즈미는 3년 전에 자기한테 초능력이 생겨났다고 말했는데.

내 의문에 나가토는 바로 대답했다.

"코이즈미 이츠키의 말이 진실이라는 보장은 어디에도 없다."

난 예의 핸섬 스마일을 뇌리에 그려보았다. 확실히 보장은 없군. 코이즈미의 이론은 내가 당한 일들에 가장 그럴싸한 해설을 붙인 것뿐이다. 그게 정답이라고 누가 확신할 수 있지? 사실 아사히나 선배는 믿지 말라고 그랬다. 하지만 아사히나 선배의 이론도 마찬가지지. 아사히나판 해답이 정답이라고 누가 보장을 해준단 말인가.

나가토를 보았다. 코이즈미의 말은 새빨간 거짓말일 수도 있다. 아사히나 선배는 자신의 의견이 거짓말이란 걸 깨닫지 못하고 있을 수도 있다. 하지만 이 냉정한 우주인만큼은 거짓말을 할 것 같지가 않았다.

"넌 어떻게 생각하냐? 뭐가 정답이야? 전에 네가 말한 자율진화의 가능성이란 건 결국 뭐냐?"

검은 옷의 독서광은 끝없이 무표정이었다.

"내가 아무리 진실을 말한다 해도 넌 확증을 얻을 수 없다."

"왜지?"

하지만 그때 나는 좀처럼 보기 힘든 것을 보았다. 나가토가 주저하는 듯한 표정을 지은 것이다. 내가 잠시 당황하고 있자,

"내 말이 진실이라는 보장 역시 어디에도 없으니까."

마지막으로 나가토는 이렇게 말한 뒤 책을 두고 동아리방에서 나갔다.

"너에게는 말이다."

예비 종소리가 울려 퍼졌다.

모르겠다.

보통 이게 이해가 가는 얘기냐?

코이즈미도 나가토도 좀 다른 사람들이 알기 쉽게 얘기를 해줘야지. 일부러 어렵게 얘기하는 게 아닌가 싶을 정도다. 조금 간단하게

정리하는 노력을 해야 한다고 본다, 이건.

안 그러면 그런 소린 한 귀로 들어와 한 귀로 흘러나갈 뿐이다. 아무도 안 듣는다고.

팔짱을 끼고서 걷고 있으려니 무국적의 중세풍 복장을 한 무리가 내 옆을 지나가 복도 모서리를 돌아갔다. 나가토가 그 검정 의상을 입고 섞여 있어도 전혀 위화감이 안 들 무리였다. 어느 반인지 동아리인지 하루히에게 뒤질세라 판타지 영화라도 찍고 있는 건지도 모르지.

좋겠다, 그 녀석들은. 아마 나의 고민 같은 것과는 전혀 상관없는 세계에서 즐겁게 촬영을 하고 있을 것이다. 보다 제대로 된 감독이 상식적으로 지휘를 내리고 있을 테고 말이다.

난 한숨을 쉬어가며 1학년 5반 교실로 귀환했다.

영화 촬영이 순조롭다고 생각하고 있는 건 하루히뿐으로, 나와 코이즈미와 아사히나 선배의 얼굴에는 세로선의 그림자가 점차 짙게 드리워지고 있었다.

촬영이 진행됨에 따라 다양한 일들이 발생하고 있었다. 어느 사이엔가 모델 건에서 BB탄이 아니라 수중탄이 나오기도 했고, 아사히나 선배는 하루히가 다른 색깔의 렌즈를 가져올 때마다 요상한 것들을 발사해(금색이 라이플 다트에, 녹색이 마이크로 블랙홀이었다) 그때마다 나가토에게 물렸고, 벚꽃이 피었나 싶더니 이튿날엔 모조리 다 졌고, 신사의 흰 비둘기들은 며칠 뒤엔 완전히 멸종한 걸로 되어 있는 여행 비둘기가 되어 있었다고 했고(코이즈미가 몰래 가르쳐주었다), 지구의 세차운동(주25)이 미묘하게 틀어졌다고도 했다(나가토 전언).

일상이 점점 요상하게 바뀌고 있었다.

지친 몸을 이끌고 집으로 돌아오니, 이번엔 수염 난 동물이 떠들어대는 상황이라니.

"그 기운 넘치는 소녀 앞에서 입을 다물면 되는 거지."

얼룩 고양이는 스핑크스와 같은 자세로 내 침대 위에 누워 있었다.

"잘 이해했네."

나는 샤미센의 기다란 꼬리를 살짝 잡았다. 고양이는 부드럽게 내 손에서 꼬리를 빼냈다.

"자네들이 그렇게 해주길 바라고 있었으니까. 나 자신도 그 소녀에게 내 말소리를 들려주는 건 뭔가 안 좋을 것 같다는 예감이 든다."

"코이즈미에 따르면 그런 것 같더라."

고양이가 말을 한다. 그러려면 고양이가 말을 해도 전혀 신기할 게 없다는 이론이 필요하다. 간단하게 말하면 말하는 고양이가 존재해도 아무 신기할 게 없는 세계를 구축하면 된다고 한다. 그건 대체 어떤 세계의 어떤 고양이냐?

샤미센은 크게 하품을 하고선 꼬리털을 골랐다.

"고양이에게도 여러 종류가 있어. 사람도 그렇잖아."

그 '여러 종류'의 부분을 좀더 자세히 알고 싶은데.

"알아서 어쩌려는 거지? 자네가 고양이가 될 수 있을 거라고는 안 보이는데. 고양이의 심리를 알고 싶은 것도 아닐 텐데."

지긋지긋하다. 모든 것이.

주25) 세차운동: 지구의 자전축이 황도면의 축에 대하여 2만 5800년을 주기로 회전하는 운동과, 인공위성의 공전궤도면의 축이 지구의 자전축에 대하여 회전하는 운동 등을 말한다.

슬슬 목욕이라도 할까 생각하고 있는데 여동생이 내 방으로 와 손님이 왔다고 알렸다.

누군가 생각하며 아래로 내려갔다. 마침내 우리 집까지 찾아온 것은 코이즈미였다. 난 집 밖으로 나가 밤길에서 맞이했다. 방에 들였다 끝나지도 않을 긴 얘기를 듣는 건 곤란했고, 샤미센과 쿵짝이 맞아 의미 불명의 추상론을 펼치는 것도 극구 사양하고 싶다.

생각했던 대로 코이즈미는 혼자서 그럴싸한 소리를 실컷 떠들어 댄 뒤 이런 말까지 했다.

"스즈미야 씨에게 자세한 설정과 복선은 아무래도 상관없는 일입니다. 이게 재미있을 것 같다, 그걸로 충분한 거죠. 거기엔 합리적인 해결도, 치밀한 구성도, 단서가 될 만한 복선도 없어요. 매우 순간적인 이야기를 만들고 있다고 할 수 있겠죠. 끝은 생각도 안 하고 있는 겁니다. 어쩌면 미완으로 끝날지도 모르겠어요."

그러면 곤란한데. 네 말에 따르면 중간에 내팽개칠 경우 끝 부분이 엉망이 되어버린 현실이 그대로 현실로 고정되어버리잖아. 하루히의 내부에서 제대로 결말을 맺으면서도 현실에 속한 엔딩이 되어야 하잖냐. 그리고 그걸 우리가 생각하지 않으면 안 되는 거고. 하루히는 생각 없는 애고, 그 녀석이 생각하는 건 앞뒤가 맞지 않는다. 그렇다면 우리가 생각하는 게 그나마 나은데, 왜 이런 걸 생각해야만 하는 건지, 누가 이 저주를 좀 같이 분담해줄 녀석 없으려나.

"그럴 만한 사람이 있다면야."

코이즈미는 어깨를 으쓱했다.

"예전에 우리들 앞에 나타났을 겁니다. 그러니까 우리가 어떻게

든 처리해야 해요. 특히 당신의 노력에는 기대를 하고 있습니다."

대체 뭘 노력하라는 거야? 그걸 먼저 좀 가르쳐다오.

"세계가 픽션이 되면 곤란한 건 우리들의 논리니까요. 아사히나 씨도 곤란할지도 모르죠. 그쪽에겐 그쪽의 논리가 있을 테니까 말입니다. 나가토 씨는 잘 모르겠지만 관찰자는 결과를 받아들일 뿐이죠. 최종적으로 이긴 논리를 냉정하게 받아들일 뿐이에요. 지구가 사라진다 하더라도 스즈미야 씨가 남으면 그걸로 충분한 겁니다."

가로등 불빛이 희미한 어둠 속의 코이즈미를 사무적으로 비추고 있었다.

"사실을 말씀드리자면, 스즈미야 씨를 중심으로 한 어떤 이론을 갖고 있는 건 우리 '기관'과 아사히나 씨 일파만이 아닙니다. 많이 있어요. 물 밑에서 우리가 벌이고 있는 다양한 항쟁과 피투성이의 섬멸전을 요약해서 가르쳐드리고 싶을 정도죠. 동맹과 배신, 방해와 기습, 파괴와 살육. 각 그룹 모두 총력을 기울여 생존싸움을 하고 있답니다."

코이즈미는 지친 기색으로 비아냥거리는 웃음을 지었다.

"우리의 이론이 절대적으로 옳다고는 저도 생각하지 않아요. 하지만 그렇게라도 생각하지 않으면 못 버티는 것도 현실이죠. 제 초기 배치 지역은 우연히 그쪽이었거든요. 다른 쪽으로 넘어갈 수도 없습니다. 흰색 병사가 검은 말로 옮겨갈 수는 없는 노릇이죠."

오셀로나 장기로 하지.

"당신과는 인연이 없는 일일 겁니다. 스즈미야 씨하고도요. 그런 편이 나아요. 특히 스즈미야 씨는 영원히 모르기를 바라고 있습니다. 그녀의 마음을 흐리게 만드는 짓은 하고 싶지 않습니다. 제 기준에서 말하자면, 스즈미야 씨는 절대적으로 사랑을 받아야 하는 캐릭터입니다. 아, 물론 당신도요."

"왜 나한테 그런 걸 가르쳐주는 거지?"

"그냥 나온 거예요. 이유는 없습니다. 그리고 전 단지 농담을 하는 것인지도 모르죠. 또는 이상한 망상에 사로잡힌 것뿐인지도 모릅니다. 당신의 동정을 사려고 하는 것일 수도 있고요. 어쨌든 시시한 얘기예요."

그래. 확실히 하나도 재미없다.

"재미없는 얘기를 하는 김에 하나 더 하도록 하죠. 아사히나 미쿠루가…, 실례, 아사히나 씨가 왜 저와 당신과 행동을 함께 하는지 그 이유를 생각해본 적 있으세요? 보이는 그대로, 아사히나 씨는 보는 것만으로도 위험한 미소녀죠. 도와주고 싶어지는 것도 이해가 갑니다. 당신은 그녀가 뭘 하든 긍정적으로 받아들이겠죠."

"그게 뭐 문제냐?"

약한 자를 도와주고 강한 자를 억누르는 것이 정상적인 인간의 심리 작용이라고.

"그녀의 역할은 당신을 농락하는 것입니다. 그래서 아사히나 씨는 그런 외모와 성격을 하고 있는 거예요. 그야말로 당신이 딱 좋아할 만한 연약하고 귀여운 소녀로 말이죠. 스즈미야 씨에게 조금이라도 뭔가를 말할 수 있는 사람은 당신이 유일하니까요. 당신을 옭아매는 게 제일이죠."

난 심해어와 같이 침묵했다. 반년 전 아사히나 선배에게서 들은 말을 떠올렸다. 지금의 아사히나 선배가 아니라 더 먼 미래에서 온

어른 버전의 아사히나 선배가 한 말이다. 편지로 날 불러낸 그 아사히나 선배는 "나와는 너무 친해지지 말도록 하세요"라고 했었다. 그건 그녀의 입장이 그렇게 말하도록 시킨 걸까. 아니면 그녀 개인의 심정을 토로한 것이었을까.

내가 말을 하지 않고 있는 틈을 이용해 코이즈미는 오래된 삼나무가 말하는 듯한 목소리로 말을 이었다.

"아사히나 씨가 덤벙대는 건 그렇게 연기하고 있는 것뿐이고 본심은 다르다고 한다면 어떻겠어요? 그러는 게 당신의 공감을 얻기 쉽다고 판단했겠죠. 어려 보이는 외모와 스즈미야 씨의 억지에 순종하는 가련한 입장도 그렇습니다. 모든 것은 당신의 눈을 자신에게 향하게 만들기 위해서예요."

이 녀석, 본격적으로 제정신을 상실하고 있구나. 난 나가토의 평정한 목소리를 가장했다.

"농담은 지긋지긋하다."

코이즈미는 희미하게 미소를 짓고선 약간 과장되게 양손을 펼쳤다.

"아아, 죄송합니다. 역시 전 농담을 하는 능력이 없군요. 거짓말입니다. 전부 지금 제가 만들어낸 엉터리 설정이에요. 조금 심각한 얘기를 해보고 싶었던 것뿐이에요. 진짜로 믿으셨나요? 그렇다면 제 연기도 나쁘지 않은데요. 무대에 올라갈 자신이 생겨났습니다."

그러고선 귀에 거슬리는 낮은 웃음소리를 냈다.

"저희 반에선 셰익스피어 연극을 하기로 되어 있는데요. 「햄릿」이죠. 전 길든스턴 역을 맡았어요."

모르는 이름인데. 어차피 조역이겠지.

"원래는 그랬었는데 도중에 스토퍼드 판으로 변경이 됐죠. 그래서 제 차례도 많이 늘어나고 말았답니다."

수고하라고 말하고 싶구나. 햄릿에 셰익스피어 판 외에 다른 판이 있는 줄은 몰랐다.

"스즈미야 씨의 영화와 이 무대로 제 스케줄은 상당히 **빡빡**해진 상태입니다. 압박이 장난이 아니에요. 제가 정신적으로 지쳐 있는 것처럼 보인다면 그 때문일 겁니다. 이 상황에서 폐쇄공간이라도 생긴다면 그대로 쓰러질 자신이 있어요. 그러니까 당신한테 부탁을 드리러 온 겁니다. 부디 스즈미야 영화로 발생원의 이상현상을 막을 수 없을까요?"

합리적인 엔딩 말이냐? 넌 꿈으로 끝내자고 그랬지?

"하루히의 영화 내용이 전부 엉터리라는 걸 하루히 자신에게 자각시키는 것―이었던가?"

"명확하게 자각시키는 겁니다. 그녀는 총명하니까 영화가 픽션이라는 것 정도는 잘 알고 있어요. 그저 이대로 됐으면 좋겠다고 생각하고 있을 뿐이죠. 그렇게는 안 된다는 것을 확실하게 이해시킬 필요가 있어요. 가능하다면 촬영이 종료되기 전에요."

잘 부탁한다, 고 인사를 하고선 코이즈미는 밤의 어둠 속으로 사라졌다. 뭐지, 저 녀석은 나한테 책임을 떠넘기러 온 거였나. 자긴 이미 고생을 했으니 다음 고생은 내가 짊어져라, 이 소리야? 그렇다면 사람 잘못 찾아왔네. 도둑잡기의 조커도 아니고, 떠넘기기를 하는 것도 아니고 말이지. 스즈미야 하루히는 53번째 카드가 아니라고. 비장의 카드도, 올 마이티도, 물론 도둑도 아니다.

"뭐, 그래도."

난 중얼거렸다.

내버려둘 수는 없는 노릇인 것 같다. 나가토는 그렇다 치더라도 아사히나 선배도, 코이즈미도 슬슬 데드라인에 가까워진 것 같다. 나만 모르고 있을 뿐 이 세계 전체도 그런 상황일 수도 있다.

"그건 조금 곤란… 한가?"

귀찮은데, 젠장. 나도 상당히 힘들다고.

난 방법을 생각했다. 하루히의 망상을 없애려면 어떻게 해야 할까. 영화는 영화, 현실은 현실, 각각 다른 것이라고 명명백백하게 깨닫게 만들려면 어떻게 해야 좋지. 그런 당연한 걸 새삼스럽게 납득시킬 방법이 뭐가 있을까. 꿈이라…, 그것 말고는?

문화제까지는 앞으로 며칠 남지 않았다.

이튿날, 나는 하루히에게 한 가지 제안을 했고, 티격태격하다 마침내 양해를 얻어냈다.

"자, 오케이!"

소리 높여 하루히가 외치며 메가폰을 두드렸다.

"수고했어! 이제 모든 촬영은 끝났다! 다들 정말 고생했어! 특히 난 스스로를 칭찬해주고 싶을 정도라니까! 음, 난 대단해. 그레이트 잡!"

그 소리를 듣고 웨이트리스 아사히나 선배가 무너지듯 주저앉았다. 진심으로 안도했는지 너무 안도하다 못해 울 것 같은 얼굴이다. 실제로 훌쩍이기까지 할 정도다. 하루히는 그것을 감격에 겨운 눈물로 받아들였는지.

"미쿠루, 우는 건 아직 일러. 그 눈물은 황금종려상이나 오스카를 수상할 날까지 남겨둬야지. 다 같이 행복해지자!"

여기는 학교 건물 옥상 위였다. 그리고 지금은 문화제가 내일로 다가온 점심시간이다. 이미 점심도 제대로 먹을 수 없을 만큼 시간은 절박한 상태다.

미쿠루와 유키의 라스트 배틀은 갑자기 자신의 능력을 각성하게 된 코이즈미 이츠키의 뭔지 알 수 없는 편의주의 파워에 의해 유키가 우주 저 멀리로 날아가면서 막을 내렸다.

"이걸로 완벽해. 굉장히 멋진 영화를 찍었어. 할리우드에 가져가면 바이어들이 구름처럼 몰려들 거야! 먼저 유능한 에이전트와 계약을 해야겠다!"

전 세계적인 감각으로 기세등등한 하루히였다. 이런 영상집을 누가 봐줄지는 모르겠지만, 볼만한 구석은 주연 여배우 달랑 하나로 나머지 스태프한테는 볼일 없을걸. 뭐하면 내가 아사히나 선배의 에이전트로서 팔러 가고 싶다. 용돈쯤은 벌 수 있을 것이다. 가는 길에 하루히도 그라비아 아이돌을 목표로 해보지 않을래? 내가 멋대로 사진이랑 이력서를 보내줄 수 있는데.

"이제야 끝났군요."

후련한 표정으로 코이즈미가 내게 미소를 지었다.

화가 나는 일이지만, 이 녀석에게 제일 잘 어울리는 표정은 이런 무료 스마일인 것 같다. 우울한 코이즈미 따위는 보고 싶지 않아. 기분 나쁘니까.

"그런데 끝나고 보니 참 한순간이었던 것도 같네요. 즐거운 시간은 빨리 지나간다는데, 즐거웠던 건 과연 누구일까요."

글쎄다.

"나머지는 당신한테 맡겨도 되는 겁니까? 지금 전 반에서 하는 연극으로 머리가 꽉 차 있거든요. 영화랑 달리 거기선 대사를 틀렸다고 다시 할 수가 없는 노릇이라서요."

코이즈미는 평소의 능글거리는 미소를 지으며 내 어깨를 손등으로 치고선 작은 목소리로 덧붙였다.

"하나 더, 당신한테는 감사하고 있습니다. 저희도 그렇고, 제 개인적으로도요."

그 말만을 남긴 그는 옥상을 떠났다. 나가토는 평소와 같은 무표정한 얼굴로 묵묵히 코이즈미의 뒤를 따르듯 사라졌다.

하루히는 아사히나 선배의 어깨를 안고 한 몸을 만든 채 저 멀리로 보이는 바다를 가리키고 있었다.

"목표는 할리우드, 블록버스터!" 라고 외치고 있다. 가리키는 건 좋은데 그쪽으로 가서 바다를 건너면 나오는 건 오스트레일리아다.

"이런, 이런."

나는 중얼거리며 비디오 카메라를 발치에 내려놓고 주저앉았다. 코이즈미와 나가토와 아사히나 선배에게는 끝난 일이겠지. 하지만 내겐 이게 끝의 시작이다. 아직 해야 할 일은 남아 있다.

내가 기록한 방대한 디지털 비디오 영상들, 이 쓰레기 디지털 정보의 집적산물을 어떻게든 '영화' 체제가 되도록 만들어내야 한다. 그게 누가 할 일일지는 말 안 해도 이미 다 알고 있다고.

금요일 오후였다. 동아리방에는 나와 하루히만이 있었다. 다른 세 사람은 각각 자신들의 반에서 하는 행사에 참여하고 있었다.

크랭크 업을 한 것은 좋았지만, 촬영이 순조로이 연장된 탓에 다른 일을 할 여유가 전혀 없다. 컴퓨터에 집어넣은 영상을 반복해서 본 내가 내린 결론은 역시 아사히나 미쿠루 프로모션 비디오 클립으로 만드는 수밖에 없다는, 매우 심플한 것이었다.

솔직히 말해서 결국 끝까지 나는 하루히가 무슨 영화를 찍고 있는지 픽셀 단위로 이해를 못 했다. 모니터에 등장하는 웨이트리스와 사신 소녀와 미소 소년은 머리가 이상한 건가? 당연한 거지만 시각 효과를 줄 시간 따윈 어딜 찾아봐도 남아 있지 않았고 원래 그런 기술도 없다. 이대로 무가공 무첨가의 맨 영상을 그대로 흘려보내는 수밖에 없다.

투덜댄 건 하루히다.

"그런 미완성작을 내보낼 수는 없어! 어떻게 좀 해!"

혹시 나한테 하는 소리냐?

"하지만 문화제는 내일이고 나는 이미 두 손 들었다고. 네가 충동적으로 짠 스토리를 겨우 이어지도록 편집한 것만으로도 한계다. 당분간 어떤 영화도 보고 싶지 않아."

하지만 남의 의견을 묵살하는 데에는 뛰어난 하루히.

"밤을 새면 되지 않을까?"

누가 하느냐고는 묻지 않았다. 여기엔 나밖에 없었고, 하루히의 흑단 같은 눈동자는 일직선으로 나를 가리키고 있었으니까.

"여기서 자면 되잖아."

그리고 하루히는 내가 깜짝 놀라 뒤집어질 만한 소리를 내뱉었다.

"나도 도울게."

결론부터 말하자면 하루히는 아무런 도움도 안 됐다. 잠시 동안은 내 뒤에서 왔다갔다하며 참견했지만 한 시간도 안 돼 책상에 엎드려 잠들어버렸기 때문이다. 아차, 자는 얼굴을 찍어둘걸. 엔딩 크레딧 마지막에 그 얼굴을 클로즈업해서 스톱 모션으로 끝내버릴 수 있었는데.

참고로 말하자면 나도 그 뒤에 바로 잠들어버렸는지 눈을 떠보니 아침이었고, 얼굴 반쪽에 키보드 자국이 나 있었다.

따라서 학교에 남은 의미는 없었다. 영화는 미완성인 채였다. 가까스로 자르고 붙여서 30분 안에 담아냈긴 했지만 보기에도 끔찍한 졸작이 나왔다. 영화의 영자도 모르는 초짜가 의욕만으로 찍으면 이렇게 된다는 걸 보여주는 샘플과도 같았다. 그냥 확 포기하고 바니 걸 아사히나의 상점가 CM 컷만으로 튼다면 몰라도, 억지로나마 편집 방침에서 존재하지 않는 스토리를 끼워 맞추려고 한 바람에 더욱 파탄에 박차를 가해 더더욱 끔찍한 상태가 되어 있었다.

결국 녹음도 안 하고, VFX는 어떤 장면에도 들어 있지 않고, 진짜 웃음이 나올 정도로 쓰레기 같은 영화다. 이래선 타니구치한테도 보여줄 수 없겠군.

컴퓨터를 창 밖으로 던져버릴까 생각하다, 나는 창을 통해 들어오는 아침 햇살에 눈을 찌푸렸다. 부자연스런 자세로 자는 바람에 등이 삐걱거린다.

먼저 눈을 뜬 하루히가 날 깨운 현재 시각은 오전 6시 반. 생각해보면 학교에서 잔 건 이번이 처음이군.

"그래, 어떻게 됐어?"

하루히가 내 어깨너머로 모니터를 들여다보기에 난 별수 없이 마우스를 움직였다.

재생이 시작되었다.

"…헤에?"

하루히의 작은 탄성을 들으며 난 놀라 기겁을 했다. 만든 적도 없는 CG 무비가 화려하게 움직이며 제목을 표시했다. 그뒤로 시작된 '아사히나 미쿠루의 모험 에피소드 00'은 스토리는 엉망에 대사는 안 들리고 화면은 흔들리는데다 화면 밖의 감독의 고함 소리까지 다 들어간 상태이긴 했지만, 시각 효과만은 고등학생이 만든 영화치고는 그럭저럭 괜찮은 수준이었다. 아사히나 선배의 눈에서 레이저가 나왔고, 나가토의 지시봉에서도 이상한 색깔의 광선이 나왔다.

"헤에."

하루히도 감탄을 하고 있었다.

"제법 괜찮네? 조금 부족하긴 하지만 너치고는 아주 잘했어."

난 아니다. 무의식 속에서 부상한 다른 인격이 내가 자고 있는 사이에 해놓은 게 아니라면 아무래도 난 이런 건 못 한다. 나 말고 누가 했다는 거냐. 후보 1, 나가토. 그에 대항하는 또 다른 후보, 코이즈미. 논외, 아사히나 선배. 예상외의 인물, 아직 등장하지 않은 누군가. 그중 하나겠지.

한동안 우리는 묵묵히 영화 감상회를 가졌다. 이 작은 화면이 아니라 더 커다란 스크린으로 본다면 다른 감회가 생길지도 모르겠다.

모니터상의 화상은 라스트 신으로 달려가고 있었다. 코이즈미와 아사히나 선배는 손을 잡고 만개한 벚나무 길 아래를 걷고 있었다. 그대로 카메라가 돌아가 파란 하늘을 비췄다. 이내 경쾌한 음악이 시작되고 엔딩 크레딧이 올라오기 시작한다.

그리고 제일 마지막에 하루히의 음성으로 내레이션이 들어갔다.

내가 고안하고, 가까스로 하루히가 말하도록 만들었던 내레이션. 재미 부분도 필요하다고 설득한, 감독이 직접 나서서 외친 끝을 알리는 대사다.

그건 모든 것을 취소할 수 있는 마법의 말이었다.

"이 이야기는 픽션이며 실존하는 인물, 단체, 사건, 기타 고유명사와 현상 등과는 아무런 관계도 없습니다. 순 거짓말입니다. 어딘가 비슷하다 하더라도 그건 단순한 우연일 뿐입니다. 비슷한 사람일 뿐이라고요. 아, CM 장면은 아니에요. 오오모리 전기점과 야마츠치 모델숍을 잘 부탁드려요! 많이 사러 가주세요. 응? 한 번 더 말하라고? 이 이야기는 픽션이며 실존하는 인물, 단체…, 야, 쿈. 왜 이런 말을 해야 하는 건데? 당연한 거잖아."

에필로그

문화제가 시작되고 내가 할 일은 없어졌다.

실제로, 이벤트는 준비 단계를 다들 제일 즐기는 것 같다. 막상 시작되고 나면 정신없이 허둥대는 사이에 시간이 지나가 순식간에 뒷정리를 할 시간이 된다. 그러니까 그때가 될 때까지 나는 마음껏 돌아다니도록 하겠다. 오늘과 내일 정도는 나 혼자 아무것도 안 해도 누구도 뭐라 그러지 않겠지.

유일하게 투덜댈 만한 인간인 하루히라면 지금쯤 바니 걸이 되어 교문 앞에서 전단지를 뿌리고 있는 중이다. 담임 오카베와 실행위원회가 막으러 갈 때까지 과연 몇 장이나 뿌릴 수 있을까.

난 동아리방에서 나와 활기를 띄기 시작하고 있는 교내로 걸음을 옮겼다.

우려했던 현실의 변화인지는 안정을 찾은 듯하다. 코이즈미가 그렇게 주장했고 나가토가 보장을 했으니 그렇겠지. 샤미센이 말을 못하게 되었다는 사실로 나는 그걸 알았다. 지금은 나가토 수준의 과묵함을 자랑하고 있다. 이제 와서 내쫓는 것도 뭐해서 이참에 그냥 키우는 것도 나쁘지 않을까 생각 중이다. 동생도 움직이는 인형이 생겨서 좋아하는 것 같으니까 말이다. 식구들한테는 "전 주인은 여행지로 아예 이주하게 되었다"고 변명이라도 하지, 뭐.

수컷 얼룩이는 가끔씩 냐옹 이라고 말을 하지만 내 귀에 그렇게 들릴 뿐 사실은 다른 말을 하고 있는지도 모른다. 뭐, 무슨 상관인가.

없어진 거라고 하니 말인데, 좀 묘한 일이지만 전날까지 자주 눈에 띄던, 기묘한 복장을 한 무리가 나올 법한 작품이 문화제에 없었다.

실행위원이 발행한 팸플릿을 뒤져봐도 보이지 않았고, 그와 비슷해 보이는 교실을 들여다보았지만(연극부 등등) 도통 보이지가 않았다. 그 녀석들은 대체 누구였을까.

"자아."

무의미한 소리를 중얼거리며 나는 건물을 돌아다녔다.

실제로 학교 안을 이세계인이 오가고 있다면 어떨까. 그리고 그들이 딱 보기에도 이세계의 판타지틱한 의상을 입고 있다면. 그래, 마치 나가토처럼 말이다.

그렇다면 나가토는 하루히의 눈을 속이기 위해 고의로 그런 복장을 하고 시종일관 돌아다녔던 건 아니었을까. 마치 이런 의상은 문화제의 볼거리를 위한 것에 불과하다는 인상을 하루히에게 주기 위해서.

나가토는 침묵을 지키고 있기 때문에 알 수 없었지만, 내가 모르는 곳에서 다른 싸움을 벌이고 있었을 가능성도 있다. 이번엔 묘하게 얌전했고 말이다. 지구의 파멸을 구했다 하더라도 그 녀석은 침묵으로 일관하겠지. 물으면 가르쳐줄지도 모른다. 하지만 어차피 말로는 다 전할 수 없는 내용일 테고 듣는다 하더라도 이해할 만한 머리가 내게 있을 것 같지도 않다.

그래서 나도 침묵했다. 특히 하루히에게는 계속 침묵을 유지해야 겠지.

여담인데, SOS단이 제작한 영화는 시청각실에서 상영되었다. 일단 영화 연구부 작품과 동시 상영되었다. 하루히가 영화 연구부로 쳐들어가 억지와 분위기로 그렇게 만들어낸 것이다. 프로젝터가 있는 교실은 거기밖에 없다. 영화 연구부는 마지막까지 난색을 표했지만 하루히의 결정을 거스를 수 있는 인간은 이 세계엔 존재하지 않는지, 결국 억지로 CM이 들어간 엉터리 영화를 같이 상영하게 되었다.

참고로 SOS단이라는 단체는 문화제 실행위원 입장에서는 없는 것으로 되어 있기 때문에 문화제 프로그램의 어디를 봐도 「아사히나 미쿠루의 모험」이란 제목은 없다. 인기 투표 베스트 1은 포기하는 게 좋을 것 같네. 그 표는 모두 영화 연구부로 가게 될 거다.

여담 하나 더.

하루히에게 영화 촬영 아이디어를 제공했던 심야 방송 영화 말인데, 조사한 바에 따르면 골든 글로브 수상작이 아니라 상당히 오래 전에 칸 국제영화제에 출품된 게 '전부'였던 작품이었다. 그 자식, 뭘 어떻게 착각한 거야? 시험 삼아 빌려서 봤다가 시작 30분 만에 자버렸다. 그래서 재미있는지 없는지 판단이 안 선다. 돌려주러 가기 전에 다시 한번 도전을 해볼까 생각 중이다.

이왕 이렇게 되었으니 1학년 9반의 연극도 감상해주기로 했다.

코이즈미는 시종일관 미소를 지으며 연기하다 마지막에 바보같이 죽음을 맞이하는 이해 안 가는 역할로, 하루히의 영화와 비슷한 멍청한 모습이 관객들에게 좋게 받아들여진 듯 보였다. 이건 주연이 코이즈미였기 때문에 내 머릿속에 괜한 선입견이 생겨서 그런 걸까. 코이즈미의 연기는 연기로 보이지 않았고, 아무리 봐도 보통 때의 코이즈미로밖에 안 보였던 것도 내게는 감점요인이었다.

커튼콜 박수에 답해나온 코이즈미가 나를 향해 한쪽 눈을 감고 기분 나쁜 윙크를 보내기 전에 나는 교실을 나왔다. 움직인 김에 나가토네 반도 놀리러 가볼까 싶었지만 점집을 연 교실 앞은 이미 장사진을 이루고 있었다. 살짝 살펴보니 시커먼 천에 둘러싸인 실내에 새카만 의상을 걸친 여학생들이 몇 명 있었는데, 나가토의 무표정한 하얀 얼굴도 그 안에 있었다. 책상에 놓인 수정구슬에 손을 대고 담담히 손님에게 뭔가를 말하고 있었다. 잃어버린 물건을 찾아주는 것 정도로 그쳐라, 나가토.

영화와 영화에 관련된 이런저런 일들은 "그런 건 결국 픽션이다"는 것을 이해시킴으로써 처리가 되었나보다. 하지만 이 현실 세계 자체를 픽션이라는 말로 끝내버릴 수는 없다. 나와 하루히와 아사히나 선배와 나가토와 코이즈미는 분명히 여기에 존재하고 있고, "사실은 그런 녀석은 없어"로 끝나게 내버려둘 수는 없는 노릇이다. 언젠가 모두 뿔뿔이 흩어지게 될지도 모르지만 적어도 지금 여기엔 SOS단이 존재하고 있고 단장도 단원도 모두 갖춰진 상태다. 내가 알고 있는 이 세계에서 그렇게 되어 있으니까 말이다. 그러니까 나가토 스타일로 말을 하자면 "내게 있어선" 말이다.

음, 뭐라고 말을 할까. 어쩌면 모든 것은 엄청난 거짓말일지도 모른다는 생각이 들 때도 있다. 하루히에겐 아무런 힘도 없고, 아사히나 선배와 나가토와 코이즈미가 엄청난 거짓말 쇼를 내게 보여주고 있는 것뿐이라는. 흰 비둘기는 페인트칠을 한 거고, 샤미센은 복화술이나 내장 마이크고, 가을의 벚꽃도, 미라클 미쿠루 아이 공격도 모두 조작에 불과할지도 모른다. 그런 생각 말이다.

그렇다 하더라도, 그래서 그게 어쨌냐는 생각밖에 안 드는 이야기이긴 하다만.

"그렇지는 않은가."

어쨌든 그런 건 지금은 아무래도 좋은 일이다. 하루히와 둘이서 어딘가에 갇혀 나 혼자만 곤란한 상황에 처하기보다는 다 같이 곤란해하는 편이 혼자 지는 부담을 가볍게 한다는 건 계산할 필요도 없는 소리다. 불행 중 다행으로 SOS단의 단원은 나뿐만이 아니니까.

제대로 된 인간은 나밖에 없지만.

1학년 5반과 마찬가지로 단순한 휴게실이 되어버린 교실의 시계가 눈에 들어왔다.

아, 이러고 있을 때가 아닌데. 슬슬 약속시간이 됐군. 모처럼 받은 할인권을 안 쓸 수는 없지. 어떤 의상일지도 궁금하고.

아사히나 선배가 기다리는 볶음국수 카페로 가기 위해 나는 타니구치와 쿠니키다와 만나기로 약속한 장소를 향해 걸음을 재촉했다.

— 3권에 계속 —

작가 후기

　동네 편의점이 연달아 문을 닫는 바람에 제일 가까운 편의점까지
가는데 걸어서 15분은 걸리게 되고 말았습니다만 가는 도중에 겨울
이 되면 철새들로 북적대는 제법 큰 연못이 있습니다.

　요전에 거길 지나가는데 이미 여름인데도 무슨 까닭인지 연못에
남아 있던 물오리 수컷 한 마리가 둥실둥실 떠 있더군요.

　과연 이 물오리는 무슨 이유로 동료들과 떨어져 고고한 길을 선
택한 걸까 생각하다, 그가 어느 초봄 아침에 눈을 떠보니 주위에 아
무도 없고 혼자 남겨졌다는 사실을 깨닫고선 망연자실해하는 모습
을 상상하고는 나름대로 가슴 아파하기도 했습니다만, 며칠 전에
한밤중에 물건을 사러나가는 길에 이 물오리 씨가 연못 근처의 강
한가운데를 첨벙첨벙 걸어가며 꽥꽥 울어대는 것을 목격하고 왠지
안심이 되었습니다. 뭐야, 그냥 별종이었구나.

　인간계에 집단행동을 무조건 싫어하는 사람이 가끔 있듯이, 그
또한 오리계 내에서의 괴짜였던 게 분명합니다. 아마 그는 같이 북
쪽으로 가자는 동료들의 권유를 거절하고 "아니, 난 여기에 남겠어.
딱히 이유는 없다" 같은 주장을 펴며 철새 사회의 반복된 삶에서 일
탈을 선택한 거겠죠. 한밤중에 돌아다닐 정도로 괴짜니까 넓은 연

못에서 혼자 멍하니 있는 것쯤이야 아무렇지도 않을 거예요. 아니, 오히려 고독을 사랑하는 정신의 소유자라는 걸 쉽게 추측할 수 있습니다.

몰래 그렇게 생각하고 있었는데, 살짝 조사해본 바에 따르면 최근엔 봄이 되어도 북상하지 않고 그대로 눌러 사는 철새도 제법 존재한다는군요. 그러니까, 연못에 온 인간이 먹이를 주니까 먹이 구하기도 쉽고 편하다 이거죠.

어째, 그래선 괴짜가 아니라 귀차니스트의 게으름뱅이잖아. 그런 생각에 멋대로 낙담하며 환상에서 깨어나 이 후기를 메우고 있는 제 심정은 당사자인 오리 씨와는 그야말로 아무런 상관도 없는 얘기일 것입니다.

그런데 잠시 화제를 바꿔서, 다음 작품은 「더 스니커」에 연재 중(2003년 여름 현재)인 단편을 몇 개 모으고 새 단편을 몇 개 추가한 책이 될 거라는 소문입니다. 아마 표지 제목은 「스즈미야 하루히의 무료」가 아닐까 생각하고 있습니다만, 다른 걸로 바뀔지도 몰라요. 원래 「스즈미야 하루히의 우울」이라는 3초밖에 생각 안 한 제목을 단 덕분에 시리즈 제목이 잘 이해가 안 가는 상황이 되고 있습니다. 설마 계속될 줄은 생각지도 못했거든요. 죄송합니다.

다시 화제를 바꾸겠습니다만, 며칠 전에 긴 시간 동안 마작을 상대해주셨던 분들, 감사했습니다. 조금은 배려나 적당주의나 정상참작…, 아니 아무것도 아니에요.

마지막으로 담당 S님과 일러스트를 그려주시는 이토 노이지 님, 또한 이 책의 제작에 관련되신 분들, 그리고 읽어주신 모든 분들께 넙죽 절을 올리며 다음 기회에 다시 찾아뵙도록 하겠습니다.

타니가와 나가루

개정판 **스즈미야 하루히의 한숨**

2022년 6월 8일 초판 1쇄 인쇄
2022년 6월 15일 초판 1쇄 발행

저자 · Nagaru Tanigawa
일러스트 · Noizi Ito
역자 · 이덕주
발행인 · 황민호
콘텐츠4사업본부장 · 박정훈
콘텐츠4사업본부 · 김순란 강경양 한지은 김사라
마케팅 · 조안나 이유진 이나경
국제업무 · 이주은 김준혜
제작 · 심상운 최택순 성시원
한국판 디자인 · 디자인 우리
발행처 · 대원씨아이(주)

서울 특별시 용산구 한강로3가 40-456
편집부 : 02-2071-2104 FAX : 02-794-2105
영업부 : 02-2071-2061 FAX : 02-794-7771
1992년 5월 11일 등록 3-563호

http://www.dwci.co.kr/

원제 SUZUMIYA HARUHI NO TAMEIKI
© Nagaru Tanigawa, Noizi Ito 2003
First published in Japan in 2003 by KADOKAWA CORPORATION, Tokyo.
Korean translation rights arranged with KADOKAWA CORPORATION, Tokyo.

ISBN 979-11-6894-659-0
ISBN 978-11-6894-657-6(세트)